안녕하세요,
파르텡네 사람들입니다

안녕하세요, 마르탱네 사람들입니다

La Famille Martin

다비드 포앙키노스 지음

윤미연 옮김

차례

마르탱네 사람들 1~92 ⸱⸱⸱ 7

에필로그 ⸱⸱⸱ 306

옮긴이의 글 ⸱⸱ 313

일러두기

작품 안에 *표시와 함께 서술한 주석은 저자가 직접 붙여놓은 글로 소설의 일부다.
그 외 숫자를 붙여 달아둔 각주는 옮긴이 혹은 편집자가 우리나라 독자의 이해를 돕고자
덧붙인 설명이다.

마르탱네 사람들 1~92

우연의 가치는 그것이 얼마나 일어날 법하지
않은 것이냐에 따라 결정된다.
— 밀란 쿤데라

1

글이 제대로 써지지 않아 계속 제자리를 맴돌며 시간만 허비하고 있었다. 여러 해 동안 나는 현실에서는 좀처럼 이야기를 끌어오지 않은 채 상상으로만 수많은 이야기를 지어냈다. 그동안 나는 여러 창작 수업을 돌아다니며 내가 썼던 어떤 소설에 관한 강의를 이어가고 있었다. 어느 주말 동안 멋진 표현을 찾느라 고심하면서 일어나는 이야기를 다룬 소설이었다. 하지만 내 책에는 멋진 표현 같은 건 없었다. 게다가 등장인물들조차 관심을 끌 만한 구석이 하나도 없는 것은 고사하고, 지겨워서 구역질이 날 정도였다. 나는 차라리 아무 이야기라도 현실 세계의 이야기가 더 흥미롭겠다는 생각이 들었다. 상상으로 만들어낸 게 아니라면 그 어떤 것이라도 내 소설 속 이야기나 등장인물보다 훨씬 재미있을 거라고 말이다.

사인회 때 독자들은 나에게 이런 말을 자주 했다. "제 이야기를 한 번 소설로 써보세요. 정말 믿기 어려운 얘기랍니다!" 그건 틀림없는 사실이었다. 거리로 나가서 맨 처음 마주치는 사람을 멈춰 세우고 당신이 살아온 이야기를 몇 마디 들려 달라고 하는 게, 내가 새롭게 이야기를 만들어내는 것보다 훨씬 더 의욕을 불러일으킬 거라고 나는 거의 확신했다. 그렇게 모든 일이 시작되었다. 나는 정말로 이렇게 생각했다. 거리로 나가 맨 처음 마주치는 사람에게 다가가는 거야, 그리고 바로 그 사람이 내가 쓸 책의 주제가 되는 거다.

2

내가 사는 건물 맨 아래층에는 여행사가 있다. 나는 어슴푸레한 불빛에 둘러싸여 있는 그 수상한 사무실 앞을 날마다 지나간다. 직원 하나가 여행사 사무실 앞에 나와 담배를 피우면서 거의 꼼짝도 하지 않은 채 자신의 휴대전화만 들여다보는 모습이 자주 눈에 띄었다. 결국 나는 그녀가 무슨 생각을 그렇게 하는지 궁금해졌다. 모르는 사람들도 저마다 제 삶을 살아가고 있다는 건 분명한 사실이다. 그래서 집에서 나오면서 이런 생각을 했다. 만약 그녀가 지금 거기서 담배를 피우고 있다면, 그녀는 내 소설의 주인공이 될 것이다.

하지만 그 미지의 여인은 그곳에 없었다. 가까이에서 담배 연기가 피어올랐더라면, 나는 분명히 그녀의 전기작가가 되었을 것이다. 그때, 몇 미터 떨어진 곳에서 보라색 쇼핑카트를 끌면서 길을 건너고 있는 나이 지긋한 여인을 보았다. 내 눈길은 그 할머니에게 사로잡혔다. 그 여인은 모르고 있었지만, 그녀는 이제 막 내 소설의 영토 안으로 들어서고 있었다. 그녀는 방금 막 내 신작의 중심인물로 낙점되었다(물론 그녀가 내 제안을 받아들인다면). 나는 그녀가 아닌 다른 사람에게 더 많은 영감을 받거나 마음이 끌릴 수도 있었을 것이다. 하지만 무조건 나와 처음 마주치는 사람이어야 했다. 다른 대안은 있을 수 없었다. 나는 이 계획적인 우연이 어떤 가슴 설레는 이야기로 나를 이끌어 가주기를, 아니면 삶의 어떤 중요한 문제들을 이해할 수 있게 해주는 그런 운명들 가운데 하나로 데려가 주기를 바랐다. 사실 나는 그 여인에게서 모든 것을 기대하고 있었다.

3

나는 실례한다고 말하면서 그녀에게 다가갔다. 그리고는 뭔가를 팔려는 사람처럼 짐짓 상냥하고 공손한 표정을 지었다. 그녀는 걸음을 멈칫했다. 내가 그런 식으로 접근한 것에 놀란 게 분명했다. 나는 이 동네에 살고 있고, 작가라고 나 자신을 소개했다. 걸어가던 사람을 멈춰 세울 때는 요점만 간단히 말해야 한다. 노인들은 경계심이 많다고들 하지만, 그녀는 즉시 나에게 함박웃음을 지어 보였다. 나는 속으로 안도의 한숨을 내쉬고는 내 계획에 대해 말했다.

"저어…… 부인에 관한 책을 쓰고 싶습니다."

"뭐라고요?"

"사실 좀 이상하게 들릴 수도 있겠지만…… 이건 저에게 일종의 도전 같은 겁니다. 저는 바로 저기에 살고 있습니다."

나는 내가 사는 건물을 가리키며 말을 이었다. "자세한 얘기는 여기서 다 말씀드릴 수 없지만, 저는 우연히 처음 맞닥뜨리는 사람에 관해 글을 써야겠다고 생각했습니다."

"무슨 소린지 모르겠군요."

"자세히 설명해드릴 테니까 지금 저하고 커피 한잔하시겠습니까?"

"지금?"

"예, 지금."

"그건 안 되겠어요. 난 지금 빨리 집으로 돌아가야 해요. 냉동실에 넣어야 할 게 있거든."

"아, 그러시군요. 알겠습니다."

나는 그렇게 대답하면서, 이 첫 대화가 너무 한심하게 돌아가고 있는 게 아닌가 하고 생각했다. 직관적으로 이렇게 흥분해서는 안 된다고 느끼면서도, 녹아버린 냉동식품을 다시 얼리면 안 되는 이유에 관해 서술하고 있는 나를 이미 상상하고 있었다. 르노도 상¹을 받고 몇 년이 지난 지금 나는 쇠락의 기운이 으스스하게 등줄기를 타고 흐르는 것을 느끼고 있었다.

　나는 길모퉁이에 있는 카페에서 기다리겠다고 했다. 하지만 그녀는 자기 집으로 같이 가는 게 더 좋겠다고 말했다. 그녀는 아무런 경계심도 보이지 않으면서 나에게 선뜻 자신을 따라오라고 했다. 내가 그녀였더라면, 자신을 작가라고 소개하는 낯선 사내를 절대로 내 집에 들이지 않았을 것이다. 영감을 잃어버린 작가라면 더더욱.

4

　몇 분 뒤, 나는 그녀의 거실에 혼자 앉아 있었다. 그녀는 부엌에서 분주하게 움직였다. 전혀 예기치 않았던 진한 감동이 나를 관통했다. 나의 친할머니와 외할머니는 모두 오래전에 돌아가셨다. 그래서 내가 노인 취향의 분위기가 느껴지는 실내에 들어선 것은 정말 오랜만이었다. 공통점이 제법 많았다. 방수포, 시끄러운 소리를 내는 벽시계, 손자들의 얼굴을 담고 있는 금박 입힌 액자들. 가슴이 먹먹해진 나는 할머니 집에

1　　르노도(Renaudot) 상은 1925년 제정된 프랑스의 권위 있는 문학상으로 실험성이 강한 작품에 수여한다.

갔던 때를 떠올렸다. 서로 아무 말도 나누지 않았지만, 나는 그런 우리의 대화가 정말 좋았다.

나의 여주인공이 찻잔 하나와 작은 과자들이 담긴 쟁반을 들고 돌아왔다. 그녀는 아무것도 먹고 싶지 않은 모양이었다. 그녀를 안심시키기 위해 나의 이력을 간단하게 소개했다. 그런데 생각과 달리 그녀는 전혀 불안해하는 것 같지 않았다. 내가 위험인물이거나 사기꾼일 수도 있다는 생각 따위를 아예 하지 않는 듯했다. 나중에 나는 그녀에게 왜 그렇게 무모할 정도로 단번에 나를 믿었느냐고 물어보았다. "당신 얼굴에 나는 작가요, 라고 쓰여 있으니까." 그러고 나서 그녀는 나를 난감하게 만들었다. "내가 보기에 작가들이란 대체로 바람둥이 아니면 우울증 환자 같거든. 아니면 둘 다이거나." 그러니까 나는 이 여인이 생각하는 작가라는 직업에 딱 들어맞는 얼굴을 갖고 있었던 거였다.

나는 한시 빨리 나의 새 주인공에 대해 알고 싶은 초조함을 억누를 수 없었다. 이 여인은 어떤 사람일까? 우선, 그녀의 이름이 필요했다.

"트리코."[2] 그녀가 말해줬다.

---

2   '뜨개질하다'는 뜻을 가진 프랑스어 'tricoter'에서 나온 말로, 일반 겉옷이나 내의 등에 이용되는 편직물.

"트리코? '트리코 옷감'의 그 트리코?"

"그래요, 바로 그거야."

"그럼, 이름은요?"

"마들렌."

그렇게 해서 나는 마들렌 트리코와 마주했다. 몇 초 동안 나를 얼떨떨하게 만든 이름. 나는 죽었다 깨어나도 그런 이름은 만들어내지는 못했을 것이다. 나는 이름을 발음할 때 그 소리의 울림이 그 사람의 운명에 결정적인 영향을 미친다고 확신했기 때문에, 어떤 등장인물의 이름을 찾기 위해 몇 주일씩 골머리를 앓을 때도 있었다. 그것은 내가 어떤 기질들을 이해하는 데도 도움이 되었다. 나탈리라는 인물이 사빈느처럼 행동할 순 없었다. 나는 작중 인물들의 이름을 지을 때마다 하나하나 꼼꼼히 따지며 그 인물의 성격에 합당한지 아닌지 저울질했다. 그런데 지금 나는 전혀 고심할 필요도 없이 단번에 마들렌 트리코를 얻었다. 리얼리티의 이점은 바로 이런 것이다. 시간을 벌 수 있다는 것.

대신에 결정적인 단점이 하나 있다. 대체할 수 없다는 것. 나는 할머니와 노년의 문제들에 관한 소설을 이미 쓴 적이 있었다. 또다시 이 주제를 다룰 것인가? 별로 내키지 않았지만, 내가 세운 계획이니만큼 그 결과들을 모두 받아들여야 했다. 실제 이야기를 변형시킬 거라면, 굳이 그런 계획을 세울 필요가 없지 않겠나? 곰곰이 생각해보니, 내가 마들렌을 만난 건 결코 우연이 아닌 것 같았다. 작가들은 자신들이 특별히 선호하는 주제에서 평생 벗어나지 못하는 법이다. 마치 그 주제로 종신형을 선고받은 것처럼.*

* 물론 오전 10시의 파리 17구에서 내가 나이트클럽에서 일하는 섹시한 댄서와 우연히 마주칠 가능성은 거의 없지만.

5

마들렌은 42년 전부터 이 동네에 살았다. 나는 오며 가며 그녀와 이미 마주쳤을 수도 있지만, 어쨌든 완전히 처음 보는 얼굴이었다. 사실 내가 이 부근에서 살기 시작한 지는 그리 오래되지 않았다. 하지만 나는 생각할 게 있으면 습관처럼 거리로 나가 몇 시간이고 이리저리 쏘다니곤 했다. 나는 글쓰기란 일종의 영토 병합과 비슷하다고 생각하는 부류에 속했다.

마들렌은 이 구역에 사는 많은 이들의 사연을 알고 있는 게 틀림없었다. 그녀는 아이들이 자라고 이웃들이 죽는 것을 보았을 것이다. 그녀는 지금 성업 중인 어떤 가게가 이전에 서점이 망해 나간 자리라는 것도 알고 있을 것이다. 같은 구역에서 평생을 사는 것은 그 나름의 즐거움이 있는 게 분명하다.

내 눈에는 지리적인 감옥에 갇힌 삶처럼 보이지만, 토박이에게 그 구역은 곳곳에서 지표들을 찾을 수 있고, 모든 것을 훤히 꿸 수 있는 한없이 안전한 세계일 것이다. 나는 지독한 역마살 때문에 한곳에 정착하지 못하고 계속 이리저리 옮겨 다녔다(심지어 나는 음식점에서도 절대로 외투를 벗지 않는 부류에 속한다). 솔직히 말하자면, 내 추억들이 깃들어 있는 배경으로부터 아주 멀리 달아나고 싶었다. 하지만 마들렌은 날마다 과거의 흔적들을 디디며 걸어야 했을 것이다. 아마도 자기 딸들이 다녔던 학교 앞을 지날 때, 그녀는 딸들이 "엄마!"라고 외치며 달려와 자신의 목덜미에 매달리는 광경을 다시 떠올리곤 했을 것이다.

우리가 아직 막역하다고 할 만한 사이는 아니었지만, 대화는 막힘없이 풀려나갔다. 불과 몇 분 지나지 않아 우리가 어떻게 만난 사이인지 우리 둘 다 완전히 잊어버린 것 같았다. 그러니까 사람들은 너 나 할 것 없이 자기 이야기를 누군가에게 들려주는 걸 좋아한다는 게 다시 한번 명백하게 입증된 셈이다. 인간 존재는 오토픽션[3]의 응축물이다. 마들렌이 사람들의 관심을 끌 수 있겠다는 생각이 들자, 그녀가 환하게 빛을 발하는 것 같은 느낌마저 들었다. 자, 무엇부터 시작해야 할까? 나는 그녀가 살아온 인생을 처음부터 끝까지 차례차례 들

---

3   '자기 자신'을 뜻하는 그리스어 어원 오토(auto)와 '허구'를 뜻하는 픽션(fiction)의 합성어로, 작가가 직접 경험한 일이나 사건을 토대로 상상력을 덧대어 집필한 소설 양식.

을 생각은 조금도 없었다. 그녀가 마침내 이렇게 물었다.

"어린 시절부터 이야기해 나가면 될까요?"

"원하신다면. 하지만 꼭 그러실 필요는 없습니다. 부인의 인생에서 가장 먼저 떠오르는 시절이 있다면 그 얘기부터 시작하셔도 됩니다."

"……."

그녀는 약간 막막한 듯한 표정을 지어 보였다. 내가 그녀를 과거의 미로 속으로 이끌고 가는 게 나을 것 같았다. 하지만 내가 입을 열려는 그 순간, 그녀가 작은 액자 쪽으로 고개를 돌렸다.

"내 남편 르네 얘기를 해볼게요." 그녀가 말했다. "그 사람은 오래전에 세상을 떠났어요……. 그래도 내가 자기 얘기를 제일 먼저 했다는 걸 알면 아주 기뻐할 거예요."

"아, 좋습니다……." 나는 그렇게 대답하면서, '살아 있는 독자들뿐만 아니라 죽은 이들도 만족시킬 필요가 있다'고 메모했다.

6

그때 갑자기, 마들렌이 숨을 후 하고 내쉬었다. 깊은 물 밑에 감춰져 있던 기억들을 마침내 찾아내 물 위로 끌고 올라온 잠수부처럼. 그리고 이야기가 시작되었다. 그녀는 60년대

말 7월 14일 소방서가 주최한 혁명기념일 댄스파티에서 르네와 만났다. 그녀는 자기 파트너가 되어줄 잘생긴 멋쟁이를 만나겠다고 단단히 벼르면서 친구와 함께 그 파티 장소로 갔다. 하지만 막상 그녀에게 다가온 건 왜소하고 병약해 보이는 남자였다. 그럼에도 불구하고 마들렌은 단번에 그 남자로부터 감동을 받았다. 그가 아무 여자에게나 집적대는 남자가 아니라는 걸 느꼈던 것이다. 그건 사실이었다. 르네가 그녀에게 다가설 용기를 낸 것은 마들렌에게서 아주 특별한 뭔가를 느꼈기 때문이었다.

나중에 르네는 자신이 그때 왜 평소와는 다르게 그처럼 동요했는지 그 이유를 마들렌에게 이야기해주었다. 그의 말에 따르면, 그녀는 미셸 알파⁴라는 여배우와 쏙 빼닮았다는 거였다. 나도 그랬지만, 당시 마들렌도 그 여배우가 누군지 몰랐다. 전쟁이 끝난 이후로 그 배우가 영화에 별로 출연하지 않던 탓이 클 것이다. 어떤 잡지에서 미셸 알파의 사진을 발견한 마들렌은 깜짝 놀랐다. 도대체 그 여배우와 자기가 어디가 어떻게 닮았다는 건지 전혀 알 수 없었기 때문이다. 억지로 갖다 붙이자면 분위기가 약간 비슷하다고 할 수 있을까?

---

4   1930~1940년대에 활동한 프랑스 배우. 독일이 프랑스를 점령했을 동안 파리에 주둔한 독일 선전관의 연인이 되었고, 자신의 영향력을 이용해 수용소에 갇힌 동료 배우의 석방을 돕거나 레지스탕스 지도자들을 숨겨주기도 했다.

하지만 르네의 눈에는 마들렌이 그 불운한 여배우와 거의 판박이 같아 보였다. 그가 느낀 매혹은 외모뿐 아니라 또 다른 차원에서 다가오는 것이기도 했다. 그것은 어린 시절 그가 전쟁 중에 겪었던 무시무시한 기억을 떠올리게 했다. 그의 어머니는 레지스탕스 대원이었다. 친독의용대에 쫓기던 그녀는 자신의 어린 아들을 어떤 극장 안에 숨겼다.* 엄청난 두려움에 떨고 있던 르네는 스크린에 나타난 얼굴들에 마치 매달리듯 달라붙었다. 미셸 알파의 얼굴은 그를 보호해주고 안심시켜주는 잊지 못할 힘이 되었다.

* 이 이야기를 듣는 순간, 나는 영화감독 클로드 를루슈가 머릿속에 떠올랐다. 그의 어머니도 독일 점령기 동안 그를 오랜 기간 밤낮없이 극장 안에서 지내게 했고, 그 때문에 영화가 그의 천직이 되었다는 이야기를 를루슈 감독 스스로 자주 언급했다.

그리고 그로부터 20여 년이 지난 뒤, 그는 소방서가 주최한 댄스파티에서 우연히 만난 여자의 눈빛에서 여배우와 흡사한 표정을 다시 발견한 것이었다. 마들렌은 그 영화 제목이 뭐냐고 그에게 물었다. 〈모험은 길모퉁이에 있다〉라고 르네는 대답했다. 나는 깜짝 놀랐지만 내색하지 않았다. 그건 내 프로젝트를 묘하게 암시하는 제목이었다.

마들렌은 당시 서른세 살이었다. 그녀의 친구들은 이미

결혼을 해서 아이 엄마가 되어 있었다. 그녀는 이제 자기도 '얌전해실' 때가 된 것 같다고 생각했다. 그녀는 자기가 그런 표현을 쓴 것은 그 당시 몇 해 전에 출간된 시몬 드 보부아르의 《얌전한 처녀의 회고록》[5]이라는 책 제목에 영향을 받았기 때문이라고 귀띔했다. 그녀는 남편의 체면을 깎는 짓은 하고 싶지 않지만 그래도 나에게 진실을 말하고 싶다고 했다. 당시 그녀는 열정의 입김보다 이성의 소리에 한층 귀를 기울였다. 자신의 느낌을 확신하는 든든한 남자에게 사랑받는 것은 아주 기분 좋은 일이었다. 너무 좋고 기뻐서 자신의 진짜 감정이 어떤 것인지에 대해서는 생각해보지 않았다. 시간이 흐르면서, 르네의 다정하고 사려 깊은 태도가 다른 모든 것을 이겨냈다. 이제 더 이상 추호의 의심도 없었다. 마들렌은 그를 사랑했다. 하지만 그에게서는 첫사랑 때 느꼈던 그 휘몰아치는 감정을 느낄 수는 없었다.

/

고통스럽게 끝난 듯한 그 첫사랑을 떠올리는 것이 내키지 않는 듯, 마들렌은 한순간 입을 다물었다. 어떤 상처들은 결코 아물지 않는다. 나는 속으로 생각했다. 분명히 비극적으로

---

5   《Mémoires d'une jeune fille rangée》. 우리나라에서는 보통 《처녀 시절》로 번역됨.

끝났음을 암시하는 그 연애 이야기에 당연히 나는 호기심이 일었다. 내 소설을 위해 그 부분은 진지하게 접근해야 할 하나의 실마리처럼 보였다. 하지만 그녀가 이미 스스로 알아서 얘기를 털어놓고 있는데, 방금 막 개략적으로 말한 것에 대해 더 자세하게 들려달라고 무례하게 조르고 싶지는 않았다. 그녀는 어차피 나중에 그 얘기를 하게 될 것이다. 그리고 내가 이후에 알게 된 내용들을 지금 당장 밝힐 순 없지만, 어쨌든 그 내용의 강렬함 때문에 그 첫사랑의 스토리가 전체 이야기에서 중요한 부분을 차지한다는 것 정도는 미리 귀띔해줄 수 있다.

/

하지만 지금은 르네 이야기를 좀 더 하도록 하자. 댄스 파티가 끝나고 헤어질 때 그들은 곧 다시 만나기로 약속했다. 몇 달 뒤 그들은 결혼했다. 그리고 몇 년 후에는 부모가 되었다. 첫째 딸 스테파니는 1974년에, 둘째 딸 발레리는 1975년에 태어났다. 그 시절에는 나이 마흔에 초산하는 경우를 찾아보기 힘들었다. 마들렌은 무엇보다 직업상의 이유로 출산 시기를 최대한 늦추었다. 엄마가 되는 것에 기쁨을 느끼긴 했지만, 그것이 자신의 이력에 미치는 영향들을 감내하기는 힘들었다. 그녀가 보기에 그것은 남자들의 사회가 여자들에게 강요하는 부당함이었다.

"남편은 점점 더 일을 많이 했어요. 그래서 혼자 아이들을 돌봐야 할 때가 더 많아졌죠……." 그녀는 아직까지도 쓰라린 듯한 표정으로 말했다. 하지만 죽은 사람을 비난하는 건 무의미한 일이었다.

르네는 아내의 불만을 알아차리지 못하는 것 같았다. 그는 파리교통공사에서 잔뼈가 굵어 온 자신의 이력을 몹시 자랑스러워했다. 그는 지하철 기관사로 시작해서 마침내 파리교통공사라는 공기업의 고위직까지 올랐다. 그에게 있어서 직장은 제2의 가정이었고, 그래서 퇴직은 그에게 떨어지는 단두대의 칼날과도 같았다. 마들렌은 어찌할 바를 모르는 남편과 매일 마주하곤 했다. "그는 아무것도 하지 않고 지내는 걸 견디지 못했어요." 그녀는 이 말을 세 번이나 되풀이했다. 점점 더 나지막하고 느려지는 목소리로. 르네가 세상을 떠난 지는 이미 20년이 지났지만, 우리의 대화는 완전히 새로운 감동의 빛을 그 과거에 던져주고 있었다.

르네는 아침마다 전쟁이 끝나버린 병사처럼 일어났다. 아내는 다시 공부를 시작하든지 아니면 자원봉사활동이라도 하라고 부추겼지만, 그는 그 제안들을 전혀 받아들이지 않았다. 사실 그는 이전 직장동료들이 자신에게서 점차 등을 돌리는 것을 보고 마음에 깊은 상처를 입었다. 자기가 맺어온 관계들이 전부 부질없었다는 것을 깨달은 뒤로 그에게는 모든 게 허망하게만 보였다.

　그런데 추락은 거기서 끝나지 않았다. 엎친 데 덮친 격으로 그는 대장암까지 걸렸다. 그것은 그가 처한 상황을 한 단어로 대변해주는 것이었다. 퇴직한 지 겨우 1년밖에 되지 않은 그의 장례식 날, 파리교통공사의 여러 임원과 직원이 조문을 왔다. 마들렌은 아무 말 없이 그들을 하나하나 바라보았다. 그들 중 몇몇이 추도사를 읽었다. 그들은 르네가 심성이 올곧고 따뜻한 사람이었다고 회고했다. 하지만 그는 이제 그 영원한 우정의 때늦은 증언들을 들을 수 없었다. 그의 아내는 지인들의 태도가 정말 감동적이라고 생각했지만 아무 말도 하지 않았다. 그녀는 그들 사이의 평화로운 화합, 조용한 가운데 서로 뜻이 맞았던 그 가슴 뭉클한 추억 속으로 빠져들어 갔다. 그들은 많은 것을 함께 이루었고 기쁨과 고통을 함께 겪었지만, 이제는 모든 게 다 끝나 있었다.

　마들렌이 들려주는 르네 이야기는 너무나도 생생해서 그가 금방이라도 거실로 들어와 우리의 대화에 끼어들 것만 같았다. 누군가의 가슴속에 계속 살아 있다는 건 세상에서 가장 아름다운 생존처럼 느껴졌다. 나는 인생을 함께한 사랑하는 동반자를 먼저 떠나보내고 홀로 살아가는 게 어떤 일일까 궁금했다. 한 사람과 40년, 50년의 세월을 함께 보내면서 때때로 그 사람이 거울 속에 비친 자신처럼 느껴지고, 그러다가 어느 날 더는 아무것도 없다. 이제 손을 내밀어도 바람만 스칠 뿐이고, 침대에 누워도 뭔가 낯설게 느껴지고, 무심코 말을 건네보지만 혼잣말이 되어버린다. 혼자 살아가는 것이 아니라 그의 부재와 함께 살아간다.

7

마들렌이 마침내 내게 말했다. "그의 무덤에 한 번 찾아가 볼까요?"

나는 그건 적절하지 않은 생각 같다고 둘러대면서 정중하게 빠져나왔다(저마다 나름의 이유가 있는 법이다). 나는 무엇보다 무덤을 찾아가 꽃에 물을 주는 그런 소설은 쓰고 싶지는 않았다. 나는 살아 있는 사람들에게 몰두하는 게 더 좋았다. 그래서 내친김에 그녀의 딸들 얘기를 꺼냈다. 스테파니라는 이름을 꺼내자마자 분위기가 왠지 껄끄러워졌다. 하지만 마들렌에게 그 이유를 대놓고 물어볼 수는 없었다. 나는 참을성 있게 굴어야 했다. 어둠에 가려진 그 모든 것들은 곧 밝혀질 게 분명하니까.

스테파니는 미국인 남자를 만나 보스턴에서 살고 있었다. 마들렌의 이야기를 들어보니, 그녀의 딸은 프랑스 남자만 아니라면 누구라도 상관하지 않고 덜컥 결혼했을 것 같았다.

더군다나 마들렌은 그 미국인 사위에 대해 아는 게 별로 없는 듯했다. 그녀는 그를 몇 번 보지 못했는데, 볼 때마다 그는 지나칠 정도로 미소를 띠고 있었다. 하지만 그녀의 말에 따르면, 그 미소는 마치 '벽에 간 금' 같아서 벽이나 그 주변은 깡그리 잊어버릴 정도로 오로지 그것만 보였다고 한다. 게다가 그녀는 그가 은행에 다닌다는 것만 알 뿐, 그 이상의 세세한 건 전혀 몰랐다.

스테파니는 스카이프를 이용해 자기 어머니와 연락을 취했는데, 마들렌은 그런 사이버 통신으로만 딸과 두 손녀와의 관계를 이어가야 한다는 사실에 절망감을 느꼈다. 어쨌든 그거로는 그들을 그녀의 품에 안아볼 수 없었다. 게다가 또 다른 문제도 있었다. 언어. 마들렌은 스테파니가 왜 자기 딸아이들과 프랑스어로 대화하지 않는지 이해할 수 없었다. 마들렌은 자기 생일날 컴퓨터 화면을 통해 "헬로, 그랜마"와 "해피버스데이, 그랜마" 같은 말들을 듣곤 했다. 그건 마치 딸이 그녀와의 사이에 추가로 세워놓은 장벽 같았다.

그렇지만 다행히 둘째 딸 발레리는 가까운 곳에 살고 있어서 거의 매일 그녀를 보러 왔다. 마들렌의 얼굴에 미소가 떠오르기 시작했다. "딸 중 하나는 보고 싶어도 볼 수가 없고, 다른 딸은 귀찮을 정도로 자주 보죠!" 비록 그 말이 웃음을 자아내지는 않았지만, 내 여주인공이 유머 감각이나 자조적인 기질을 어느 정도 갖고 있다는 사실은 좋은 징조라 생각되었다.

그런데 내 나이 또래의 여자가 그토록 자주 자기 어머니를 보러 와서 필요한 게 뭔지 확인하고 챙겨준다는 건 정말 놀라웠다. 발레리는 믿고 의지할 수 있는 부류의 사람임에 틀림없었다. 가족을 건사하느라 끝없이 희생하며 살아가는 그런 인생을 가리켜 흔히 말하듯, 그녀는 '짐을 떠안아야' 했다. 물론 그건 순전히 나의 추정일 뿐이다. 마들렌은 자기 딸들에 관한 얘기를 더 길게 늘어놓고 싶어 하지 않았으니까. 하지만 그 두 자매의 관계가 소원하다는 것만큼은 분명하게 느낄 수 있었다. 그리고 나중에 나는 그녀들이 아주 오래전에 있었던 어떤 일 때문에 서로 말을 하지 않고 지내왔다는 것을 알게 되었다.

8

나는 마들렌이 맨 처음 털어놓은 그 속내 이야기들이 마음에 들었다. 내 소설은 내가 바라던 것 이상으로 잘 풀려나가고 있었다. 하지만 섣불리 성공의 축배를 들어서는 안 되었다. 일이 너무 쉽게 풀릴 때는 조심해야 한다. 그건 엄청난 폭풍이 몰려들기 전의 고요와 같은 것일 확률이 높다. 물론 그런 확신은 나를 비관론자로 만들고, 그래서 실망할 것들을 미리 생각하게 만든다.

나는 마들렌의 인생이 미완성된 n번째 소설로 끝나지 않기를 간절히 바랐다. 하지만 지금으로서는 그걸 두려워할 구석이 전혀 없었다. 그녀는 자발적으로 얘기를 털어놓았고, 나는 절대로 그녀를 부추기거나 이끌지 않고 그녀 스스로 자신의 추억들 속을 표류하도록 내버려 두었다. 그녀는 딸들에 관한 얘기를 빠르게 몰아내면서 자신의 직장생활에 관한 이야기로 자연스레 옮겨 갔다. 그녀는 특히 카를 라거펠트 곁에서 재단사로 일했었다. 나는 이내 그녀의 말을 끊었다. "당신 이름 때문에 그 분야에서 일하게 된 거라는 생각이 들진 않았나요? 미리 정해진 운명* 같은 게 있었던 건 아닐까요?"

* 앱토님(aptonym)이라는 게 바로 그것이다. 어떤 이름이 그 이름의 소유자와 의미가 맞아떨어질 때, 그걸 앱토님이라 부른다. 무용수 뱅자맹 밀피에(Benjamin Millepied)부터 철학자 로베르 그로스테트(Robert Grossetête)에 이르기까지, 인터넷에서 유명한 앱토님 목록을 쉽게 찾아볼 수 있다('Millepied'는 '천 개의 발', 'Grossetete'는 '커다란 머리'라는 뜻을 갖고 있다. ─옮긴이).

/

그녀는 평생토록 그런 소리를 되풀이해 들으며 살아왔을 게 분명했다. 그런 그녀에게 내가 또 뻔한 질문을 던진 것은 별로 세련되지 못한 행동이었다. 그녀는 '트리코'가 자기 남편의 성이고, 자기는 그와 만나던 당시 이미 패션계에서 일하고 있었다고 명쾌하게 밝혔다. 그건 사실이었다. 그들이 두 번째로 만났을 때 르네는 그녀에게 말했다. "당신은 재단사잖아요, 그런데 내 성은 '트리코'예요. 우린 천생연분이군요." 르네 역시 대화를 할 때 그리 재치 있는 편은 아니었던 듯했다. 하지만 그의 말에 마들렌은 미소를 지었다. 그리고 단 한 번의 미소에 인생 전체를 거는 일이 일어나기도 한다.

말이 나온 김에 나는 그녀에게 라거펠트를 어떻게 생각하느냐고 물었다. "그는 아주 담백한 남자였어요." 그녀는 대답했다. "복잡한 구석이라고는 조금도 없는. 모든 게 한눈에 다 파악될 만큼." 그건 솔직히 내가 그에 대해 갖고 있던 이미지와 달랐다. 나는 머릿속으로 슬그머니 딴생각에 빠져들었다. 그건 내 소설을 위해 아주 유용한 정보였다. 소설이 전개되는 과정에서 혹시라도 마들렌이 뭔가 실망스러워질 경우, 그 위대한 독일 아티스트에 관한 매력적인 자료들을 여기저기 끼워 넣을 수 있을 테니까. 라거펠트는 필요할 경우 언제든 꺼내 쓸 수 있는 자극적인 주제로 안성맞춤이었다.

마들렌은 그녀의 인생에서 가장 아름다웠던 시절이었던 듯한 그 몇 해를 감격에 젖어 회상했다. 샤넬 시대. 그녀는 샤넬 하우스의 명성이 추락했을 때 혜성처럼 등장한 라거펠트의 모습을 결코 잊을 수 없을 것이다. 당시 샤넬 하우스는 폐업까지 고려할 만큼 최악의 상태에 처해 있었다. 그곳에 처음 모습을 나타낸 그 패션 디자이너는 한마디 말도 없이 건물을 한 층 한 층 둘러보았다. 다른 이들의 눈에 마치 한가로이 산책을 하는 듯한 그의 탐방은 영원히 끝나지 않을 것처럼 보였다. 그가 앞으로 뭘 어떻게 할 것인지 그 누구도 알 수 없었다. 샤넬 하우스의 수석 디자이너를 맡아달라는 제안을 받아들일까? 그는 옷감들을 주의 깊게 살펴보았고, 현장의 분위기도 빠르게 파악했다.

마들렌은 그가 유달리 아름답다고 생각했다. 사람들이 생각하는 것과는 달리 그는 바지런한 사람이 아니었다. 책을 아주 좋아하는 그는 소설책의 페이지를 넘기는 것처럼 걸었다. 그가 마침내 마들렌에게 다가와 몇 가지 질문을 던졌다. 언제부터 여기서 일했나요? 이 회사를 어떻게 생각합니까? 앞으로 어떻게 될 것 같아요? 그녀가 결코 잊지 못했던 것은 바로 그런 그의 솔직담백함이었다. 시간을 가지고 곰곰이 생각하고, 주위 사람들의 말에 귀를 기울이는 태도. 바로 그날 저녁, 그는 크로키 몇 장을 들고 다시 왔다. 그는 제안을 받아들이겠다고 말로 표현하지는 않았다. 그의 동의는 암묵적이었다. 그렇게 해서 고사 직전의 샤넬은 기적처럼 다시 태어나게 되었다.

마들렌은 쉰 살이었고, 그녀의 딸들은 사춘기에 이르렀

다. 자식 교육에 그다지 열성적이지 않았던 그녀는 여느 때와 다름없이 사기 일에 몰두했다. 그녀는 패션쇼의 들뜬 분위기를 사랑했다. 패션쇼가 열릴 때면 팀 전원이 무대 뒤에서 극도의 흥분 속에 분주하게 움직였다. 그때는 이네스 드 라 프레상주[6]의 전성시대였다. 마들렌의 말에 따르면 그녀는 사랑스럽고 우아한 여인이었다. "그녀는 내 퇴직 기념 파티에도 왔답니다. 정말이지 그건 아주 굉장한 일이었죠……." 마들렌은 그 과거를 떠올리며 새삼 감격하는 것 같았다. 그녀에게는 모든 게 바로 얼마 전에 일어난 일처럼 여겨지는 듯했다. 아주 먼 옛날의 일인데도 손을 내밀면 닿을 것 같은 그런 기억들이 있다.

과로로 항상 지쳐 있던 그 시절을 회상하면서도 그녀의 입가에는 미소가 번졌다. 컬렉션 때마다 매번 한 조각의 천으로 한 시대를 창조할 수 있다는 자부심 같은 것이 터무니없이 부풀어 오르곤 했다. 패션쇼 때면 사람들은 약간씩 이성을 잃었다. 되돌아보면 무의미하기 그지없어 보이는 많은 싸움을 그녀는 기억했다. 모든 게 덧없다는 것을 모르는 사람들 사이의 사소한 말다툼. 그들은 이제 땅 밑에서 누가 이기고 질 것도 없는 처지가 되어 있었다. 열병처럼 뜨거웠던 과거 얘기가 끝나자, 마들렌은 이제 다시는 프로젝트들과 씨름할 일이 없

---

6   1980년대 샤넬의 뮤즈로 활동한 프랑스 모델이자 패션 디자이너로, 당시 프랑스 패션 스타일의 아이콘으로 불렸다.

는 일상으로 돌아왔다. 하지만 나의 존재가 그런 그녀의 일상에 얼마간 변화를 가져다줄 터였다. 어쨌든 그녀는 나의 열의에 만족해하는 것 같았다.

이윽고 마들렌은 자주 숨을 고르기 시작했고 기억이 헛갈리는 듯, 했던 이야기들을 또 하기 시작했다. 아마도 두 시간이 넘게 말하느라 지쳐서 그런 것 같았다. 내 소설의 원천을 시작도 하기 전에 고갈시켜서는 안 되었다. 나는 이제 좀 쉬시라고, 그만 가봐야겠다고 말했다. 하지만 그녀는 자기 딸이 곧 올 테니 조금만 더 있어 달라고 청했다.

9

발레리는 정확히 상상한 그대로였다. 나는 그녀의 사진을 한 장도 보지 못했지만 마들렌의 말을 들으면서 머릿속으로 그녀의 모습을 그려보았는데, 그게 거의 그대로 들어맞았다. 그녀는 우아한 편이었지만, 뭔가 권태로움 같은 것이 느껴졌다. 어쨌든 태도로 미루어 볼 때 그녀는 나에 대한 첫인상을 이미 결정한 것 같았다. 자신의 시선 속에 떠도는 의심을 애써 숨기려고 하지도 않으면서, 그녀는 나를 향해 대번에 경계심을 드러냈다.

충분히 그럴 만했다. 그녀의 어머니가 집요하게 질문을 퍼부어대는 낯모르는 남자를 집 안에 들였으니까. 발레리는 나를 사기꾼이라고 생각하고 있는 게 분명했다. 사실, 작가라는 직업이나 사기꾼이나 별반 다를 게 없긴 했다.

그녀가 다시 내게 물었다.
"두 분은 거리에서 만났고, 우리 엄마가 댁한테 집에 가서 차를 마시자고 했다고요?"
"예, 맞습니다."
"그런데 댁한테는 이런 일이 자주 있나요? 나이 많은 할머니 집에 이런 식으로 들어오는 일이?"
"전부 설명해드리겠습니다. 저는 작가인데……."
발레리는 자기 어머니에게 다가갔다.
"잘 지내셨어요, 엄마?"
"아주 잘 지내고 있다." 마들렌이 만면에 미소를 지으며 대답했다. 그녀의 딸은 그 웃음의 강렬함에 놀라는 듯했다.

분위기를 가라앉히기 위해 나는 인터넷 검색창에 내 이름을 두드린 뒤 휴대전화를 발레리에게 내밀었다. 그녀는 내가 거짓말을 하지 않았다는 것, 내가 이미 책을 여러 권 출간했고, 그중 몇 권은 상당한 성공을 거두었다는 사실을 확인했다. 새롭게 얻은 이 긍정적인 이미지를 이용해 나는 그녀에게 내가 이곳에 와 있는 이유를 다시 한번 설명했다. 어리둥절해진 그녀가 대꾸했다.

"문학 프로젝트? 우리 엄마가…… 문학 프로젝트?"

"예."

"우리 엄마가? 문학 프로젝트?"

"좀 특이한 생각이긴 하죠, 예, 저도 인정합니다……. 하지만 저는 거리에서 제일 처음 마주치는 사람을 멈춰 세우기로 했어요……. 그리고 그 사람에 관한 소설을 쓰기로 마음먹었죠."

"그런데 우연히 마주친 게 바로 우리 엄마였다?"

"그래요. 저는 어떤 인생이라도 아주 흥미로울 수 있다고 생각했습니다."

"그건 그렇죠. 네, 분명히 그래요. 하지만 우리 엄마가 살아온 이야기에 흥미를 느낄 사람이 있을까요? 딸인 나조차도 읽다가 중간에 포기하고 말 거예요."

"절 믿으세요, 아주 재미있을 겁니다. 당신 어머니가 저에게 이런저런 얘기를 들려주셨어요, 당신 아버지에 관한 얘기…… 당신 언니…… 라거펠트……."

"아 그래요? 엄마가 언니에 관해 뭐라고 하던가요?"

"음…… 그러니까…… 당신이 제게 묻는 태도…… 약간 날카롭게 느껴지는 그 태도 때문에…… 이런 생각이 드는……."

"아, 알겠어요. 남의 가정사를 들춰내 소설을 쓰겠다, 그 말이군요. 고통스러운 상처들을."

"아니, 그럴 리가요······ 당신이 원하지 않는 건 절대로 쓰지 않을 겁니다."

"다들 말은 그렇게 하죠. 난 요즘 나오는 소설들은 별로 읽지 않지만, 글쓰기가 대체로 한풀이 수단이라는 것쯤은 알고 있어요."

"······."

나는 대꾸할 말을 찾지 못했다. 그녀의 말은 틀리지 않았다. 소설이 점점 팔리지 않게 되자, 출판사들은 외설적인 논쟁들과 말초적인 가십거리들을 풀어놓는 쪽으로 관심이 쏠리고 있다. 나도 그런 것들에 유혹을 느낀 것일까? 독자들이 책을 계속 읽어나가고 싶게 만드는 그런 가족의 비밀들을 나의 여주인공에게서 기대하고 있었다는 건 부인할 수 없었다. 나는 한 노인의 일생에 열광하는 척하면서 엄청나게 비극적인 이야기가 얽혀걸리기를 갈망하는 탐욕스러운 흡혈귀에 불과했다. 솔직해지자. 행복한 이야기는 그 누구의 관심도 끌지 못한다.

"할 말이 없으신가요?" 발레리가 말했다.

"아, 미, 미안합니다······ 생각을 좀 하고 있었어요. 당신이 어떤 기분일지 저도 충분히 이해합니다. 그러니까 제가 남의 상처에만 관심이 있다고 생각하시겠지요. 솔직히 털어놓겠습니다. 저는 당신에게 아무것도 장담할 수 없습니다. 당신 어머님은 저한테 얘기를 들려주시겠다고 했습니다. 그리고 저는 아무 제약 없이 그 이야기들을 자유롭게 재구성해 옮겨 써야합니다. 물론 당신 어머님이 저한테 모든 얘기를 다 하실 의무는 없습니다⋯⋯."

"상황 파악을 아주 잘하시네요. 그만하면 충분히 엄마의 신뢰를 얻으시겠어요. 엄마는 나이가 무척 많아요, 게다가 엄마도 모르는 게 있어요⋯⋯."

"무슨 말을 그렇게 하니?" 그때 마들렌이 기분이 상한다는 듯 끼어들었다.

"미안해요, 엄마. 난 그런 뜻으로 말한 게 아니었어. 난 다만 이 사람의 의도가 뭔지 확실히 알 필요가 있어서 그러는 거야."

"다시 한번 말씀드리지만, 당신이 거부감을 가지는 건 충분히 이해합니다. 하지만 나쁜 의도는 전혀 없습니다⋯⋯." 내가 말했다.

발레리는 말없이 나를 노려보고는, 부엌으로 따라오라는 눈짓을 보냈다. "금방 돌아올게요." 그녀가 자기 엄마에게 말했다. 마들렌은 자기와 관계되는 대화를 자기가 없는 곳에 가서 하려 한다는 것에 약간 기분이 상한 것 같았다. 나이가 들수록, 사람들이 당신 의견 따윈 필요 없다는 듯이 당신을 쏙 빼놓고 당신에 관한 이야기를 하는 일이 예사로 일어난다. 발레리를 따라가면서 나는 그녀가 단호한 어조로 했던 말을 다시 생각해보았다. 그녀는 왜 "엄마도 모르는 게 있어요⋯⋯"

라고 단정 짓듯 말했을까? 그녀는 뭔가를 두려워하고 있는 것 같았다. 자기 어머니가 나에게 지나치게 내밀한 이야기나 뭔가 말해서는 곤란한 이야기들을 부주의하게 털어놓는 건 아닐까 하는 두려움.

　　일단 부엌으로 들어서자, 그녀는 아주 낮은 목소리로 소곤대듯 말하기 시작했다. 그리고 눈에 띄게 난처한 기색을 보이며 몇 가지 주의사항을 늘어놓고 나서, 자기 어머니가 기억력을 잃어가고 있기 때문에 어머니와 나의 프로젝트가 제대로 진행되기 힘들 거라고 말했다. 나이가 나이니만큼 마들렌의 기억력이 좀 흐릿할 수도 있지 않을까, 나도 잠시 의심해보긴 했었다. 하지만 발레리는 쐐기를 박듯 덧붙였다. "알츠하이머 초기예요. 아직은 통제할 수 있지만, 하루가 다르게 증세가 나빠지는 걸 제 눈으로 확인하고 있어요. 엄만 기억을 잃어가고 있어요, 과거의 순간들, 이름들……." 나는 그 정도일 거라고는 전혀 짐작하지 못했다. 두 시간 동안 마들렌은 아주 또렷한 정신으로 자기가 살아온 삶을 회상했다. 발레리는 낯선 사람과의 첫 만남이라 그게 가능했을 거라고 말했다. 마치 정신과 상담을 처음 받았을 때 깜짝 놀랄 정도로 효과가 좋은 것처럼. 하지만 몰아의 경지에서 위안을 느끼며 모든 것을 풀어놓고 난 다음, 시간이 흘러갈수록 기분이 고양되기보다는 점점 더 바닥으로 가라앉는 것을 알아차린다.

마치 자기가 페이지 하나하나를 다 꿰고 있는 한 권의 소설 그 자체라는 것을 자기 자신에게 입증하려는 것처럼, 기억의 밑바닥으로 추억들을 찾으러 가는 마들렌은 행복해 보였다.

"제 생각으로는, 이 프로젝트가 당신 어머니에게 오히려 도움이 될 것 같은데요." 나는 발레리에게 감히 그렇게 말했다.

"저도 그건 의심하지 않아요. 게다가 당신과 얘기하는 건 분명히 재미있고 즐겁겠죠. 하지만 얼마 지나지 않아 엄만 자신의 현실과 마주하게 될 거예요. 제가 왜 이렇게 불안해하는지 이해하시겠어요? 지금 당장에는 아무 문제가 없어요, 엄만 자기가 알츠하이머 초기라는 걸 모르고 있어요. 저는 당신의 프로젝트가 우리 엄마에게 해가 되지 않기만을 바랄 뿐이에요……."

바로 그 순간, 조금 전까지 전혀 모르던 사이였던 그 여자는 뭔가 울컥한 감정이 치밀어 오르는 듯 말을 멈추었다. 나는 그녀가 의심이 많을 뿐 아니라 약간 공격적이기까지 하다고 생각했었다. 하지만 이제 나는 그녀가 자기 어머니를 보호하기 위해 그런 태도를 보였다는 걸 알 수 있었다. 그녀는 마치 집요한 적의 공격에 날마다 조금씩 조금씩 줄어드는 영토를 악착같이 지키는 것처럼 자기 어머니를 지키려 하고 있었다.

나는 그녀에게 약간 연민 어린 미소를 지어 보였다. 그렇지만 나는 그 미소가 창피했다. 그건 거짓된 미소였기 때문이다. 사실 나는 내 소설만 생각하고 있었다. 지극히 작가답게.

내게 중요한 건 오직 그것뿐이었다. 나는 속으로 이런 생각을 했다. 나는 어떤 인물을 멈춰 세우고 그 인물에 관한 소설을 쓰겠다는 계획을 세웠다. 그런데 기껏 만난 인물이 기억력을 잃어가는 사람이라니. 이건 너무 심한 아이러니다. 하지만 나는 곧 고쳐 생각했다. 바스러져 가는 기억력에 관해 쓴다면 아마 굉장한 소설이 될 것이다. 우선은 페이지들을 하얗게 빈 채로 두고 챕터들을 기형적인 상태로 내버려 두면 될 일이었다.

그래서 나는 내 여주인공이 피곤하지 않도록 그녀의 집에 들르는 횟수를 줄여서 띄엄띄엄 간격을 두고 만나기로 했다. 뭔가를 꼭 얻어내겠다고 조바심을 내지 않고, 그냥 그녀와 시간을 보내도 될 것이다. 동네를 함께 거닐거나 슈퍼마켓으로 장을 보러 가거나. 일상의 순간순간들. 모든 것이 흥미로울 수 있었다. 그때, 발레리가 내 머릿속 망상을 중단시켰다.

"물론 당신이 우리 엄마에 관한 책을 쓴다는 건 굉장한 일이라고 생각해요. 약간 정신 나간 짓 같긴 하지만 엄청난 일인 건 분명한 것 같아요. 우리 아이들에게도 멋진 선물이 될 테고…… 하지만……."

"하지만 뭐죠?"

"한 가지 제안할 게 있어요."

"좋아요, 말해보세요."

"내 생각엔, 당신이 우리 엄마에 관해 책을 쓰다 보면, 나한테도 물어보고 싶은 게 생길 거예요."

"예, 아마 그렇겠죠."

"그렇다면 당신은 나에 관한 내용도 쓸 수 있을 거예요. 결국, 나뿐만이 아니라 우리 가족 전부에 관해서도요. 내 남편, 내 아이들."

"하지만 제가 생각하고 있는 건 그런 게 아닙니다……."

"당신의 프로젝트 말이에요, 그건 실존 인물을 따라가는 거랬죠?"

"맞아요."

"그렇다면 그 프로젝트를 주인공뿐만 아니라 그 주변 인물들까지 확대할 수도 있지 않겠어요? 우리 얘기가 재미있을지는 잘 모르겠지만, 이야깃거리는 얼마든지 있을 거예요."

"물론 그렇긴 하겠죠, 하지만……."

"이봐요, 난 타협을 해보자는 의미에서 이런 제안을 하는 거예요. 난 당신한테 우리 엄마 말고 다른 사람을 찾아보라고 말하려는 게 아니라고요."

"……."

그녀는 잠시 침묵하고 있다가 다시 말을 이었다.

"난 당신 덕분에 우리 엄마 상태가 좋아진 걸 봤어요. 집에 들어서자마자 단박에 알겠더라고요. 하지만 직감적으로 당신한테 이런 제안을 해야겠다는 생각이 들었어요. 당신의 그 프로젝트를 우리 엄마에게만 전적으로 의지해서 밀어붙이지 않았으면 해요. 난 그게 걱정스러운 거예요."

"……."

나는 그녀의 제안을 어떻게 해석해야 할지 알 수 없었다. 처음에 나는 그 제안을 받아들이는 긴 일종의 배신행위라고 생각했다. 내 프로젝트는 우연에 따르자는 것이었고, 어떤 일이 있어도 나는 그 우연을 계속 따라가야 했다. 발레리는 잠시 자신의 제안에 어떤 이점들이 있는지 설파했다. 나는 그녀가 왜 그러는 건지 이해할 수 있었다. 얼굴에 띤 미소로 보아, 그녀는 자기 어머니를 열광시키는 이 모험을 방해할 생각이 전혀 없었다. 다만 불안정하게 흔들리는 옛 기억들을 되살려내는 일이 자기 어머니에게 심한 압박감을 줄 수도 있기 때문에 미리 그 부담을 덜어줄 대책을 세우고 싶어 하는 거였다. 게다가 나에겐 사실 선택권이 없는 듯했다.

　　우리는 거실로 돌아갔다. 그리고 발레리가 자기 어머니에게 말했다.
　　"엄마, 얘기가 다 잘 되었어요. 이 작가님이 엄마의 인생을 소설로 쓸 거예요. 어쨌든 근사한 일이죠. 그리고 이분은 우리 얘기도 쓸 거예요. 그뿐만 아니라 오늘 저녁 우리 집에서 함께 저녁 식사를 하자고 이분을 초대했어요……."
　　뭐, 일은 그렇게 되었다. 나에게는 달리 선택의 여지가 없었다. 아니, 이야기를 이끌어갈 인물들이 많으면 오히려 전개가 더 쉬워질 것도 같았다.

10

　그렇게 해서 나는 이제까지 전혀 몰랐던 한 가정의 저녁 식사 자리에 끼이게 되었다. 초대니 초청이니 하는 불편한 자리는 무조건 기피해 왔던 내가, 정말로 있을 법하지 않은 행동을 하고 있었다.

　발레리는 자기 남편과 아이들에게 나를 소개하면서 내가 책을 쓰기 위해 그들과 저녁 식사를 하는 거라고 말했다. 그들의 시선에 일종의 쇼크 같은 게 드러나 있었다. 그들이 롤라라고 나에게 소개해줬던 어린 딸이 입속으로 웅얼거렸다. "엄마가 이번엔 또 어떤 망상을 펼치려는 걸까?" 그 말에 아이의 오빠가 대꾸했다. "엄마는 도자기를 만들 때가 차라리 나았어." 그들의 어머니가 단 한마디로 그들의 웅얼거림을 싹둑 잘랐다. "다 들려!" 남편 파트릭은 아무 말도 하지 않았다. 그는 친절하게 나를 대하면서 뭘 마시고 싶은지 물어볼 수도 있었을 것이고, 이 상황이 우스꽝스럽다고 생각할 수도 있었을 것이다. 하지만 천만에, 그는 아내의 뚱딴지같은 망상을 어쩔 수 없이 꾹꾹 참으며 살아가는 공처가 같은 표정을 짓고 있었다. 그는 순전히 아내를 기쁘게 해주기 위해 이런 터무니없는 상황을 받아들였다는 것을 발레리에게 과시할 양으로, 회의적인 표정을 지으며 보란 듯이 입을 삐죽거렸다. 하지만 발레리는 조금도 물러서지 않고 단호한 태도를 보였다. 불과 몇 시간만에 그녀는 나의 문학적 추구를 지지하는 홍보대사가 되어 있었다.

　모두가 식탁에 자리를 잡고 앉았을 때, 어색한 침묵이 흘렀다. 다들 내가 입을 열기를, 질문을 던지기를 기다리고 있는 게 분명했다. 나는 마침내 몇 마디 말로 내 소개를 하고 난 다음, 내가 이 자리에 참석하게 된 것은 무엇보다 그들의 이야기를 듣기 위해서라고 더듬거리며 말했다. 하지만 아무도 입을 열려고 하지 않았다. 자기 가족들의 태도에 난처해진 발레리가 분위기를 띄워 볼 요량으로 말했다. "다들 왜 이래? 자, 긴장 풀어!" 나는 그렇게 서두를 필요는 전혀 없다는 뜻으로 진정하라는 몸짓을 했다. 나는 이런 적응 기간이 필요하다는 것을 완전히 이해하고 있었다. 그리고 무엇보다도 먼저 신뢰, 그들의 신뢰를 얻어야만 했다.

　나는 파트릭을 계속 눈여겨보았다. 그는 이런 상황들에 이골이 난 아이 같은 표정을 짓고 있었다. 그는 발레리보다 약간 더 나이가 들어 보였지만, 사실 그들은 같은 해에 태어났다. 그들은 대학 시절에 만났다. 아주 자연스럽게 서로에게 마음이 끌렸지만, 첫눈에 반한 사이라고 말할 수는 없었다. 그들의 사랑을 폄훼하려는 건 전혀 아니지만, 내 생각에 그건 뜨겁게 불타오르는 사랑이 아니라 합리적인 사랑이었던 것 같다. 하지만 파트릭에게 그건 어쨌든 대단한 첫 연애였다.

발레리와 사귀기 전까지 그는 여자아이들에게 인기가 거의 없는 편이었다. 약간 메마른 청춘기. 하지만 나는 그것에 관해 더 깊이 알 수 없을 것이다. 우리가 앞으로 나눌 대화에서도 그는 그 힘들었던 시기에 대해서는 입을 열려 하지 않을 게 분명하니까. 하지만 나는 그가 지금 그처럼 자신감 없는 성격이 된 것은 여자아이들과 제대로 연애 한 번 못해본 채 열세 살부터 열여섯 살까지 외로운 청소년기를 보낸 데에서 비롯되었다는 것을 미루어 짐작할 수 있었다. 때로는 몇 번의 실패만으로도 성공에 영원히 무관심해질 수 있는 법이다.

자기를 몇 번이나 쏘아보는 아내의 따가운 눈총에 파트릭은 무슨 말이든 하지 않고는 달리 도리가 없었다. 그는 자신의 어린 시절이나 여하한 추억보다는 자기가 요즈음 하루하루를 어떻게 보내고 있는지 이야기하기 시작했다. 그는 27년째 같은 보험회사에 다니고 있었다. 나는 매일같이 똑같은 장소로 가서 똑같은 사람들을 만나고, 마찬가지로 똑같은 농도의 커피를 내려주는 커피머신 앞에서 똑같은 대화를 하는 그런 단조로운 삶이 어떤 것일지 상상해보려 했다. 거기에는 그토록 오랜 세월 직장생활을 견뎌 나갈 만큼 안정감을 주는 뭔가가 있는 것 같았다.

사실 파트릭은 염려스러운 난기류에 휘말려 있었다. 몇 달 전에 그의 회사에 새로운 사장이 부임했다. 장 폴 데주와요는 영업실적과 수익성에만 목을 매는 인물이었다. 그는 쉬지 않고 그 모든 것을 확인하고 점검했다. 더 정확하게 말하자면, 티끌만 한 실수도 놓치지 않고 기어코 찾아내 해당 직원을 몰아세우고, 그것을 빌미로 잔여 임금도 주지 않고 해고해버렸다. 게다가 직원들끼리 서로 고발하도록 부추기는 파렴치한 짓도 서슴지 않았다.

그날 아침 데주와요가 파트릭을 불러, 할 말이 있으니까 사흘 후에 다시 오라는 지시를 내렸다. 그건 끔찍한 고문이었다. 하고 싶은 말이 있으면 그 자리에서 하면 될 텐데 왜 굳이 사흘 뒤로 약속을 따로 잡은 걸까? 그날 이후 파트릭은 아랫배가 묵직하게 느껴지는 스트레스를 안고 며칠을 보내게 되었다. 데주와요의 시선, 그 스위스인의 얼굴에서는 아무것도 알아낼 수가 없었다. 극도의 직장 내 괴롭힘. 임금노동자를 피말려 죽이는 것에 거의 희열을 느끼는 듯한 그 냉혹한 태도. 거기에는 필경 사디즘 같은 게 있었다. 모든 것을 다 고려하더라도, 데주와요는 자기가 사흘 후에 보자고 말할 경우 그 직원이 그때까지 그것 때문에 얼마나 괴로워할지 분명히 알고 있었다. 그런데 더더욱 고약한 건, 그 말을 명령조로 했다는 점이었다. 같은 말이라도 '아' 다르고 '어' 다른 법이다. 명령조로 말했다는 건 그 사안이 아주 중요하고 심각하다는 것을 의미했다. 데주와요의 그 말은 마치 재판관이 형을 선고하는 듯한 느낌을 주었다.

우리가 만난 그날 저녁, 파트릭은 저녁 식사를 하는 내내 자기가 조만간 실직자가 될지도 모른다는 생각을 하고 있었다. 동료 랑베르에게 이미 그런 일이 일어났다. 그는 어느 날 갑자기 해고당했다. 인원 감축. "너무 심각하게 받아들이지 마세요, 별일 아니니까." 랑베르는 그런 말을 들어야 했다. "당신은 아직 젊어요, 자식도 없고. 그러니 쉽게 재기할 수 있을 겁니다." 하지만 현재까지 쉬운 것은 아무것도 없었고, 재기하기도 결코 쉽지 않았다.

파트릭은 2주일 전에 랑베르와 우연히 마주쳤다. 그때 그는 랑베르의 얼굴이 퀭해졌다고 생각했다. 랑베르는 잘 지내고 있다는 듯이 행동했지만, 그건 분명히 사실이 아니었다. 파트릭은 랑베르를 곤란하게 만들지 않으려고 그가 하는 말을 믿는 척했다. 하지만 지금 파트릭은 그걸 후회하고 있었다. 그는 이렇게 말했어야 했다. "이봐, 자네가 잘 지내고 있지 않다는 건 한눈에 알 수 있어. 커피나 한잔하면서 앞으로 뭘 어떻게 해야 할지 함께 고민해 보자구." 하지만 그는 아무 말도 하지 않았다. 랑베르가 지하철역 안으로 휩쓸려 들어가 군중 속으로 사라지는 것을 그저 바라보고만 있었다.

파트릭은 그에게 전화를 걸어보려고도 했다. 하지만 없는 번호라는 안내 메시지만 들려왔다. 도대체 어떻게 된 일일까? 요즘 시대에 아무 이유 없이 전화번호를 변경하거나 해지할 사람이 누가 있을까? 현대를 살아가려면 언제 어디서든 연락이 닿아야만 한다. 아마도 전화 요금이 밀려 전화가 해지된 것 같았다. 그것 말고는 다른 이유를 찾을 수 없었다. 파트릭은 더 이상 그와 연락이 닿을 방법이 없었고, 거리에서 우연히 마주쳐서 억지웃음을 지으며 서로 거짓말을 하는 두 명의 옛 직장동료가 의미 없이 주고받는 상투적 안부 이상의 대화를 그와 나눌 가능성도 이제 더는 없었다. 파트릭은 이런 생각을 하고 있었다. 사흘 후에는 내 차례일지도 모른다. 어쩌면 내 전화번호도 그렇게 사라질 것이다. 사람들은 다시는 나와 연락이 닿을 수 없을 것이다. 사흘 뒤, 그 사악한 데주와요는 자기가 왜 명령조로 나를 보자고 했는지 그 이유를 말해줄 것이다.

물론 이 세세한 내용 가운데 어떤 것들은 나중에 파트릭이 나에게 들려준 것이다. 하지만 그날 저녁 식사 때 그는 의외로 많은 것을 털어놓았다. 발레리는 놀라는 듯했다. 저녁 식사를 시작하기 전까지만 해도 그럴 기미가 전혀 보이지 않았기 때문이다. 자기 가족이 아닌 낯선 누군가가 그들의 말을 듣겠다고 자청하는 순간부터 그들 각자가 그동안 억누르고 있던 얘기들을 얼마나 털어놓고 싶어 할지, 나는 사실 전혀 가늠하지 못했다. 나의 역할은 그들의 이야기를 논평하는 것도 조언하는 것도 아니었다. 적어도 지금으로서는. 나는 그들의 이야기에 지나치게 감정 이입하지 않은 채 그것을 글로 옮겨 쓰는데 필요한 거리를 유지하면서, 그저 연민을 약간 내비치는 선에서 그쳤다. 파트릭이 나에게 이런 질문을 던진 것도 아마 나의 그런 태도 때문이었을 것이다.

"그런데 데주와요와 나의 이야기가 정말로 흥미롭긴 합니까?"

"그럼요, 물론입니다. 나뿐만 아니라 독자들도 아주 흥미로워할 거로 생각합니다. 어디든 데주와요 같은 인간은 꼭 하나씩 있으니까요." 나는 최대한 진지하게 말했다.

나는 정말로 그렇게 생각했다. 누구에게나 사이코패스 상사가 있다는 게 아니라, 내가 보기에 세상 사는 이야기는 서로 엇비슷하다는 말이다. 나는 줄거리가 아주 난처하거나 불쾌하거나 지루한 소설까지 포함해서, 독자들이 소설을 읽으며 얼마나 자주 '이건 바로 내 얘기야'라고 반응하는지 알고 깜짝 놀랄 때가 많다. 독자들은 우리의 사생활이 어느 부분에 투영되어 있는지 곳곳에서 찾아낸다. 그래서 나는 독자들이 그 데주와요라는 인물을 저마다 삶의 이런저런 순간에 겪는 괴롭힘의 상징처럼 생각할 수 있을 거라고 확신했다. 게다가 불안에 시달리고 있는 그 남자, 자신을 기다리고 있는 모욕에 맞서 꿋꿋하게 버텨보려 애쓰는 그 남자에게 공감할 수도 있을 것이다. 어쨌든 나도 그에게 공감하고 있었으니까.

11

파트릭이 이야기를 끝맺었다. 그가 의외로 아주 많은 이야기를 들려주었기 때문에, 나는 그에게 고맙다고 말했다. 또다시 침묵이 흘렀다. 이제 내 소설에서 다음 내용을 책임지고 끌고 가줄 인물은 누구일까? 정지된 시간 동안 나는 피란델로의 〈작가를 찾는 여섯 명의 등장인물〉[7]을 떠올렸다. 한 가지 색깔을 단서로 한 화가를 찾아갈 수 있는 것과 마찬가지로, 창작의 주체를 전도시킨다는 그 아이디어가 마음에 들었다. 나의 인물들은 자신의 식탁에 작가인 나를 앉혀두었기 때문에, 나에게 계속 쓸 만한 이야기를 들려주어야 했다.

그런데 나의 열의는 부부의 아이들 때문에 차갑게 식어 갔다. 그들은 나에게 최소한의 관심도 보이지 않았다. 우리는 웬만해선 거의 놀랄 일이 없는 시대를 살고 있다. 텔레비전에서 끊임없이 방영하는 온갖 기상천외한 상황들을 간접 체험할 수 있는 리얼리티 프로그램 탓일까? 나체 캠프에 던져진 경찰관들부터 무인도에서 생존 게임을 펼치는 커플들에 이르기까지 별별 체험 쇼들이 다 있다. 온갖 것을 다 보거나 모르는 게

---

7   이탈리아의 작가이자 극작가 루이지 피란델로(1867~1936)가 1921년에 발표해 1934년 노벨문학상을 받은 희곡. 극 중 극을 연습하고 있는 무대에 느닷없이 가면을 쓴 등장인물 여섯 명이 나타나 배우들과 연출가에게 자신들의 진실을 무대에 올려달라고 요구하며 차례로 자신들의 처지를 설명하면서 벌어지는 일을 다루고 있다.

하나도 없으면 호기심의 리비도가 현저히 낮아질 수밖에 없을 것이다. 구글맵 때문에 여행이 매력을 잃어버리게 될 시대가 올 것이다.

나는 두 십대 아이들의 무관심한 표정을 바라보면서 그런 생각을 했다. 만약 내가 그들과 같은 나이였더라면 내 어머니가 우리 집 식탁에 어떤 작가를 초대했을 때 과연 어떤 반응을 보였을지 상상했다. 나는 아마도 그 작가에 관해, 그리고 그가 왜 우리 집 식탁에 앉아 있는지 궁금해서 많은 질문을 퍼부었을 것이고, 심지어 그에게 잘 보이려 애쓰기까지 했을 것이다(물론 자신감이 별로 없어서 그러기가 쉽지 않았겠지만). 청소년기란 때때로 외부세계가 정물화처럼 여겨지는 나이라는 것을 알고 있긴 했지만, 그럼에도 나는 그들의 태도에 사뭇 놀랐다.

열다섯 살인 제레미는 어깨 위에 엄청나게 무거운 뭔가를 짊어지고 있는 것처럼 보였다. 그는 거의 몸을 움직이지 않았지만, 미동이라도 할라치면 동작이 아주 굼떴는데, 그래서 더더욱 그런 인상이 두드러졌다. 음식을 씹는 것조차 마치 마라톤을 하듯 아주 오랜 시간이 걸렸다. 요컨대 그는 상당히 전형적인 인물이었다. 다시 말해 그는 또래 아이들의 완벽한 전형 같아 보였다. 굳이 이런 프로젝트가 아니어도 내가 은연중에 그렸을 인물들에게로 운명이 나를 떠민 게 아닐까 하는 생각이 들기 시작했다. 기억력을 잃어가는 노파, 좀 쓸쓸해 보이는 여자, 직장에서 괴롭힘을 당하는 중년 남자, 그리고 성장을 열망하지 않는 십대 청소년까지. 그들은 빈약한 내 상상력의 결과물이었을까?

　　아니 그들은 분명히 실재하는 사람들이었다. 내 생각을 부정적으로 몰고 가는 이 소용돌이를 어떻게 하면 멈출 수 있을까? 긍정적인 사고의 힘을 믿어야 했다. 놀라운 일들이 일어날 수 있다고 확신하면 정말로 그런 일들이 일어난다. 나는 활짝 핀 삶의 절정에서 이렇게 고백하는 사람들에게 매료되었다. "나는 항상 나를 믿었습니다. 나는 내가 성공할 거라는 걸 알고 있었어요……." 자신에 대한 믿음이 행복을 보장해주는 건 아니라 해도, 자신감은 행복을 꽃피우기에 유리한 터전임이 분명하다. 그러므로 나는 나의 인물들을 믿어야 했다. 그들이 겉보기에는 평범해 보인다 해도, 그들을 가슴 두근거리는 존재로 만들어줄 매력적인 악덕이나 예기치 못한 행동들이 불쑥 드러날 거라고 믿어야 했다. 처음에 내가 내세웠던 전제("모든 인생은 흥미롭다")에도 불구하고, 나는 그들에게서 좀 더 많은 것을 기대하고 있었다. 그렇다고 해도, 2005년에 파리에서 태어난 십대 소년의 하품에 관한 분석에 열광하는 독자도 분명히 있을 것이다. 물론 출판사들의 홍보전략이긴 하겠지만, 어쨌든 어떤 책이라도 독자는 있다고들 하니까.

/

　물론 나는 현실의 이야기들을 고쳐 쓸 수도 있을 것이다. 몇몇 즉흥적인 돌발사건이나 흥미를 유발하는 심리적 갈등 같은 것을 여기저기 덧붙이는 건 별로 어렵지도 않다. 《새벽의 약속》에서 로맹 가리는 자기 어머니를 정확히 사실 그대로만 그렸을까? 그 작가는 그 여인의 지칠 줄 모르게 넘치는 모정을 이야기하면서 추호의 왜곡도 없었을까? 자기 아들에게 쏟아붓는 그 광기 어린 열정, 아들을 별보다 더 높은 위치에 올려놓는 그 모습은 그녀를 숭고하고 지극히 비현실적인 존재로 만든다. 모든 자전적 소설에는 상상이 어느 정도 가미되는 경향이 있다.

/

　제레미가 나의 불안한 마음을 읽은 것일까? 생각에 빠져 들어 있을 때, 그 아이가 갑자기 허리를 폈다. 그가 그런 식으로 의자에서 몸을 펴는 모습은 아주 낯설게 느껴졌다. 그가 그렇게 움직인 건 그게 처음인 데다, 갑자기 그의 눈빛도 좀 더 활기차 보였기 때문이다.

　"대박, 그러니까 우리 가족에게 공식적인 전기작가가 생겼다, 이 말이네." 그가 말했다.

　"고마워." 나는 그게 칭찬인지 아니면 그냥 마음속 생각이 입 밖으로 튀어나온 건지 분간이 안 됐지만, 그렇게 대답했다.

"에이, 아멜리 노통브였으면 더 좋았을 텐데."

갑자기 툭 내뱉은 그 말에, 나는 태연한 척하기 위해 미소를 지었다. 그런 반응은 오히려 긍정적으로 다가왔다. 요즘에는 사라져가고 있는 범주에 속하는 한 표본을 거기서 포착했기 때문이다. 그러니까 눈곱만큼이라도 문학과 관련된 얘기를 나눌 수 있는 청소년 말이다. 사실 그날 저녁 그나마 우호적인 반응은 그게 유일했다. 그리 큰 기대는 하지 말아야 했다. 한 번의 저녁 식사에 한 번의 반응, 그것만으로도 이미 대단한 거였다.

하지만 그건 옆에서 자꾸 부추긴 탓도 있었다. 발레리는 말을 좀 더 많이 하라고 아들에게 압력을 가했다. 마침내 제레미는 위키피디아에 자기 이름이 올라 있으면 귀찮게 자기소개를 하지 않아도 될 텐데, 라고 우물거렸다(하지만 사람들을 웃겨보려는 그 시도는 너무 입안에서 웅얼거려졌기 때문에 별 효과가 없었다). 엄마의 압박에 못 이긴 그는 한숨을 푹 내쉬며 자기는 파란색을 좋아한다고 밑도 끝도 없이 툭 내뱉었다. 이번에는 내가 그의 말을 받아, 색에 관한 그 취향이 내 소설에 결정적인 역할을 하게 될 거라고 말하면서 반어적인 유머를 던져보려 했다. 똑같이 분위기를 깨는 썰렁한 유머. 하지만 그리 신경 쓸 일은 아니었다. 마들렌이나 파트릭과도 그랬듯이, 나는 나의 새로운 인물들이 나를 향해 다가오기를 기다릴 수 있었다. 사실 나는 허구에서도 이런 일을 겪곤 한다. 행동할 의욕이 전혀 없는 남자들이나 여자들을 만들어내는 것이다. 그리고 나는 그들의 의지 또는 '내 상상이 만들어낸 존재의 투정'이라 부를 수 있는 것을 어쩔 수 없이 따라야 한다.

12

내가 참석하지 않았더라면 그 저녁 식사는 어떤 모습이었을까? 그들의 저녁 식사 풍경을 짐작하기 위해서는 거실에 군림하고 있는 대형 텔레비전을 응시하는 것으로 충분했다. 나는 권태와 피로에 진력이 난 한 가정에 스며들어 갔다. 이 가족은 정해진 루틴에 몸을 맡기고 있었다. 함께 살면서도 서로 얼굴을 부딪히는 일 없이 그저 스치듯 지나가는 탑승자들. 아파트의 이런 비극이 흔한 것이라 해도, 흔하다고 해서 고통스럽지 않다는 건 아닐 것이다. 그 삶은 권태와 피로를 느끼는 기계장치에 불과할까? 나는 서로 사랑하고, 사랑을 나누고, 함께 여행하고 미래를 꿈꾸는 발레리와 파트릭, 기쁨으로 가득 찬 두 아이의 행복한 부모인 발레리와 파트릭을 상상해보려 했다. 그 모든 이미지는 다 어디로 갔을까? 세월의 무게에 매몰된 세계에 관해 쓸 수도 있었다. 나는 늘 현재의 얼굴에서 과거를 찾곤 했다. 언제나 어른에게서 아이를 보고, 서로에게

싫증 난 커플들의 이면에서 폭발하는 열정을 본다. 내게 별로 우호적이지 않은 반응을 보였음에도 불구하고, 이 사람들은 나를 감동시키고 있었다. 이들이 얼마나 상처 입기 쉬운 사람들인지 느낄 수 있었으니까. 그것은 내가 느끼는 감정들을 그대로 반영하는 것이었다. 우리는 숨 가쁜 일상에 망연자실해 있다는 공통점으로 결속되어 있었다.

발레리는 자기 어머니가 느끼게 될 압박감을 덜어주기 위해 나를 초대하려 한 거였지만, 다른 한편으로 내가 자기 가족에게 어떤 새로운 활력을 불어넣어 줄 수 있지 않을까 내심 기대한 것 같았다. 물론 그들이 이런 기묘한 상황을 무관심하게 받아들이지는 않았다. 하지만 그래봤자 나는 여전히 그들에게 불청객이었다. 발레리가 실망감을 숨기려 애쓰는 것을 나는 분명히 느낄 수 있었다. 그녀의 아들은 엄마가 원하는 대로 따라주지 않았다. 그리고 그녀의 딸에 대해 말하자면, 발레리는 자기 딸이 어떤 노력도 하지 않을 거라는 사실을 이미 잘 알고 있었다. 내가 그 집에 들어서자마자 그녀는 낮은 목소리로 말했다. "롤라 걘 골치 아픈 나이예요. 이제 그 애랑은 아무것도 통하지 않아요." 하지만 롤라는 나에게 무관심했을 뿐, 불쾌하게 굴었다고 할 정도는 아니었다. 그 아이는 이곳을 벗어나고 싶다는 미칠 듯한 갈망을 얼굴 가득히 드러낼 뿐이었다. 그 아이는 그곳에 있으면서 그곳에 없었다. 마치 내가 말레비치의 〈흰 바탕 위의 흰 정사각형〉8 앞에서 저녁 식사를 하는 것 같은 기분이 들 정도로.

롤라는 장녀였는데, 자기가 장래에 뭘 하고 싶은지 결정하지 못하고 있었다. 그 아이의 어머니 말에 따르면, 그 아이가 불안해하는 건 바로 그 때문이었다. 첫날 저녁부터 그 아이는 이렇게 말하면서 자기소개를 교묘하게 피했다. "내 얘기는 한 줄도 쓰지 않았으면 해요. 그건 나의 권리예요." 그 말을 듣는 순간 나는 그 아이를 파헤쳐보고 싶은 마음이 생겼다. 저녁 식사를 하는 동안 나는 그 아이를 주의 깊게 관찰했지만, 어떤 한 가지 결론에 도달할 수는 없었다. 그녀는 슬픈 아이일 수도, 평범한 아이일 수도, 대단한 아이일 수도, 은근히 감탄할 만한 아이일 수도, 흥미를 잃은 아이일 수도, 몽상적인 아이일 수도, 침울한 아이일 수도, 야심 찬 아이일 수도, 창조적인 아이일 수도, 기타 등등일 수도 있었다. 어쩌면 그 아이 자신도 자기가 어떤 사람인지 알 수 없어 갈팡질팡하고 있는 게 아닐까? 그 나이에는 자신의 미래가 그저 밑그림처럼 보일 뿐이다.

저녁 식사 시간 동안 그 아이는 다소 냉랭하게 보일 수 있는 눈길을 몇 차례 나에게 던졌다('이 인간은 대체 뭐야?'). 하지만 나는 그 아이에게서 어떤 따뜻함 같은 것을 느꼈다('이 사람의 멍청

---

8   기하학적 추상과 색채의 순수성을 강조한 키예프의 화가 카지미르 말레비치가 자신의 예술 철학을 종결시킨 작품(1919년)으로 색을 완전히 배제해, 흰색 바탕 위에 흰색으로 그린 정사각형은 시각적으로 전혀 보이지 않는다.

. 사실 나는 롤라가 어떤 아이인지, 그리고 내 책에서 어떻게 변화해갈지 생각해보는 게 좋았다. 나는 별로 고민하지 않고 그 아이를 45장이나 114장에 등장시키기로 했다. 롤라는 소설 중간에 등장하는 인물로 제격이었다. 자칫 지루해질 수 있는 줄거리에 다시 활력을 불어넣어 주는 그런 인물.

13

한 번의 저녁 식사에서 내가 기대했던 모든 것을 얻어낼 순 없었다. 하지만 나의 인물들과 함께 보내는 순간순간마다 멍청한 소설가를 먹여 살릴 만한 소재들을 얻을 수 있으리라는 기대는 하지 않아야 했다. 이것은 현실 세계를 거의 그대로 따라가는 프로젝트이므로, 서사적인 측면에서 아무런 매력이 없는 순간이나 침묵이 흐르는 건 당연했다. 너무 늘어지는 부분들은 나중에 잘라내면 될 것이다. 시종일관 가슴 뛰는 인생 이야기를 누가 믿겠는가? 사람들은 대체로 권태로운 일상을 살아가다가 드문드문 돌발적인 사건들을 겪는다. 그러므로 나는 그들에게서 들은 것들에 만족하고 이 첫 만남을 앞으로의 가능성을 시사하는 대단히 고무적인 출발로 받아들일 필요가 있었다. 더욱이 나는 그 '가능성'이라는 것이 아주 마음에 들었다.

저녁 식사가 탐탁지 않게 돌아가자, 발레리는 다음날 자기와 단둘이 점심을 먹자고 제안했다. 그러면 더 자유롭게 이야기를 들려줄 수 있겠다는 거였다. 그녀의 생각은 틀리지 않았다. 나는 지금까지 그 중요한 문제를 과소평가했다. 모든 중심인물을 한자리에서 다 함께 만나는 것은 확실히 비효율적이었다. 한 사람씩 따로따로 만난다면 그들은 더 기꺼이 속내를 털어놓을 것이다. 마치 경찰 심문 때 공범자들이 서로 끼어들지 못하도록 한 사람씩 따로 취조하는 것처럼.

나는 마르탱네 집에서 나왔다. 아, 이걸 밝히는 것을 깜빡 잊고 있었는데, 마르탱은 파트릭의 성이다. 프랑스에서 가장 흔한 성. 내가 마르탱이라는 성을 가진 사람과 우연히 만났을 확률을 정확히 계산할 수는 없지만, 그 성이 아주 많은 건 분명한 사실이다. 보통 내 소설에 등장하는 인물들은 훨씬 더 기교를 부린 이름들을 갖고 있다. 나는 K라는 인물을 소설 속에 교묘하게 집어넣는 것을 아주 좋아한다. 늘 K라는 이름이 내 주인공을 흥미진진한 인물로 만들어줄 것 같은 느낌이 든다. 그래서 내가 우연히 만난 인물의 성이 마르탱이라는 사실을 염려스러운 징조로 받아들였던 것을 부인할 수 없다. 마르탱이라는 이름을 가진 인물들로 과연 근사한 소설이 나올 수 있을까?

불안에서 벗어나기 위해 나는 인터넷에서 마르탱이라는

성에 그들 각자의 이름을 붙여 하나하나 검색해보았다. 그러자 파트릭 마르탱이나 발레리 마르탱 들이 눈사태처럼 쏟아졌다. 그건 아주 마음에 드는 요소였다. 무엇보다 마르탱은 페이스북에선 절대로 발견할 수 없는 이상적인 이름이었다. 어떤 사이코패스가 저녁 무렵 자신과 우연히 마주쳤을 발레리 마르탱이라는 여자의 흔적을 페이스북에서 찾아낼 가능성은 거의 없었다. 마르탱이라는 이름은 익명성이라는 위력을 갖추고 있었다. 그것은 당연하다는 듯 그들에게 무리 속에서 생존할 수 있는 전투력을 제공한다. 그건 이름 계의 중국인인 셈이다. 이론의 여지 없이 소설적이었다.

나는 내 인물들의 동명이인들을 조사해보고 싶었다. 그들 중 누가 익명성에서 벗어나 있는지 좀 알아보고 싶어서였다(저마다 자기만의 관심사가 있는 법이다). 수백 명의 파트릭 마르탱 가운데 가장 눈에 띈 것은 어떤 대기업의 회장이었다. 더구나 그는 프랑스 경제인연합회 부의장이기도 했다. 하기야 마르탱은 지도층에 잘 어울리는 이름이긴 하다. 그는 급여저축형 사회보장[9]이나 정리해고 및 구조조정 계획 같은 것들을 거침없이 말할 줄 알아야 한다. 발레리 마르탱이라는 이름 중에서 눈길을 사로잡은 건 베리에르 르 뷔송[10]의 정형외과 여의사였다. 디스

---

9   프랑스의 회사들 내에서 운영되는 집단저축제도로, 회사의 성과금을 직원에게 직접 지불하거나 급여저축플랜에 입금해준다.
10   프랑스 파리 남부에 위치한 마을 이름. '덤불 숲의 창문'이라는 뜻이다.

크 치료를 마음 놓고 맡길 수 있을 것 같은 외모의 발레리 마르탱. 하지만 그건 어긋난 척추뼈를 바로잡는 의사 이름으로는 전혀 어울리지 않는다. 물론 베리에르 르 뷔송이라는 마을 이름이 마음을 편안하게 해주는 이미지에 일조하고 있었다. 그건 아주 포근하고 안락한 느낌을 주는 마을 이름이다. 발레리 마르탱의 병원 대기실에서 재스민차를 마시는 우리의 모습을 쉽게 상상할 수 있다. 나는 혹시 요통이 도질 때를 대비해 그 주소를 메모해둔 다음, 검색을 계속해나갔다.

제레미 마르탱이라는 이름도 마찬가지로 아주 많았다. 나는 마침내 쉬드 에스트[11]의 여자 행정관의 오른팔 격인 어느 지역 고문을 클릭했다. 정말이지, 마르탱들은 대체로 고위직을 맡고 있었다. 나는 그 행정관이 어느 정도까지 그를 의지할 수 있을지 상상해보았다. "제레미 마르탱에게 전화를 걸어보세요. 마르세유의 HLM[12] 서류에 문제가 있어요", 그 행정관은 그런 말들을 밥 먹듯이 해야 할 것이다. "하지만 행정관님, 그는 지금 휴가 중인데……." "그에게 전화하세요, 당장!" 그녀가 옳았다. 제레미 마르탱은 휴가지에서 즉시 되돌아올 사람이다. 그는 당장 서류들을 옆구리에 끼고 발레아루스[13]를

---

11   프랑스 남동쪽의 주.
12   아슐램(HLM, Habitation à Loyer Modéré)을 뜻하는 약자로, 프랑스 정부에서 주거 마련에 어려움을 겪는 저소득층에게 저가로 임대하는 아파트.
13   지중해 서부의 제도.

떠날 것이다. 그의 아내와 세 아이는 공항까지 따라가서 믿을 수 없을 정도로 활기차게 필을 흔들어대며 그에게 작별 인사를 할 것이다. 일단 현장으로 돌아온 그는 행정관에게 말할 것이다. "자, 제가 당장 그 문제를 처리하겠습니다." 그러면 문제는 시원하게 해결될 것이고, 모두가 만족할 것이다.

마지막으로 작은 깜짝 선물 같은 일이 일어났다. 검색창에 '롤라 마르탱'을 입력했을 때, 우연히 어떤 비긴[14] 여가수*를 발견한 것이다. 비긴 여가수, 그보다 더 나은 걸 바라기는 어려웠다. 나는 그 가수가 부르는 〈티 폴(Ti Paule)〉이라는 노래를 즉시 찾아 들어보았다. 향긋한 편치와 달콤한 행복의 향취를 풍기는 진정한 마르티니크 찬가. 나는 'Deezer'[15]에 들어가서 그 노래를 들으면서 그 여가수에 관한 댓글들도 읽었다. 아이디 'Pimpky 46'은 이런 댓글을 남겨놓았다. '귓속으로 파고드는 순수한 태양! 더욱이 그 남성우위의 환경에서 이처럼 자리매김하기는 쉽지 않은 일이다! 존경과 사랑을!' 정말 용감하다, 이 롤라는. 그리고 항상 미소를 짓고 있는 얼굴. 우아한 전투의 화신.

* 물론 그녀는 라 브레드(La Bred, 프랑스에서 가장 큰 협동조합 은행. —옮긴이)의 창구 담당 여직원 바로 옆에서 조회되었다.

14　비긴(Biguine)은 마르티니크 섬의 토착 민속춤곡 리듬이다.
15　프랑스의 온라인 음악 스트리밍 서비스.

나는 불안을 달래기 위해 그 페이지들을 모두 살폈다. 내가 왜 이름들에 이토록 집착하는지 그 이유는 나도 모른다. 마들렌 트리코의 경우에도 마찬가지였다. 내 생각에 한 인물에게서 가장 중요한 것이 이름 같다. 나머지 모든 것은 거기서 나온다. 인물들에게 별도의 이름을 부여하지 않으면, 나는 마치 이미 이름이 있는 아이의 아버지가 되는 것 같은 기분에 휩싸인다. 그래서 마르탱들의 몇몇 인생, 특히 동명이인들의 삶을 살펴보고 싶었다. 그들이 소설의 등장인물들로 얼마나 적합할지 그 가능성을 가늠해보기 위해. 안심한 나는 마침내 나의 마르탱네 사람들에 매우 흡족했다.

14

나는 밤 열한 시가 조금 안 된 시각에 집으로 돌아왔다. 책상 위의 컴퓨터가 그대로 켜져 있었다. 내가 마지막으로 써놓은 단어들이 눈에 들어왔다. 몇 시간 전, 나는 허구의 이야기에 욕지기가 터져 나올 것 같아서 새로운 이야기를 찾아 거리로 나갔다. 그 모든 행위는 미쳤거나 몰상식한 짓 같아 보였다. 하지만 함부로 자신의 직관을 예단해서는 안 된다. 결국 나는 이제 한 가족 전체를 마음대로 풀어낼 수 있다는 사실을 알았다. 내가 인생을 써 내려가게 될 인물이 다섯 명이나 존재하는 것이다. 그들을 다시 만나 다음 이야기를 풀어낼 생각에 나는 벌써부터 몹시 들떠 있었다. 그때를 기다리며 간단히 노트를 작성했다.

나의 등장인물들에 대해
내가 알고 있는 것들 (1)

마들렌 트리코. 약 80세(나는 정확한 나이를 물어보지 않았다)의 독거노인. 두 딸(발레리와 스테파니). 그중 하나는 외국에서 살고 있다. 두 자매 사이에 어떤 문제가 있었던 듯하다. 마들렌은 패션계에서 일했기 때문에 라거펠트에 관한 몇몇 정보를 갖고 있다 (앞으로 파헤쳐볼 것). 비극적으로 끝난 첫사랑을 떠올렸다. 좀 서둘러 그것에 관해 더 많은 걸 알아낼 것. 기억장애를 앓고 있음. 그녀의 딸에 의하면 알츠하이머 초기. 그러나 나는 그걸 전혀 알아차리지 못했다.

발레리 마르탱, 45세. 기혼, 두 명의 자녀. 그녀는 자기 어머니에게 부담을 주지 않기 위해 내가 그녀와 그녀의 가족에 대해서도 글을 써야 한다고 생각한다. 직업은 파리 외곽에 있는 중학교 역사 지리 교사. 어머니를 돌보러 자주 들른다. 그다지 밝아 보이지 않는다.

파트릭 마르탱. 아내와 동갑 나이. 보험회사에서 근무함. 새로 부임한 상사 데주와요(나중에 철자를 확인할 것)가 그에게 사흘 뒤 만나자는 지시를 내렸다. 해고, 면직을 두려워하고 있음. 비관적이고 겁이 많은 소심한 성격인 듯함. 외모상의 특징은 콧수염(이 특징이 어떤 이점이 있을지 아직 잘 모르겠지만, 일단 적어둔다).

제레미 마르탱, 15세. 전형적인 십대. 매사에 열의가 없고 게으른 편. 그럼에도 불구하고 나름대로 유머를 시전함.

롤라 마르탱, 17세. 비밀스러운 편. 저녁 식사 동안 거의 말을 하지 않았음. 나에 대한 불신을 넘어서, 마치 자기 생각 속에 틀어박혀 완전히 딴 세상에 사는 듯함. 설레발을 치고 싶진 않지만, 마음속에 뭔가 비밀을 품고 있는 인물처럼 보인다.

15

그들을 만나고 돌아온 첫날 밤, 나는 이상한 꿈을 꾸었다. 마르탱 가족 전원이 나를 호되게 비난하면서 죽이겠다고 위협하기까지 했다. 내가 나의 등장인물들에게 비난받는 건 생전 처음 있는 일이었다. 어쨌든 그런데도 나는 그들을 존중하는 태도를 보이면서 그들의 승낙 없이 멋대로 글을 쓰지 않겠다는 생각을 했다. 꿈속에서 나는 왜 궁지에 몰린 기분을 느꼈을까? 글쓰기는 일종의 배반이다. 작가가 된다는 것은 비난받아 마땅한 운명의 존재가 되는 것이다. 어쩌면 나는 다가올 어떤 순간을 예감하고 있었는지도 모른다. 나의 인물들이 내가 그들에 관해 쓸 내용들을 그대로 참고 있지 않을 순간을. 나는 입 안에 시큼한 전조의 맛을 느끼며 잠에서 깼다.

16

발레리는 자연스럽게 모든 사람을 만날 수 있게 하려고 나를 자기 집 저녁 식사에 초대한 거였다. 그녀가 내 프로젝트에 아주 적극적인 관심을 보이는 것 같아, 나는 마음 편히 그녀의 제안을 받아들이기로 했다. 하지만 그렇다고 해서 내 소설의 첫 번째 원천을 저버린 것은 아니었다. 나는 오후에 마들렌을 찾아갔다. 내 일상은 어느덧 이 가족 구성원들과의 만남들로 정리되고 있었다.

집에서 나오는 길에 담배를 피우고 있는 여행사 직원을 보았다. 전날 내가 어쩌면 여주인공이 될지도 모르겠다고 생각했던 그 여자. 나는 내가 사는 건물 맨 아래층에서 항상 그녀와 마주치곤 했다. 그러니 그녀를 주인공으로 또 다른 소설을 병행해 써보는 건 어떨까? 나는 여러 가지 이야기를 따라갈 수 있을 것이고, 어쩌면 두 번째 소설이 더 재미있을 수도 있다. 아니, 그건 당치도 않았다. 첫 번째 직감에 충실해야 했다. 지금보다 훨씬 더. 무조건. 나는 첫 번째 소설에 대한 불륜이라 할 수 있는 두 번째 프로젝트를 즉시 단념했다.

게다가 나는 말 그대로 문학적인 관점에서 발레리가 마음에 들었다. 경계 선상에서 오락가락하는 인물들에게 늘 끌리곤 했다. 완전히 행복한 것도, 완전히 불행한 것도 아닌 인물들. 그들은 개인적인 행복 같은 건 흐르는 세월 속 미궁으로 사라져버린 이상한 시공간 안에서 근근이 살아간다. 그러면서도 그들은 이제 더 이상 지금 상태로 살아갈 순 없다고 느낀다. 차곡차곡 쌓인 환멸과 욕구불만이 더는 참을 수 없는 지경에 이른 것이다. 모든 것이 조만간 폭발해 버릴 수 있다는 걸 느낀다. 그녀가 나를 맞이하면서 보여준 미소는 그런 느낌을 부각시킬 뿐이었다. 그녀는 운동장 저쪽 끝, 꽤 먼 거리에 있었지만, 나는 그녀가 나에게 손짓하는 걸 알 수 있었다. 그녀는 이 기회에 자신을 둘러싸고 있던 시공간에서 한 시간가량 벗어날 수 있다는 생각에 기분이 가벼워진 것처럼 빠른 걸음으로 운동장을 가로질러 왔다.

평소에 그녀는 학교 안에 있는 교직원 식당에서 점심을 먹었다. 교사들은 식사하는 동안 학생들과의 이런저런 힘든 문제들에 관해 대화 나누곤 했고, 그래서 교직원 식당에서의 점심 식사 시간은 진정한 휴식 같지 않았다. 발레리는 한숨 돌리기 위해 근처 음식점으로 가서 혼자 점심을 먹을 수도 있었을 것이다. 하지만 그걸 누군가에게 우연히 들키기라도 한다면, 미운털이 박힐 우려가 있었다. 공동체 생활의 암묵적 규정에 저항하는 것으로 보일 수 있을 티였다. 혼자만의 시간을 가지고 싶어 하는 건 흔히 반사회적인 태도로 간주되니까. 인간관계에서는 모든 것이 복잡해서, 변명이 필요할 수 있는 상황들을 만들지 않기 위해 때때로 자신의 욕구를 포기해야 한다. 그러므로 발레리는 점심시간에 자신만을 위한 시간을 절대로 가지지 않으면서, 공동생활의 의무에 편입되는 것을 기꺼이 받아들였다. 그녀가 나와의 만남에 그토록 열의를 보이고 들떠 있는 것도 바로 그래서였다. 학교 밖에서 만날 약속이 있다는 건 일종의 합법적인 통행허가증이자 신성한 알리바이였다.

17

　우리는 실내 한구석에 놓인 대형 텔레비전 화면으로 뮤직비디오를 연이어 내보내는 어느 매력 없는 카페에 자리를 잡고 앉았다. 내가 보기에 발레리는 약간 멋을 부린 것 같았지만, 그렇다고 티가 나게 멋을 낸 건 아니어서 확신할 수는 없었다. 그녀는 아마도 내 소설에 최상의 모습으로 등장하고 싶은 모양이었다.* 나는 우리에게 주어진 시간을 최대한 이용해 그녀에게 여러 질문을 할 생각이었지만, 그녀가 선수를 쳤다.
　"오늘 아침에 당신 책을 한 권 구매했어요."
　"아, 고맙습니다. 제가 한 권 드릴 걸 그랬네요."

"제게 고마워할 필요는 없어요. 앞으로 내 모든 걸 털어놓을 사람에 대해 좀 더 알고 싶은 것뿐이니까."

"이해합니다. 하지만 저는 소설에서 제 얘기는 거의 하지 않습니다."

"네, 그 책도 자전적인 것 같진 않더군요. 그래도 그 책을 통해 당신에 대해 조금이나마 알 수 있을 거라 생각해요. 아직 몇 페이지밖에 읽지 않았지만, 예를 들어 문체에서 약간 환멸을 느낀 아이러니 같은 게 다가왔어요."

"아, 예…… 어쩌면…… 그런 걸 느끼셨군요."

"혹시, 약간 우울증이 있지 않으세요?" 그녀가 미소를 지으며 말했다.

"제가요? 천만에요…… 전혀 아닙니다."

"우울증 환자 같은 유머를 구사하시던데요."

"글쎄요, 그렇게 보셨다면 그럴 수도 있겠죠."

"그런데 저는 그게 상당히 매력적이라고 생각해요."

"고맙군요."

"개인적인 질문을 하나 해도 될까요?"

"해보세요."

"결혼하셨나요?"

"……"

* 그녀는 내가 인물들의 외모에 대해 묘사하는 것을 별로 좋아하지 않는다는 걸 모르고 있었다.

/

이 대화는 옮겨 쓰지 않는 편이 나았을 것이다. 그리고 내가 그녀에게 보여준 반응도. 오직 마르탱 가족과 관련된 것들만 내 소설에 남기는 편이 나았을 것이다. 하지만 나는 거기서 일어날 수 있는 상호작용들을 숨길 수 없다. 그것들도 내 프로젝트의 일부이기 때문이다. 다른 사람들의 삶에 끼어들 때 나는 거기서 하나의 중심인물이 된다. 그러므로 내가 그 이야기의 관계자가 되는 것을 더는 배제할 수 없었다.

나는 당장 대답을 해야 했다. 뭐라고 해야 할까? 나는 항상 나에 대해 말하는 게 정말 힘들었다. 내 소설들이 자전적이 아니라고 해서, 나의 인간관계들도 자전적이 아닌 것은 아니다. 나는 누구에게든 내 얘기를 털어놓고 싶은 욕구를 느낀 적이 없다. 물론 힘든 순간에 가까운 사람의 조언이나 위로가 마음을 달래줄 수 있다. 하지만 한창 고통을 겪고 있을 때는 할 말이 아무것도 없다는 기분이 든다. 나는 대체로 침묵으로 고통을 달랬다. 그리고 또 한 가지가 더 있다. 어리석어 보일 수도 있겠지만, 나는 그 누구보다 내가 나 자신을 가장 잘 안다고 생각한다. 나는 내가 어떤 부분에서 실수를 했고, 어떤 결함이 있는지 알고 있다. 내가 무엇을 놓치고 있는지도 완벽하게 안다. 그래서 내면의 말들을 속에 그대로 담아둔다. 내가 내 이야기를 조금이나마 내뱉는 경우는 가령 친구들과 점심을 먹는 자리에서 불가피하게 서로 비밀을 털어놓아야 하는 분위기가 조성될 때 얼마간 동참한다는 걸 표시하기 위해서일 뿐이다. 그러니까 결국 내가 글쓰기에 집착하게 된 건 지극히 당연한 일이다. 글쓰기는 나 자신에게서 벗어나 먼 곳을 여행하는 최고의 방법이다. 나는 나를 이해하려 하기보다는 오히려더욱더 나에게서 달아나려 한다. 그런데 나는 발레리에게 내애정관계에 대해 이야기해야 했다. 그리고 부차적으로 독자들에게도.

늘 이런 식이다. 소나기처럼 퍼부어대는 일련의 질문들을 피해갈 수 없다. 내가 어떤 사람인지, 뭘 좋아하는지 또는 직업이 뭔지, 그리고 혼자인지, 동거인이 있는지, 끊임없이 말해야 한다. 나를 드러내는 게 나에게는 결국 먼 여행지가 아닌 내가 사는 골목으로 휴가를 떠나는 것이나 다름없다 하더라도.

또 다른 의문이 나를 마비시켰다. 발레리가 나에 관해 했던 말들을 다시 생각해보았다. 그녀는 나의 어떤 유머가 "상당히 매력적"이라고 말했다. 그건 전혀 좋은 징조가 아니었다. 그 점심 식사는 확실히 좋지 않은 방향으로 흘러가고 있었다. 나는 그녀에 관해 쓸 정보를 얻기 위해 그곳에 갔지, 조금이라도 문제를 일으키려고 그 자리에 앉는 게 아니었다. 실재하는 인물들에 관한 소설을 쓰려 할 경우, 그들을 프로젝트에 전념하게 만드는 것이 가장 큰 문제다. 그들과의 적정거리를 찾을 필요가 있다. 냉담한 모습을 보이는 것은 아무런 도움도 안 될 것이다. 그렇다고 지나치게 열띤 태도를 보이면 그들이 이야기를 왜곡시킬 우려가 있다. 그런데 허구적인 소설들에서는 등장인물들이 나와 별로 교류하려 하지 않기 때문에 이런 문제가 없었다. 셰익스피어에게 결혼을 했냐고 묻는 줄리엣을 상상할 수 있는가? 나에게 과연 이 프로젝트를 이끌 능력이 있는지 의심이 들기 시작했다. 발레리가 나에게 매력을 느낄 만큼 별로 행복하지 않은 게 분명한 건 말할 것도 없었다. 그녀가 내게 매력을 느끼는 이 상황은 좀 전부터 잉마르 베리만의 영화(자막 없는)[16]를 닮아가고 있었다.

더 이상 우물쭈물하지 말고 최대한 자연스러운 태도를 보일 필요가 있었다. "결혼은 하지 않았습니다." 나는 대답했다. "요즘엔 혼자 살고 있고요." 나는 그녀가 더 많이 알고 싶어 한다는 것을 눈빛에서 느낄 수 있었다. 어쨌든 그녀는 내가 좀 더 자세히 말해주기를 기다리고 있는 게 분명했다. 나는 그녀의 궁금증을 풀어주었다. 마지막으로 동거했던 여자는 함께

---

16 형이상학적 사유를 스크린에 담아낸 스웨덴 출신의 세계적인 영화감독 잉마르 베리만은 누군가의 아내이자 엄마의 역할 속에서 전혀 행복하지 않은 여성을 꾸준히 보여주었다. 여성을 더 현명하고 복잡하며 감정이 풍부한 존재로, 반면에 남성은 대체로 단순하고 어리석거나 이기적인 모습으로 그리고 있는 베리만 영화 속 남녀 관계는 늘 파국으로 종결된다. 여기서 '나'는 불행한 여자 발레리와 자신의 모호한 상황을 난해하기로 정평이 나 있는 베리만의 영화(게다가 자막마저 없는!)에 빗대고 있다.

산 지 6년 만에 나를 떠나기로 했다. 말 그대로 어느 날 갑자기. 물론 함께 살면서 좋았던 때도 있었고, 나빴던 때도 있었다. 하지만 나는 우리 관계가 열정적이고, 그래서 아무리 마음에 방황이 있다 하더라도, 서로 사랑하고 있다는 가장 중요한 사실만큼은 전혀 변함이 없다고 줄곧 생각해왔다. 나는 달리 도리가 없어서 내 이야기를 하고 있었다. 받기 위해서는 주는 것도 필요하니까. 발레리가 마침내 내 말을 잘랐다.

"이런 걸 물어봐서 미안하지만, 그녀가 다른 남자를 만나지 않았다고 확신하세요?"

"예, 나는 그렇다고 생각합니다."

"그렇다고 생각한다고요?"

"예, 그렇다고 확신합니다. 만약 누군가를 만나고 있었다면, 그렇다고 나한테 말했을 겁니다."

"헤어지는 상황에서 항상 진실만을 말하는 건 아니죠."

"우리 경우는 그렇지 않았어요."

나는 사람들이 어떤 주제에 관한 대화를 그만 끝내고 싶을 때 흔히 사용하는 "이제 됐죠?"라는 말을 끝에 덧붙였다. 그 대화를 계속 이어가고 싶지 않았고, 그래서 마리가 이런 말을 하면서 떠났다는 것도 말해주고 싶지 않았다. "난 당신보다 고독이 더 좋아." 그렇다. 그녀는 그렇게 말했다. 그래서 나는 그녀를 지독하게 원망했다. 하지만 그녀의 그 말은 아무런 반응도 보이지 않는 나에게 고통을 주려 한 말이었을 것이다. 나는 그동안 그녀가 보냈던 그 모든 신호를 보지 못했다. 그녀의 슬픔, 무관심, 식어버린 애정, 잃어버린 명랑함 같은 신호들을. 그녀가 떠나는 순간에야 비로소 나는 많은 것을 알아차렸다. 나는 내가 돌연한 우울에 다시 사로잡힌 것을 느꼈다. 벌써 몇 주일 전에 내 삶에서 몰아냈다고 생각했던 그 우울에. 다행히 발레리가 매우 신중하고 사려 깊은 사람으로 돌변해서 내 말을 자르며 말했다.

"당신은 분명히 참아내기 힘든 사람이었을 거예요. 작가와 함께 산다는 건 정말 견딜 수 없는 일일 거야."

"……"

"하지만 뭐, 적어도 당신과 함께 살면 항상 무슨 일이든 사건이 일어나겠죠."

드디어 그녀가 대화의 이불을 자기 쪽으로 끌어당겼다. 자기 남편과의 무미건조한 삶에 대한 암시. 하지만 그녀는 미소 띤 얼굴로 그 말을 했다. 흔히 절망하기 전에 냉소라는 단계를 살짝 거치는 법이다. 그녀는 내가 이야기한 결별에서 가슴 두근거리는 삶의 징후를 보았다. 뭔가 일이 순조롭게 풀리지 않을 때, 다른 사람들의 삶이 대단한 것처럼 보인다. 통찰력이라고는 조금도 없이 행해지는 판단. 만일 내가 암에 걸렸다고 고백했더라도, 그녀는 이렇게 말했을 것이다. "어머, 굉장하네요! 적어도 당신 몸에 무슨 일이 일어난 거잖아요!" 그 어느 때보다 더, 나는 이 여자가 자기 인생에서 중대한 고비에 다다르고 있다는 느낌이 들었다.

18

발레리를 만족시키기 위해 나의 애정 생활을 이야기했으니, 이제 그녀 자신의 이야기에 집중할 때가 되었다. 하지만 먼저 그녀에게 방법론을 제시해야 했다. 나는 완전한 무질서 상태에서 어수선하게 이리저리 흩어진 자전적인 요소들과 최근의 감정들을 마구잡이로 끌어들이는 것은 용납할 수 없었다.

그녀는 나의 요구를 이해하고 고분고분 따라주었다. 나는 무엇보다 그녀의 직장생활에 대해 알고 싶었다. 그녀는 12년 전부터 빌쥐프[17]의 카를막스중학교에서 교사로 일했다. 그녀는 과도한 업무에 시달리며 날마다 전철을 타고 출퇴근을 했다. 그녀의 말에 따르면, 그녀의 의욕은 해가 갈수록 점점 더 무디어져 갔다. 역사를 전공했던 대학 시절과 몇 년의 초임 교사 시절만을 열정적이었다고 회상했다. 그 시절의 의욕이 언제부터 나쁜 방향으로 변하기 시작했는지 정확히는 알지 못했다. 그녀는 어느 한 해를 떠올렸다. 그해 9월 새 학기에 그녀는 다시 아이들을 가르쳐야 한다는 생각에 엄청난 권태로움을

---

17   프랑스 파리 남동부의 외곽도시.

느꼈다. 그해 여름은 그녀에게 특히나 짧게 느껴졌다.

　단순히 교육업무가 이전보다 더 힘들어졌기 때문이었을까? 불평을 토로하고 심지어 폭력성을 드러내기도 하는 학부모 이야기가 점점 더 자주 들려왔다. 교사들은 위기에 처한 사회의 배설구로 전락하고 있었다. 변두리 중학교에서는 그런 현상이 훨씬 더 심했을지 모른다. 하지만 천만에, 그런 일은 전혀 없었다. 발레리는 직장에서 심각한 문제를 한 번도 맞닥뜨린 적이 없었고, 대부분 배우려는 열망으로 가득 찬 성실한 학생들을 항상 만났다. 집에서 가까운 파리의 한 중학교에서 교사직을 제안받았을 때, 그녀는 빌쥐프에 그대로 남아 있기로 마음먹었다. 거기서는 그녀가 자신의 존재를 드러낼 수 있었고, 특별히 애착이 가는 몇몇 학생들이 성장해나가는 모습을 지켜보면서 행복을 느낄 수 있었다. 그런 그녀가 왜 가르치는 일에 의욕을 잃은 걸까?

　몇 달 전, 그녀는 친구처럼 친하게 지내는 동료 교사에게 속내를 털어놓았다. "당신이 그렇게 느끼는 건 지극히 당연한 거야," 그녀보다 나이가 몇 살 많은 스페인 출신의 그 여교사는 그렇게 말했다. "교사라면 누구나 쉽게 그런 감정을 느끼지. 달력에 표시된 일정에 따박따박 맞춰 살아가야 하는 게 교사라는 직업의 숙명이잖아. 해마다 9월이 오면 개학을 하고, 똑같은 날짜에 방학이 오지. 그래서 해가 갈수록 차츰차츰 감정이 무디어 가고, 그런 식으로 인생의 굴곡이라곤 전혀 없이 무미건조하게 흘러간다는 느낌을 받는 거지. 그걸 변화시킬 수 있는 건 바로 당신 자신이야. 당신은 제자들과 함께 수학여행을 다녀올 수도 있고, 새로운 것들을 시도하고, 이런저런 과제들을 찾아낼 수도 있어……." 동료의 말은 틀리지 않았다. 발레리는 꽉 짜인 일정에 중압감을 느끼고 있었을 뿐, 변화를 시도해볼 만한 것들이 많이 있었음에도 불구하고 판에 박힌 일상과 맞서 싸우려 하지 않았다. 동료 교사의 말에 힘입어 발레리는 아우슈비츠로 학생들을 데려가기로 했다. 그 여행은 그녀의 학급 아이들을 결속시켰고, 공포의 기억을 되짚어본 그 여행으로 아이들의 태도도 크게 달라진 것 같았다. 하지만 발레리는 그날 저녁 크라쿠프[18]의 호텔 방 안에서 자기가 여전히 어떤 절대적인 공허감을 몰아내지 못했던 것을 또렷이 기억했다. 그녀의 인생에 뭔가가 끔찍하게 결핍되어 있었지만, 그녀는 그게 뭔지 알 수 없었다.

그 비밀스러운 이야기에 돌연 거북해진 듯, 발레리는 화제를 바꾸며 또다시 나에 관한 이야기를 하고 싶어 했다.

"솔직히 난 당신을 잘 몰라요. 하지만 동료인 프랑스어 선생에게 당신 얘기를 했어요. 당신이 그녀의 제자들을 만나

---

18   폴란드의 옛 수도로 이곳에 살던 유대인 6만 4,000명가량이 모두 아우슈비츠 수용소로 강제 이송되어, 종전 후 6,000명만 살아 돌아왔다.

준다면, 그녀는 아주 기뻐할 거예요."

"그러죠, 아마 나중에요. 지금은 이 소설에 전념하고 싶어요. 그리고 나는 당신 얘기를 계속 들으면서 그냥 지금처럼 해나가는 게 더 좋습니다."

"이런 얘기가 정말 재미있어요?"

"당신 남편과 똑같은 질문을 하시는군요."

"그게 우리의 공통점이군요." 그녀가 조롱기를 고스란히 드러내며 말했다.

"어쨌든 나에겐 당연히 흥미롭습니다. 권태는 우리 시대의 중대한 문제입니다. 행복을 대하는 우리의 태도가 완전히 달라졌기 때문이죠."

"무슨 말이죠?"

"요즘 사람들은 누구나 행복해지겠다는 야심을 품고 있어요. 그래서 우리의 기대치가 달라질 수밖에 없는 거죠."

"그럴지도 모르겠네요."

"제 주변만 해도 직업을 바꾸는 사람들이 아주 많습니다. '직업을 바꾸는' 것이 당연시되고 있어요. 부동산 중개인으로 일하던 사람이 자기가 정말로 하고 싶은 일은 요가를 가르치는 일이라는 걸 마흔 살이 되어 깨닫습니다. 내가 중요하게 생각하는 건 바로 그겁니다. 교사들이라고 그러지 말라는 법이 있을까요? 교사직은 철밥통이라서? 당신이 느끼고 있는 감정은 내가 보기엔 아주 당연해 보입니다. 당신도 어쩌면 다른 일을 하고 싶은 게 아닐까요?"

"어쨌든 요가는 아니에요! 날 슬프게 하는 건, 내 직업에 더는 의욕을 느끼지 못한다는 거예요. 직업을 바꾸고 싶은 게 아니라 실은 의욕을 되찾고 싶은 거예요."

"완벽히 이해합니다, 그 의욕 상실이라는 거."

"어쨌든 직업을 바꾸는 것에 관한 이야기들에 관해서는 당신 말이 맞아요. 친구 중에 소아과 의사가 있었는데, 모든 걸 접고 코르시카섬으로 가서 치즈 가게를 열었답니다! 정말 굉장한 친구예요. 차라리 그 친구 얘기를 쓰는 편이 좋았을 텐데. 혹시라도 내가 당신 기대에 못 미친다는 생각이 든다면, 그 애 전화번호를 드릴 수 있어요."

"당신은 기대에 어긋나지 않습니다." 나는 나도 모르게 그렇게 대답했다.

발레리는 그 이색적인 칭찬, 흥미로운 여주인공이라는 칭찬을 들어서 기분이 좋은 것 같았다. 내가 이렇게까지 대화에 몰입하리라고는 예상하지 못했다. 나는 뒤로 물러나 적당히 거리를 유지하면서 속내 이야기들을 수집하고 싶었다. 하지만 그 주제가 내 마음을 잡아끌었다. 나는 그 의욕상실감이 어떤 건지 완벽하게 알고 있었다. 소설을 한창 쓰고 있는데 갑자기 의욕이 완전히 사라지면서 멍해질 때가 종종 있었다. 그러다가 어느 순간 기적처럼 글을 쓰고 싶은 욕망이 되돌아오곤 했다. 글을 쓸 때는 아주 쉽게 양극성 장애 증상을 보인다. 그래서 나는 발레리를 이해했다. 그리고 아무 흥미도 느낄 수 없는 자신의 직업에 꼼짝없이 갇혀버린 것 같은 그 막막한 기분도.

19

어느덧 헤어져야 할 시간이 가까워져 오고 있었다. 다음 번에 만났을 때 그녀의 언니에 관해 물어봐도 되었지만, 머릿속에서 궁금증이 계속 맴돌았다.

"다른 얘기를 좀 해도 될까요?"

"그럼요, 얼마든지요."

"스테파니 얘기를 꺼낼 때 뭔가 불편해하시는 것 같던데요. 당신 어머니도 마찬가지인 것 같았고……."

"……."

"무슨 일이 있었나요?"

"나에게도 말하고 싶지 않은 것들이 있어요."

"이해합니다."

"그런 표정 짓지 마세요. 나는 솔직하기로 약속했고, 그 약속을 지킬 거예요. 하지만 언니에 대해서는, 아직 너무 일러요."

식사가 끝나갈 무렵, 나는 몇 가지 정보를 더 얻어보겠다고 명청하게 덤벼들었다. 그런데 나는 그게 민감한 주제라는 것을 잘 알고 있었다. 그리고 분명히 고통스러운 주제라는 것도. 나는 세심하게 배려하지 못했던 것을 후회했다. 그녀는 이미 자신에 관해 아주 많은 이야기를 솔직하게 들려주었다. 그리고 무엇보다 나를 그녀의 집에 초대해주었다. 나는 속내를 털어놓는 시간의 주도자는 그녀라는 것과 모든 걸 전부 말할 의무는 전혀 없다는 것을 그녀에게 이해시켰다. 부담감을 주지 않아야 더 많은 것을 수확할 수 있다고 나는 확신하고 있었다. 대체로 나는 그런 식으로 글을 썼다. 단어들을 붙잡으려 집요하게 애쓰지 않고, 그것들이 스스로 나에게로 오기를 기다리면서.

우리는 이따금 만나 함께 점심 식사를 하는 친구처럼 레스토랑에서 나왔다. 대화가 물 흐르듯 술술 풀려나갔기 때문에, 좀 더 연장되었더라면 정말 좋았을 것이다. 하지만 발레리는 오후 수업에 이미 늦어 있었다. 나는 그녀에게 손을 내밀었다. 하지만 그녀는 내 뺨에 입을 맞추면서 말했다. "오늘 저녁, 집에서 봐요!" 그녀는 빠르고 경쾌한 걸음으로 떠났다. 하지만 몇 미터 가다가 돌아섰다. "말해야 할 게 있어요……. 난 남편을 더 이상 사랑하지 않는 것 같아요. 조만간 남편과 헤어질 거예요. 이건 당신이 꼭 알아야 할 중요한 거예요……. 당신 책을 위해." 그리고 나서 그녀는 별말 하지 않았다는 듯이 다시 돌아서서 걸음을 옮겼다. 소설 속의 쉼표 하나처럼 별로 중요한 말이 아니라는 듯이.

20

나는 어안이 벙벙했다. 그녀는 왜 갑자기 그런 말을 한 걸까? 내가 대답할 틈도 주지 않고. 나는 그녀가 내 소설을 더 흥미진진하게 만들기 위해 그런 식으로 행동한 거라고 생각했다. 그녀는 분명히 이렇게 밝혔었다. "이건 당신이 꼭 알아야 할 중요한 거예요……. 당신 책을 위해." 그러므로 그건 내 프로젝트에 활기를 불어넣기 위한 하나의 속내였다. 나는 그녀가 자신의 인생이 무미건조한 채 그대로 끝날까 봐 두려워한다는 것을 점심 식사 시간 동안 몇 번이나 느꼈고, 그래서 그 점에 관해 그녀를 안심시켜야 했다. 그녀는 나에게 그 반대라는 것을 보여주기 위해 그런 선언을 한 것일까? 그녀의 말은 정말로 진심에서 나온 것일까? 나는 아무런 열정도 없이 메마른 일상을 꾸역꾸역 살아가느라 숨이 차서 헉헉거리는 부부와 함께 저녁 식사를 했다. 하지만 그녀가 나에게 그처럼 내밀한 정보를 누설하는 것은 아무리 그래도 이상해 보였다. 서로 협약을 맺은 사이이긴 했지만, 그럼에도 그녀에게 나는 여전히 낯선 사람이었다. 그런데 내가 낯선 존재이기 때문에 그녀는 오히려 자신의 감정을 더 솔직하게 털어놓을 수 있겠다는 생각이 들기 시작했다. 그리고 그녀는 나에게 자기 이야기를 들려주면서 자신의 상황을 새로운 관점으로 바라볼 수 있게 된 거였다. 상황이 이런 식으로 돌아가리라고는 예상하지 못했다. 하지만 이제 나는 말할 수 있다. 마르탱네 가족 구성원에 내가 끼어듦으로써 그들에게 적잖은 피해를 끼치게 될 거라고.

21

얼마 뒤 발레리는 보다 세세한 이야기를 들려주었다. 남편은 더 이상 그녀 곁에 얼씬도 하지 않았다. 관능적인 삶에 있어서 자기는 이미 죽었다고 느끼고 있었다. 그렇다. 그건 그녀의 표현이었다. '관능적인 삶에 있어서 죽었다.' 이 말에는 엄청난 폭력성이 내재해 있었다. 더 이상 자기를 바라봐주지 않는 것 때문에 죽을 수도 있었다.

그런데 발레리는 자신이 다른 남자들에게는 여전히 매력적으로 보일 수 있다는 걸 알았다. 같은 학교에서 수학을 가르치는 피에르는 그녀에게 점점 더 분명하게 암시를 보내왔다. 그는 그녀의 외모를 칭찬하거나 퇴근 후 같이 술을 마시자고 청하기도 했다. 그런 남자들의 치근거림이 아주 싫지만은 않았지만, 속으로 한심하다는 생각이 드는 건 어쩔 수 없었다. 그녀를 겨우 자극해놓았지만 자기 아내와 헤어질 생각은 추호도 없는 그런 남자와 퇴근 후 빌쥐프의 어느 호텔 방에서 잠자리를 하고 싶진 않았다. 그런 초라한 불륜에 발레리는 혐오감을 느꼈다. 그녀는 남자의 손길을 원했지만 아무 남자라도 상관없을 정도로 갈망하는 건 아니었다. 애정 결핍을 겪고 있다고 해서 그 정도로 비참한 지경에 이른 건 아니었다.

　　그녀는 피에르를 매정하게 떨쳐버렸고, 그래서 그는 결국 진로지도 교사인 말리카와 잤다. 발레리는 그 사실을 모두가 알고 있다는 게 역겨웠다. 자기가 그런 비참한 구설수의 대상이 된다면 정말 견딜 수 없을 것 같았다. 그녀는 그 서글픈 두 몸뚱아리가 기껏해야 몇 주일 또는 몇 달 동안 침대 위에서 뒤엉키는 모습을 상상했다. 두 사람이 느닷없이 불타오르는 열정에 사로잡혀 사랑에 빠질 가능성은 전혀 없었다. 아니, 그런 일은 아예 일어날 수 없었다. 운명은 이미 정해져 있었다. 그저 그런 시시한 관계. 하지만 놀랍게도 예기치 않은 반전이 있었다. 피에르의 아내가 남편의 불륜관계를 알게 되었다. 그 때문에 부부간의 사이코드라마가 벌어질 것을 예상할 수도 있었다. 하지만 천만에, 전혀 그렇지 않았다. 그것은 틀림없이 그거였다. 무관심과 권태의 극치. 상대방이 당신 몸에 눈곱만큼의 관심조차 없다 해도 아무렇지 않은 그런 단계. 그런데 인간의 심리라는 게 워낙 부조리한지라 피에르는 아내의 그런 반응에 상처를 받았다. 그는 자기 아내가 조금이라도 뭔가 반응을 보이기를 바랐을 것이다. 하지만 그녀는 한마디도 하지 않았고, 앞으로도 결코 아무 말 하지 않을 것 같았다.

　　발레리는 자기 남편은 결코 그런 식으로 반응하지 않을 거라고 확신하고 있었다. 비록 이제 더 이상 그녀를 거들떠보지도 않긴 했지만, 그는 자기 아내가 자기를 속이고 바람을 피울 수 있다는 생각만으로도 와르르 무너질 것이었다. 그렇게 생각하는 건 그녀에게 도움이 되었다. 아직도 약간은 서로에게 속해 있다는 그 가느다란 실낱같은 감정, 그건 아마도 그들에게 남아 있는 전부였을 것이다.

22

점심 식사 후, 나는 마들렌을 찾아가 보기로 했다. 그녀는 활짝 웃는 얼굴로 나를 맞아주고는, 차를 대접하고자 이내 부엌으로 사라졌다. 전날과 완전히 똑같은 광경 같았다. 다시 한번 나는 그 집 거실에서 나의 할머니들을 생각했다. 나는 그녀들이 하루를 어떻게 보내는지 늘 궁금했었다. 마들렌에 대해서도 마찬가지였다. 그녀는 무엇을 하며 시간을 채울까? 그녀는 장을 보고, 산책을 하고, 딸을 만나고, 가끔씩 손주들을 보았다. 그리고 나는 그녀가 텔레비전도 볼 거라고 생각했다 (내 할머니들 중 한 분은 TF1[19]에 채널을 고정한 채 망부석처럼 앉아 계셨다). 그런 식으로 삶을 채울 수 있는 걸까? 남은 시간이 점점 더 줄어들고 있을 때, 시간과의 관계는 어떤 식으로 유지되는 걸까? 이 모든 의문에 나는 사로잡혔다.

---

19   세계 최초로 텔레비전 방송을 시작한 프랑스 최대 민영 TV 채널.

마들렌이 다시 나타났을 때 나는 그동안 잘 지냈냐고 물었다. 그녀는 즉시 대답했다. "아, 난 계속 잘 지내고 있어요!" 나는 그녀가 시간을 어떻게 사용하고 있는지 몰랐지만, 그녀의 말뜻을 나름대로 해석할 수 있었다. 그녀는 지겨움을 느끼지 않았다. 게다가 놀랍게도 노인들은 권태를 거의 느끼지 않는 것 같았다. 한순간이라도 움직이지 않고 가만히 있어야 할 때면 그 즉시 툴툴대는 어린아이들과 달리. 아마도 중년을 넘기고 나면 시간과의 관계가 달라지는 듯하다. 더 이상 활동에 구애받지 않는 관계. 어느 날, 창 너머로 할머니가 아무것도 하지 않고 소파에 가만히 앉아 계시던 모습을 봤던 기억이 난다(할머니는 우리 집 아래층에 살고 계셨다). 뭔가 골똘히 생각하는 중이었다고 예상할 수도 있겠지만, 천만에, 할머니는 자기 자신을 비워낸 것 같았다. 그리고 할머니 얼굴에서 온갖 종류의 감정들을 읽을 수 있었지만, 분명히 권태는 찾아볼 수 없었다.

추억들을 되새기는 시간을 시작하려 할 때, 마들렌이 내게 물었다.

"어제는 어땠어요, 내 딸 집에서?"

"아주 좋았습니다."

"당신이 보기에 그 애 남편은 어땠던가요?"

"무척 호감 가는 분이더군요." 나는 나름대로 객관성을 유지하기 위해 그렇게 대답해야 한다고 느꼈다.

"제레미는요? 분명히 쉴 새 없이 조잘거렸을 테지!"

"……."

우리가 말하고 있는 아이가 정말로 동일 인물이 맞을까? 물론 관점에 따라 다양한 해석이 가능할 것이다. 그렇지만 무언증 환자에 가까운 그 소년을 못 말리는 수다쟁이라고 생각한다는 건 아무리 그래도 있을 수 없는 일 같았다. 그 아이는 오직 자기 할머니 앞에서만 말을 쏟아내기 위해 평소에는 말을 아껴 속에다가 꾹꾹 눌러 담아두는 걸까? 마들렌은 내가 그녀뿐만 아니라 그녀의 가족 전부에 관해 글을 쓰게 되어서 아주 기쁘다고 말했다. 그 덕분에 내가 그녀에게 지나치게 큰 기대를 하고 있다는 부담감에서 벗어날 수 있었다고 말이다. 정확히 발레리가 생각했던 그대로였다. 게다가 나는 발레리가 자기 어머니의 불안정한 기억력에 관해서 했던 말이 사실이었다는 것도 곧 알아차릴 수 있었다. 이 두 번째 만남에서 마들렌에게 나타나는 기억의 공백들을 여기저기서 확인할 수 있었던 것이다. 하지만 그건 미미한 정도였다. 어쩌면 나는 그녀의 딸이 했던 말 때문에 거기에 지나치게 신경을 곤두세우고 있었던 것인지도 몰랐다. 하지만 어쨌든 마들렌은 갈수록 점점 더 말을 더듬거리고 있었다.

나는 사진 앨범들을 함께 보자고 제안했다. 그렇게 해서 우리는 풍부한 이미지들로 가득 찬 과거를 향해 항해를 떠났다. 그곳에는 그녀와 딸들의 많은 추억이 출렁이고 있었다. 나는 일고여덟 살 무렵의 발레리를 살펴보았다. 성인이 된 이 아이와 내가 조금 전에 같이 점심을 먹었다는 게 믿기지 않았다. 사진 속 그녀의 눈에는 슬픔 같은 게 이려 있었다. 우리가 만나서 대화를 나누는 동안 내가 간파했던 것과 같은 슬픔. 어린 아이의 표정에서 어른이 된 발레리의 얼굴에 어른거리는 표정을 알아보는 게 가능할까? 아마도 나는 현재의 발레리에게 익숙해진 눈으로 과거의 발레리를 보고 있는 게 틀림없었다. 어떤 사진에서 그녀의 언니가 그녀에게 손을 내밀고 있었다. 스테파니는 더 밝게 빛나는 태양 같아 보였다. 하지만 약간 눈을 멀게 하는 그런 태양.

돌아봐야 할 다른 추억이 많았다. 물론 나는 마들렌의 흑백 결혼사진에 눈길이 갔다.* 그걸 보는 순간 르네 이야기를 다시 한번 꺼내고 싶었다. 하지만 내 주인공의 마음을 상하게 하고 싶진 않았다. 나는 더 이상 존재하지 않는 사람에 대한 기억들을 떠올리는 것이 얼마나 고통스러울지 상상할 수 있었다. 둘 중 한 사람이 세상을 떠나고, 심장이 도려내진 것 같음에도 불구하고 혼자 살아가는 공포에 익숙해지는 척한다. 일종의 인간적 예의. 사실 마들렌의 첫 마디에서 나는 전날과 똑같은 것을 느꼈다. 그녀는 그 남자와 함께 인생을 살아가는 게 아주 좋았다. 하지만 애정이라고는 조금도 없었다. 그녀는 남편을 이야기할 때 마치 그가 길동무였던 것처럼, 거의 친구 사이를 얘기하듯 했다. 그녀는 그가 죽을 때까지 그의 비밀을 지켜줬다고 말했다. "그는 고통받았지만, 결국 아주 평온하게,

잠을 자면서 떠났어요." 그러고 나서 그녀는 한숨을 내쉬며 덧붙였다. "꿈……."

그러니까 그건 바로 한 인생의 마지막 꿈이다, 깊은 잠 속으로 빠져드는.

* 신기하게도 어떤 상황은 흑백이 더 잘 어울린다. 흑백의 색감은 어떤 행사가 무채색처럼 무미건조했다는 것을 부각한다.

그녀가 말했던 그 조심스러움, 나는 그것을 사진들에서 느낄 수 있었다. 그 남자는 그 자리에 있는 게 불편한 듯, 알아보기 힘든 희미한 미소를 머금은 채 뒤로 물러나 있는 것 같았다. 그림자 같은 남자. 다시 한번 그녀는 르네가 자기 일에 얼마나 열정을 갖고 있었는지 얘기했다. 그는 파리교통공사를 정말로 사랑했다. 그는 전철 역들에 관해서라면 아주 세세한 것까지 모르는 게 없었다. 노선 확장보다 더 그를 흥분시키는 건 아무것도 없었다. 7호선이 빌쥐프까지 연장될 거라는 발표가 있던 날, 그에게 그 소식은 암스트롱이 달에 발을 내디딘 것이나 다를 바 없었다. 마들렌의 말에 따르면, 그런 직선에 대한 강박관념은 그의 어린 시절에서 기원을 찾아야 했다. 그녀는 르네가 영화관에 숨어 있어야 했던 일화를 나에게 되풀이해 말했다. 그런 일이 여러 번 반복해 일어났다는 것을 분명히 밝히면서. 그는 그렇게 항상 숨어야 했고, 한 번도 같은 장소에서 잠을 자지 못했으며, 항상 불안에 쫓기는 막연한 공포

속에서 살았다. 그의 어머니는 조직을 배신한 변절자의 밀고로 마침내 체포되었다. 그리고 체포된 지 얼마 지나지 않아 세상을 떠났다. 아마도 고문을 받다가 사망한 것 같았다. 하지만 그건 여전히 하나의 가설일 뿐이다. 그녀의 가족은 끝끝내 진실을 알 수 없었다. 그래서 마들렌은 이리저리 흩어지며 뻗어나가는 직선에 대한 그의 애착은 바로 그 어린 시절에 생겨난 것이라고 확신하고 있었다. 이상한 논리지만 터무니없는 것은 아니었다. 특히 전철은 이탈할 수 없는 길이다. 그것은 가장 안심할 수 있는 길이다. 끝없이 쫓기면서 떠돌아야 했던 그 모든 기억의 치유책.

따라서 르네는 당연하게 변화를 싫어했다. 그의 삶은 규칙적인 리듬과 익숙한 장소에 근거하고 있었다. 여름이면 언제나 그들은 똑같은 장소로 가서 바캉스를 보냈다. 비시에서의 캠핑. "온천수 때문에." 그 도시를 나치독일의 괴뢰정권과 연관 짓고 있다는 걸 내 눈에서 읽은 마들렌은 그렇게 분명한 이유를 밝혔다. 나는 전쟁 동안 어머니를 잃은 남자가 매년 여름 그곳에서 휴가를 보내고 싶어 했다는 사실이 이상하게 생각되었다. 그녀가 자기 남편에 대해, 그리고 예측할 수 있는 것들을 좋아하는 그의 취향에 대해 말할수록, 나는 점점 더 그가 종잡을 수 없는 인물이라는 생각이 들었다. 평범한 일상 속에 어떤 비현실적인 위력이 있다. 게다가 사이코패스들은 대부분 오선지처럼 규칙적인 생활을 한다. 물론 이런 생각을 마들렌에게 말하진 않았다. 하지만 그녀는 내가 자기 남편을 흥미롭게 생각하는 것에 기뻐하는 듯했다. 마치 내가 그에게 사후의 영예를 선사한 것처럼.

23

때때로 마들렌은 내가 모르는 과거의 어떤 격한 감정에 매달린 채 평행세계를 헤매다니고 있는 것처럼 보였지만, 그런데도 내 눈을 똑바로 바라보며 이렇게 말했다. "르네는 좋은 남편이고, 좋은 아버지였어요, 하지만 내가 세상 누구보다 사랑했던 남자는 이브라는 사람이었죠. 내 나이 스물두 살 때 그를 만났어요, 그리고 석 달 동안 우리는 정말 영화 속 주인공 같은 연애를 했어요. 하지만 그는 갑자기 내 곁을 떠났죠. 미국으로 덜컥 이민을 가버렸어요. 나는 이루 말할 수 없는 고통을 겪었죠. 그때가 인생에서 가장 고통스러웠던 시기였어요……." 마들렌이 갑자기 말을 멈췄다. 복받치는 감정에 댕강 목이 잘려 나가듯 돌연 중단될 수밖에 없는 사연들이 있다. 나는 무슨 말을 해야 할지 알 수 없었다. 물론 그 남자에 대해 좀 더 깊이 물어보고 싶었고, 헤어진 이유에 대해서도 자세히 알고 싶었다. 하지만 그런 걸 다 떠나서 나는 감동을 받았다. 간단하긴 했지만, 그녀는 가슴 깊숙이 숨겨왔던 이야기를 방금 막 내게 들려주었다. 그녀가 나를 그만큼 신뢰하고 있다는 사실이 감동스러웠다. 그녀는 오랜 세월 가슴속에 응어리져 있던 것을 낯선 남자인 나에게 드러내 보인 거였다.

오랜 침묵이 흐른 뒤, 나는 마침내 그녀에게 물었다.

"그를 찾아보려고 해보지는 않았나요?"

"네. 그 이후로 두 번 다시 그를 보지 못했어요. 만날 기회가 한 번 있긴 했지만……."

"언제요?"

"사실 이젠 기억도 잘 안 나요. 딸아이들이 열 살이나 열두 살쯤 되었을 때였을 거예요. 샤넬 하우스의 사무실에서 쪽지를 받았어요. 그가 거기서 나를 어떻게 찾아냈는지 모르겠어요. 결혼을 해서 성이 바뀌었는데……."

"그분은 당신이 패션계에서 일하는 걸 알고 있었잖아요. 아마 알 만한 패션 하우스들에 이리저리 전화를 해봤겠죠, 마들렌이라는 여자를 찾는다고."

"하지만 그 시절에 마들렌은 너무 흔한 이름이었어요!"

"어쨌든, 그분은 당신을 찾으려 했고 결국 찾아냈군요. 그래서 어떻게 되었어요? 무슨 일이 일어났나요?"

"아무 일도."

"그 말은?"

"그는 그때 파리에 잠시 와 있었기 때문에, 나를 만나봤으면 좋겠다는 쪽지를 보낸 거였어요. 그게 다였죠, 그가 묵고 있는 호텔 이름과 함께 겨우 몇 줄밖에 안 되는. 그토록 오랜 침묵의 세월이 흐른 뒤에 받은 연락이라 기쁠 수도 있었겠죠, 하지만 오히려 그 반대였어요. 나는 그가 갑자기 다시 나타난 게 원망스러웠어요. 나에게는 내 인생, 내 일, 내 딸들이 있었어요. 나는 고통에서 간신히 빠져나왔어요. 인제 와서 그 사람을 다시 만나는 건 우리 두 사람 모두를 위해 좋은 게 아니었어요. 나는 가지 않겠다고 다짐했죠. 나는 버텼어요…… 하지만……."

"결국, 그곳에 갔군요?"

"그래요. 도저히 버텨낼 수가 없었어요. 게다가 나는 그가 왜 그렇게 떠나버린 건지 그 이유라도 알아야 했어요. 이해할 수 없다는 게 날 미치게 했으니까. 그래서 결국 그가 묵고 있는 호텔로 찾아갔죠……."

"그래서요?"

"아무 일도 없었어요. 그는 바로 그날 아침에 떠났더군요. 그게 다예요. 운명은 우리가 다시 만나는 걸 원치 않았어요. 나는 또다시 혼란에 빠져들었고요. 조금만 더 빨리 찾아갔더라면 그를 만날 수 있었을 텐데…… 라는 생각에서 헤어 나올 수 없었죠."

"끔찍하군요. 그가 쪽지를 남기진 않았나요? 주소라든가?"

"아뇨. 내가 오지 않았기 때문에, 그는 흔적을 남기는 건 이제 부질없는 짓이라고 생각했던 것 같아요."

"그래서, 그걸로 끝난 건가요?"

"네."

"그분을 다시 만나려고 시도해본 적이 한 번도 없었어요?"

"어떻게?"

"글쎄요. 인터넷에서 그분의 이름을 검색해본다거나. 아니면 페이스북에서 찾아본다거나. 그분의 이름이 어떻게 되죠?"

"이브 그랭베르."

"제가 한번 해볼까요?"

"뭘?"

"그분을 찾는 거요."

"……."

마들렌은 승낙한다는 의미로 고개를 끄덕였다. 나는 휴대전화를 꺼내 페이스북을 켰다. 몇 명의 이브 그랭베르가 눈에 들어왔지만, 그 가운데 단 한 명이 그와 같은 나이인 듯했다. 이것보다 더 빠르게 사람을 찾는 건 어려울 것 같았다. 현대사회는 많은 사설탐정을 실직으로 내몰았다. 미행의 시대는 지나갔다. 프로필에는 그 사람이 현재 로스앤젤레스에 사는 것으로 나와 있었다. 나는 마들렌에게 사진을 한 번 보겠느냐고 물었다. 그녀는 다시 한번 승낙의 눈짓을 보냈다. 그녀는 감정을 조금도 드러내지 않고 말했다. "그 사람이에요." 그녀는 충격을 받은 게 틀림없었다. 젊은 날의 사랑을 계속 응시하던 그녀가 마침내 이렇게 말했다. "하나도 안 변했네." 내가 상상으로 소설을 쓰고 있었더라면 그런 문장을 감히 쓸 수 없었을 것이다. 마지막으로 본 게 거의 60년이 지난 남자에 대해 그런 말을 할 수 있다는 게 아름답게 느껴졌다. 어떤 감정은 세월을 멈출 힘을 갖고 있다.

나는 그녀가 그에 관해 더 많이 알고 싶어 할 거라고 생각했다. 그를 더 깊이 추적해 들어가는 건 그리 어렵지 않았다. 하지만 그녀는 방금 본 것만으로도 기력을 완전히 빼앗긴 것 같았다. 그녀가 이제 그만 쉬고 싶어 한다는 걸 분명히 알 수 있었다. 현관까지 따라 나오면서 그녀는 다시 한번 "고마워요"라고 말했다. 나는 특별히 아무것도 한 게 없었다. 그저 내 전화로 이름을 검색했을 뿐이었다. 그리고 헤어질 순간, 그녀가 나를 다시 붙잡았다. "내가 늘 피곤해하고 정신이 이따금 깜빡깜빡한다는 걸 나도 잘 알고 있어요, 하지만 한 가지 확실한 게 있어요. 죽기 전에 이브를 다시 만나 보고 싶어요."

24

계단을 내려오던 발걸음이 점점 느려지더니 나는 결국 털썩 주저앉고 말았다. "죽기 전에"라는 표현이 나를 멍하게 만들었다. 그 남자의 사진을 보는 즉시 그녀는 자기가 마지막으로 완성해야 할 어떤 행동을 실행에 옮기겠다고 결심했다.

대화를 해나가면서 내가 본의 아니게 그녀의 내면에 믿을 수 없는 욕망을 불러일으킨 거였다. 그리고 부인할 수 없는 사실이지만, 나는 물론 내 소설을 생각하고 있었다. 만약 그게 내 이야기라면? 나도 그녀처럼 할 수밖에 없었을 것이다. 나는 그들의 아름다운 재회를 글로 옮겨 쓰기 위해 마들렌과 함께 미국으로 떠나는 나를 벌써 머릿속으로 그려보고 있었다.

그 이야기는 내가 최근에 본 어떤 사건 기록을 떠올리게 했다. 세계를 일주하면서 매번 강렬한 감동을 불러일으키는 영상들이었는데. 노르망디 상륙 작전 이후 75년이 지난 뒤 한 미국 남자가 자기가 사랑했던 여자를 다시 만났다. 그 운명의 광란에 놀란 두 사람은 눈물을 글썽이며 서로 손을 맞잡았다. 흐르는 시간은 모든 것을 바래게 하지만, 사랑만큼은 변질시키지 못한다. 그들을 보면서 믿지 않을 수 없었던 건 바로 그것이었다.

감상의 늪에서 헤어 나오지 못하던 나는 문득 어떤 의문에 사로잡혔다. 그건 발레리와 내가 만났을 때 느꼈던 것과 같은 의문이었다. 이 두 만남은 이상한 반향 속에서 서로 응답하고 있었다. 마치 그 두 가지 의문이 소설의 긴장을 만들어내려 하는 것 같았다. 발레리에 관한 한, 나는 더 이상 그걸 의심할 수 없었다. 우리가 헤어지려던 순간, 그녀는 남편과 헤어질 거라는 말을 하기 위해 내 쪽으로 되돌아보면서 모종의 긴장감을 불러일으키려 한 게 분명했다. 마치 한 시리즈물에서 각 에피소드가 끝날 즈음에 궁금증을 유발하는 충격적인 엔딩 장면을 보여줌으로써 시청자로 하여금 다음 편을 미치도록 보고 싶게 만드는 것처럼. 영어로 그것을 '클리프행어(Cliffhanger)'라고 부른다. 시청자들을 "절벽에 매달린" 채로 남겨두는 기법. 자기 인생의 시나리오작가인 발레리는 나로 하여금 그런 기대감을 품게 만들었다. 그러므로 만약 내가 이 이야기를 써낸다면, 독자들 역시 그런 기대감을 품을 것이다.

그런데 이제 마들렌이 그것과 비슷하게 행동하고 있었다. 물론 그녀가 이야기 흐름을 완전히 의식하면서 고의로 그런 행동을 했다고 생각하기는 어려웠다. 나는 클리프행어 개념을 교묘히 이용하는 그녀를 상상할 수 없었다. 하지만 그 마지막 장면에는 클리프행어에 필요한 모든 요소가 들어 있었다. 그다음에는 무슨 일이 일어날 것인가? 그녀는 이브를 다시 만나고 싶어 했다. 그 재회를 준비하는 데 내가 어떤 역할을 맡게 될 것은 분명해 보였다. 그리고 다시 한번 더, 그녀의 인생에 새로운 전개를 불러일으킨 존재는 바로 나였다. 나는 예약도 없이 불쑥 찾아온 사람을 마주한 심리학자 같았다. 그 사람은 풀어놓을 게 아무것도 없다는 심정으로 심리학자를 마주하고 있지만, 3분 뒤 자신이 안고 있는 문제들을 털어놓기 시작한다. 여기서 문제는 어떤 병이 아니라 마음 깊은 곳에 숨겨놓은 보물이었다. 마들렌이 이브의 사진 때문에 불안정해질 수밖에 없었다 하더라도, 나는 그녀가 자신의 비밀을 나에게 털어놓을 수 있었다는 사실이 무엇보다 기뻤다. 르네를 지켜 주고 싶은 마음에서 그녀는 자기 딸들에게 그 강렬했던 첫사 랑에 대해 정말이지 단 한 번도 입을 연 적이 없었다. 그녀는 내 소설을 통해 마침내 그 이야기를 들려줄 수 있을 것이다.

25

　일단 밖으로 나온 나는 내가 사는 동네의 거리를 좀 거닐 었다. 언제부턴가 내 눈에는 거리 곳곳에서 마주치는 사람들 이 이곳 주민들이 아니라 등장인물들로 보였다. 카페 테라스 에 앉아 지나가는 사람들의 삶을 지어내는 일이 자주 일어났 다. 하지만 이번만큼은 상상을 멈추기 위해 자리에서 일어났 다. 내 소설을 다시 떠올리면서 이야기가 점점 애정 문제 쪽으 로 기울어가고 있다는 느낌이 들었다. 발레리의 망설임과 마 들렌의 추억 사이에서, 감정적인 문제들에 너무 많은 시간을 소요하고 있었다. 그건 좀 난감했다. 그러잖아도 나는 사랑 이 야기에 너무 치중한다는 비난을 종종 들었기 때문이다. 하지 만 분명히 해두자. 이번 이야기들은 결코 내가 지어낸 게 아니 다. 나는 내 인물들의 삶을 따라갔을 뿐이다. 그런데도 여전히 각 등장인물의 애정에 관한 측면이 비교적 많은 비중을 차지 하고 있는 건 확실한 듯하다.

26

저녁 시간은 이미 예고되어 있었다. 이틀 만에 나는 마르탱네 집에서 두 번째 저녁 식사를 하기로 했다. 아이들과 대화를 해볼 속셈으로 나는 일부러 약속 시각보다 일찍 갔다. 롤라가 문을 열어주면서 "안녕하세요, 작가 선생님"이라고 깍듯하게 인사를 했다. 하지만 그게 다였다. 그 아이는 그 말을 마치자마자 휙 돌아서서 자기 방으로 들어가 버렸다. 마치 꿰다놓은 보릿자루처럼 나를 현관에 그대로 내팽개쳐 둔 채. 내가 못마땅한 걸까? 발레리는 전날 나에게 자기 딸은 의외로 학교에서 인기가 많은 편이라고 말했다. 하지만 내 눈에 그 아이는 마치 느닷없이 던져진 물리화학 문제라도 되는 것처럼 나를 경계하는 쌀쌀맞은 십대 소녀일 뿐이었다. 그 세대가 대부분 웬만한 것에는 눈 하나 깜빡하지 않는 것 같긴 하지만, 그렇다고 경계심이 없는 것은 아닌 모양이었다. 하기야 그들 세대는 소셜 네트워크에 빠져 살면서 온갖 뜬소문에 무방비로 노출되어 있으므로 경계를 게을리하지 않아야 할 필요가 있긴 했다. 나는 어쨌든 스파이 같은 존재였고, 그 아이의 생각이 틀린 것도 아니었다.

나는 혼자 알아서 거실 쪽으로 찾아가는 것 말고는 달리 선택의 여지가 없었다. 누군가의 집에 초대받았을 때 늘 그러듯이 나는 그 집의 책장을 살펴보았다. 나는 어떤 사람이 소유하고 있는 책들을 살펴보면 그 사람에 대한 거의 모든 걸 알 수 있다는 지론을 가지고 있다. 아파트를 구입하려던 시기에, 나는 방문한 집의 책꽂이 쪽으로 곧장 다가가 거기에 소설책들이 꽂혀 있는지부터 확인했다. 그곳에 소설책이 꽂혀 있지 않으면, 나는 1초도 망설이지 않고 그 집에서 나왔다. 소설을 읽지 않는 사람이 살던 집에 들어가 산다는 건 나로서는 있을 수 없는 일이었다. 그것은 마치 몇 년 전 그곳에서 끔찍한 범죄가 일어났다는 걸 알면서도 그 집에 들어가 사는 것이나 다를 바 없었다(저마다 자기만의 비유가 있는 법이다). 어떤 이들이 유령의 존재를 믿는 것과 마찬가지로 나는 '무지몽매'라는 유령도 충분히 있을 수 있다고 생각한다.

마르탱네 집 서가에서 나는 몇몇 고전과 베스트셀러, 공쿠르 수상작 서너 권을 발견했다. 문학적인 관점에서 내가 와 있는 이 집은 사람들의 관심사로 떠오른 책 정도는 사서 읽는 평균 수준의 가정이었다. 그런데 그런 대중적인 책들 사이에서 에밀 시오랑의 《태어났음의 불편함》[20]을 발견하고 깜짝 놀랐다. 그것은 '마르크스 형제들'[21]이 드라마로 만들어진 것만큼이나 있을 법하지 않은 일처럼 보였다. 하지만 그 책을 집어

---

20   《De l'inconvénient d'être né》은 루마니아 출신의 염세주의 철학자 에밀 시오랑의 대표작이다.
21   '마르크스 형제들(Marx Brothers)'은 4형제로 구성된 미국의 슬랩스틱 코미디언 팀이다. 브로드웨이의 보드빌쇼(버라이어티쇼)에 출연했으며, 1900년대부터 1950년대 즈음까지는 영화를 통해 엄청난 성공을 거뒀다.

들다가 가격표 밑에 찍힌 문구를 읽고야 말았다. '폴리오 출판사 서적 2권 구매 시 증정함.' 그러니까 그 루마니아 철학자는 잘나가는 책들에 끼워 팔려나가는 처량한 신세로 전락해 있었다. 하지만 그는 이런 후대의 아이러니를 오히려 마음에 들어 했을지도 모른다. 내가 아주 좋아하는 그의 문장 하나가 머릿속에 떠올랐다. '언젠가 전기작가가 자신의 인생을 재구성해서 써줄 거라는 것을 알면서도 삶을 포기한 사람이 아무도 없다는 건 믿을 수 없을 만큼 놀라운 일이다.' 이 말에는 나의 프로젝트를 연상시키는 울림 같은 것이 있었다. 내가 마르탱 가족의 전기작가가 되어가고 있으므로.

27

시간이 제법 흘렀지만 나는 여전히 거실에 혼자 있었다. 달리 할 일이 없어서 이런 메모를 하며 그들을 기다렸다.

카를 라거펠트에 관한
가슴 두근거리는 일화들 (1)*

라거펠트는 어린 시절 자기 방에 있던 몇몇 가구류를 평생토록 간직했다. 이건 마들렌이 나에게 들려준 사실이다. 나는 이 세부적인 이야기가 아주 '매혹적'이라고 생각했다. 내가 '매혹적'이라는 단어를 사용하는 건, 서사적 결함을 메워줄 수 있을 것이라 생각하는 이 단락을 더 자극적으로 만들기 위해서가 아니다. 아니 나는 그가 자신의 어린 시절을 그리 즐거웠던 시기로 기억하지 않는다는 사실 때문에 이 일화가 한층 더 호기심을 불러일으킬 수 있다고 생각한다. 나는 미하엘 하네케의 〈하얀 리본〉[22]에서 느껴지는 매우 엄격하고 절제된 분위기가 자신과 흡사한 측면이 있다고 했던 라거펠트의 인터뷰를 기억한다. 그리고 이 주제를 좀 더 심화시켜나가던 나는 〈리베라시옹〉지에서 이런 고백을 보았다. "나는 어린아이라는 처지가 굴욕적이라고 생각했어요." 이 말은 그가 어린 시절 경험했던 모든 것을 요약해준다. 그래서 우리는 어린 시절에 사용했던 가구들을 간직하려는 그의 욕망에 관해 불가피하게 의문을 가지게 된다. 성인이 된 예술가가 자신의 어린 시절을 끊임없이 뒤돌아보는 건 특이할 게 없다 하더라도, 여기서의 상황은 다른 것 같다. 나는 사물들이 과거의 감동과 전율을 그대로 간직하고 있다고 생각하는 사람이다. 벽, 거리 또는 나무 같은 모든 사물이 우리 과거를 기억하고 있다고 말이다. 그러므로 라거펠트가 평생토록 간직했던 그 작은 책상은 어떤 면에서 그의 천재성을 목격한 최초의 관객이라 할 수 있다. 그가 자신의 창작 세계의 출발점이 되었던 기초데생들을 그렸던

---

22   오스트리아 국적을 가진 영화감독 미하일 하네케의 2009년작. 종교적인 규율에 함몰당한 채 살아가는 한 공동체의 무의식이 빚어내는 집단적 폭력을 통해 파시즘과 테러리즘을 재해석한 영화다.

게 바로 그 책상 위였기 때문이다. 그러니까 라거펠트는 자기가 거부했던 시대의 물건이 아니라, 자신의 예술이 탄생하는 광경을 지켜봐준 물질적인 목격자를 자기 곁에 간직하고 싶었던 것이다(물질을 인간으로 바꾸어 말한다면, 그 책상의 인간적 등가물인 자신의 어머니를 영원히 자기 곁에 두고 싶은 욕망이라고 할 수 있을 것이다).

　* 예정했던 대로 서사적 긴장감이 좀 떨어진다고 느껴지는 순간이나 나의 등장인물들이 독자의 호기심을 충분히 만족시켜 줄 만한 이야기들을 제공해주지 않는 순간에 나는 카를 라거펠트의 이야기를 이용했다.

28

　'서사는 서술하는 과정에서 만들어진다'라는 말을 믿을 필요가 있다. 라거펠트에 관한 일화를 한창 서술하고 있을 때, 제레미가 모습을 나타냈기 때문이다. 지나치다 싶을 정도로 나를 피하는 그의 누나와 달리 제레미는 내 옆에 자리를 잡고 앉았다. 자신감을 얻은 나는 용기를 내어 그의 방을 구경해도 되겠냐고 물었다. 그는 흔쾌히 승낙했다. 하지만 나는 그가 귀찮은 대화를 미리 차단하기 위해 뭐든지 좋다고 말하는 부류에 속한다는 사실을 이내 알아차렸다. 그는 좀처럼 말을 하지 않았다. 게다가 어쩌다가 입을 연다 해도 말끝을 흐렸다. 그에게는 불완전한 뭔가가 있었다. 더 정확하게 말하자면, 자기가 하는 말들은 별로 흥미롭지 않다고 생각하는 것 같았다.

내 생각에 그건 아주 전형적이다. 청소년기는 자아 인식이 왜곡된 시기다. 그러므로 그건 아마도 다음과 같이 설명될 수 있을 것이다. 유년 시절은 대체로 자기가 세상의 중심인 왕국이다. 부모들은 본의 아니게 자녀의 자아를 불균형하게 부풀린다. 그들은 도움이 별로 필요하지 않은 일에도 다급하게 달려오고, 서투른 낙서를 보고도 천재성을 운운하며 호들갑을 떨고, 우스꽝스러운 춤 동작에 넋을 잃고 경탄한다. 요컨대 특별한 은총을 받고 태어난 것 같은 기분을 느끼며 어린 시절을 보내던 아이는 청소년기에 이르러 자기가 그저 그런 아이일 뿐이라는 진실을 깨닫게 되면서 비참할 정도로 산산조각이 난다. 인간들을 아주 어린 나이 때부터 나르시시즘에 덜 빠져들게 하면서 키운다면, 분명히 사춘기의 위기들을 훨씬 더 수월하게 넘길 수 있을 것이다. 대부분의 십대 아이처럼 제레미 역시 히트곡을 연이어 터뜨렸지만 언젠가부터 대중의 관심에서 멀어지면서 내리막길로 접어든 그런 대중가수 같았다. 그러니까 그는 제대로 살아보기도 전에 이미 자신이 한물갔다고 느끼는 그런 인생 단계에 들어서 있었다. 십대는 미래가 두렵다고 생각하면서 과거가 사라져가는 것에 괴로워한다.

내 눈길이 몇몇 포스터로 장식된 벽을 멍하니 훑어보는

동안, 그런 가설이 내 머릿속을 관통했다. 포스터들을 보아하니, 그의 음악 취향은 매우 과격한 편인 것 같았다. 그의 심장은 너바나와 앙젤 사이에서 출렁거리고 있었다. 우울한 록 밴드와 삶의 기쁨으로 가득 찬 젊은 여가수(폭이 아주 넓은 음악적 취향!). 첫 번째 포스터 〈Smells like Teen Spirit〉를 보면서, 나는 '십대 정신의 냄새'란 게 어떤 거라고 생각하냐고 그에게 물었다. 그는 곧바로 이렇게 웅얼거렸다. "탄 냄새." 싹수가 노란 대답이었다. 그의 순발력만큼은 다시 한번 높이 평가하긴 했지만. 우리는 커트 코베인에 관해 몇 마디 말을 나눴다. 그는 내가 들려주는 이야기에 흥미를 느끼는 듯했다. 나는 이 그룹이 1991년에 전대미문의 음악과 함께 마치 폭발하듯 등장하던 것을 목격했다. 그로부터 3년 뒤 리드싱어의 자살도. 나는 내친김에 그 유명한 '27세'의 저주로 대화를 이어나갔다. 제니스 조플린, 지미 핸드릭스, 짐 모리슨, 브라이언 존스, 에이미 와인하우스…… 그 나이에 죽은 많은 스타의 블랙리스트. 하지만 그들에 관한 음울한 일화들을 한창 이어가던 나는 불현듯 말을 멈췄다. 이렇게 불건전한 방향으로 이끌고 가다가는 이 아이와 친해지기는 힘들 것 같다는 생각이 들었다. 살짝 치켜뜬 제레미의 눈에서 그런 징조를 분명히 볼 수 있었다. 그는 마치 내가 단칼에 정맥을 끊는 방법을 가르쳐주는 교습소를 알려주기라도 한 것처럼 나를 응시하고 있었다.

화제를 딴 데로 돌리는 게 나았다. 그 방 안을 계속 살펴보면서 책이 거의 없다는 것을 확인할 수 있었다. 제레미는 학교에서 의무적으로 읽어야 했던 《자디그》나 《적과 흑》 같은 고전 몇 권밖에는 갖고 있지 않았다. 그래서 나는 사뭇 놀랐다. 우리가 처음으로 함께했던 저녁 식사 때 아멜리 노통브를 언급하는 걸 보고 그를 문학적 소양이 있는 소년이라고 짐작했기 때문이다. 내가 헛다리를 짚었던 거였다. 그는 그 작가의 책을 한 번도 읽은 적이 없지만, 자기 반 여자 친구 하나가 그 작가를 숭배한다고 설명해 주었다. 그 여자아이는 아멜리 노통브를 똑같이 따라 하고 있었다. 아래위로 검은 옷을 입고, 과장되게 커다란 모자를 보란 듯이 쓰고 다니면서. 제레미와 일종의 유대를 만들어내기 위해 나는 아멜리와 꽤 친한 사이라고 말했다. 하지만 제레미는 전혀 반응을 보이지 않았다. 그는 내 얼굴에서 실망의 빛을 알아차리고, 내가 어떻게든 대화의 끈을 이어가기 위해 애를 쓰고 있다는 걸 눈치챈 게 분명했다. 그는 우물우물 말했다. "내가 만나고 싶은 건 음바페[23]에요. 그를 아세요?" 젠장, 나는 그와 한 번도 마주친 적이 없었던 게 아쉬웠다. 내 소설은 내가 축구계에 친분이 없다는 것 때문에 피해를 입을 수도 있었다. 나는 몇 년 전에 생티엔 도서전에서 도미니크 로셰토[24]를 만났다. 그때 우리는 그가 모리

---

23   킬리안 음바페 로탱은 파리 생제르맹 FC 소속의 FW 공격수.
24   1980년대에 활동한 프랑스 리그앙 역대 최고의 윙어로, 1995년 모리스 피알라의 영화 〈르 가르쉬(Le Garçu)〉에 배우로 출연했다.

스 피알라[25]의 영화에 출연했던 당시의 경험에 관해 얘기를 나눴다. 하지만 그게 과연 제레미의 관심을 끌 수 있을지는 의문이었다. 차라리 대화 주제를 바꾸는 편이 나았다.

나는 그의 하루, 학교, 친구들에 대해 여러 질문을 던지기 시작했다. 그의 반응으로 짐작하건대, 그는 나를 성가셔하는 것 같았다. 자기 방에 들어오게 한 것을 후회하고 있는 게 분명했다. 자기도 누나처럼 행동하면서 나를 무시해야 했는데, 라고 생각하고 있는 게 틀림없었다. 그는 예의상 대답을 하긴 했지만, 대체로 모호하고 어정쩡한 태도를 보였다. 그는 클로드 레비스트로스[26]가 들었더라면 귀를 쫑긋했을 법한 일종의 의성어 같은 것을 이따금 우물거리곤 했다. 간단히 말해서 나는 그의 관심을 조금도 끌지 못했다. 이 인물은 총체적 난국이었다.

그럼에도 불구하고 나는 그에 관한 이야깃거리를 얻기 위해 그에게 계속 질문을 던졌다.

"넌 정말로 열정이란 게 없는 거니?" 나는 비난하는 듯한

---

25   프랑스의 영화감독이자 시나리오 작가, 배우.
26   프랑스의 인류학자. 인류학에 언어구조학을 접목해 인간의 삶에 공통된 질서를 찾아내고자 했다. 이 과정에서 의식적인 현상이 아니라 무의식적인 하부 구조인 음운론이 연구되었는데, 이런 관점에서 작가는 알아듣기 힘든 의성어에 가까운 제레미의 말투를 빗대어 레비스트로스가 연구 대상으로 삼았음직하다는 유머를 구사하고 있다.

말투가 되지 않도록 조심하면서, 지나가는 투로 물었다.

"중간 정도."

"그러니까, 중간이라는 게 무슨 뜻이야?"

"열정을 중간 정도 갖고 있다는 뜻이죠."

"그렇구나…… 그럼 음악은? 음악은 좋아하니? 저 포스터들…… 앙젤을 좋아해?"

"딱히. 어렸을 때 벽 여기저기에 구멍을 냈거든요, 그래서 그 구멍들을 감추려고 아무 포스터나 막 붙여놓은 거예요."

"그럼 뭘 듣는데?"

"딱히 떠오르는 게 없는데요."

"그럼 여가 시간에는 뭘 해?"

"친한 친구들과 온라인 게임이요."

"……"

"아니면, 시리즈물 보는 것도 아주 좋아하고요."

"아, 그렇구나. 어떤 걸 보는데? 나한테 추천해주고 싶은 게 있니?"

"모르겠어요."

"모르다니? 무슨 뜻이야?"

"딱히 떠오르는 게 없는데요."

"……"

시리즈물이라는 건 퍼레이드처럼 펼쳐지는 풍경과도 같다. 계속 눈앞을 지나가면서, 다음 에피소드가 시작되면 그 전의 것들은 잊혀지는. 그렇다고 해도 조금만이라도 노력해서 나에게 제목 하나 정도는 말해줄 수도 있었을 텐데. 그가 말할 때마다 나는 계속 되물으면서 좀 더 분명하게 말해달라고 해야 했다. 그건 일방적인 소모전이었다. 그런데 놀랍게도, 돌연 그가 우리의 대화에 엄습한 공백을 채우려 시도했다.

"우리 학교에 자살 시도를 한 여자애가 있어요."

"아…… 끔찍하구나."

"그렇죠."

"네가 아는 애였니?"

"아뇨, 그냥 우연히 마주치곤 하던 애였어요."

"그래서, 그 애한테 무슨 일이 있었던 건지 아니?"

"처음에는 모두들 그 애가 왕따를 당한 거라고 생각했어요. 선생님들은 따돌림당하는 아이가 없는지 항상 관심을 가져야 한다고 귀가 따갑도록 말하죠. 혹시라도 놀림당하는 아이를 보면 그 즉시 알려달라고 해요. 아니면 그 비슷한 일들을 당하는 경우라도요."

"그래서, 그 여자애의 경우는 그런 게 아니었다는 거니?"

"네. 그 애 방에서 편지 한 통이 발견됐어요."

"자기가 왜 그런 행동을 한 건지 말해놓은 거야?"

"네."

"뭐라고 쓰여 있었는데?"

"그게 정말 이상해요."

"나한테 말해주고 싶지 않니?"

"아뇨, 그런 건 아니지만……."

"그렇지만?"

"그 애는 사탄이 그걸 바란다고 했어요. 그 앤 어떤 목소리를 들었대요…… 그 애더러 자살해야 한다고 말하는 악마의 목소리를."

"그 애가 편지에 그렇게 썼다고?"

"네."

"확실한 거야, 아니면 소문을 들은 거야?" "아뇨, 그 편지를 직접 봤어요. 학교 안에 그 편지 복사본이 돌아다녔거든요. 그 편지는 정말 엄청났어요."

"그럴 것 같구나."

"그 편지를 복사해놓은 게 있어요. 한번 보실래요?"

"그럼, 물론이지." 나는 병적인 흥분을 감추려 애쓰면서 말했다. 뜻밖에도 거기에 가슴 두근거리는 새로운 전개가 있었다. 어쩌면 그 편지를 내 소설에 그대로 베껴 넣을 수도 있으리라.

제레미는 자기 책상으로 다가가 서랍 하나를 열더니, 갑자기 나를 향해 뒤돌아섰다.

"그런데 제 말을 믿었어요?"

"뭐?"

"제가 다 지어낸 거예요. 아저씨를 위해."

"하지만 왜?"

"글쎄요. 내가 하는 이야기에 실망하시는 것 같더라고요, 그래서 이 얘기라면 아저씨 마음에 들 거라 생각했죠."

"내 마음에 들 거라고? 뭐라고 해야 할지 모르겠다……. 너, 정말 깜찍한 녀석이구나. 그리고 아니, 난 전혀 실망하지 않았어. 네가 그렇게 느꼈다면 미안하다. 난 널 따라가면서 너를 살아 움직이게 하는 게 뭔지 알고 싶어. 네가 우리 시대를, 그리고 미래를 어떻게 보고 있는지, 그런 걸 알고 싶은 거다. 나는 네가 날 위해 그런 얘길 지어내는 걸 원하지 않아. 하지만 이번 얘기는 정말 그럴듯했다는 건 인정한다. 정말 깜빡 속아 넘어갈 뻔했어."

"고마워요."

침묵이 흘렀다. 나는 제레미와 십대 시절에 관해 틀에 박힌 생각을 하고 있었던 나 자신이 어리석었다는 걸 인정해야만 했다. 지금 그의 시선 속에서 뭔가가 불이 붙은 것 같아 보였다. 물론 그리 대단한 불꽃은 아니었다. 저 멀리 희미하게 보이는 촛불의 불꽃 정도라고 할까. 이 인물에 관해, 뜻밖에도 썩 괜찮은 출발이었다고 말할 수는 있었다.

29

한 시간 뒤, 식탁에 모인 우리 다섯 사람은 각자 전날과 똑같은 위치에 자리를 잡고 앉아 있었다. 그들은 내가 영화를 몇 편 연출하기도 했다는 사실을 알고, 이런저런 배우가 멋있는지 어떤지 물었다. 나는 어느 누구의 결점도 누설하지 않으려 조심하면서 배우들에 관해 이런저런 시시한 잡담을 끄집어냈다. 하지만 그러다가 결국 대화는 날씨나 정치에 관한 쓸데없는 이야기들로 이어졌다.

마르탱 가족은 대체로 텔레비전을 보면서 저녁 식사를 했는데, 주로 〈세 아 부〉[27]라는 프로그램을 즐겨 보는 모양이었다. 발레리는 특히 자기가 파리 15구의 어느 골동품상점에서 우연히 마주쳤던 그 프로그램의 여자 진행자를 아주 많이 칭찬했다. 하지만 나 때문에 그들은 뭔가 말을 해야 한다는 의무감에 쫓기면서 텔레비전을 제대로 시청하지 못했다. 나 역시 그런 그들을 보면서 상당히 불편했다. 나는 파트릭이 그의 아내가 내게 털어놓았던 것을 내 눈에서 읽지 않을까 두려워 그를 감히 쳐다보지 못했다. 나는 비밀을 숨기는 재주가 전혀 없었다.* 이 두 번째 저녁부터 나의 프로젝트는 이상한 양상을 띠기 시작했다. 극도로 흥분한 모습을 보이지 않은 것만 빼면, 마치 내가 TV 리얼리티 프로그램에 출연 중인 것 같은 기분

---

27   〈C à Vous〉는 프랑스의 유명한 TV쇼로, 프로그램 명은 "C'est Vous('오늘의 주인공은 당신' 또는 '오늘은 당신 차례'라는 뜻)"를 소리 나는 대로 옮겨 쓴 언어유희에 해당한다. 진행자와 칼럼니스트가 테이블 주위에서 오늘의 게스트와 시사를 논의하는 동안 요리사가 요리를 준비한다.

이었다.

* 내 얼굴은 펼쳐진 책이었다(그것도 결말 부분의 페이지).

마침내 파트릭이 입을 열었다.

"우리가 당신에게 얘기를 들려주는 것이나, 내 아내가 부탁한 대로 당신이 우리 일상을 따라오는 것까지는 좋아요, 하지만 당신이 매일 저녁 우리 집으로 식사를 하러 올 필요는 없을 것 같군요. 가장 좋은 건, 우리 가족을 한 명 한 명 따로 만나는 걸 겁니다."

"저도 그렇게 생각합니다." 내가 말했다.

"내일 저희 회사 근처에서 점심 식사나 같이 하시죠. 제가 어떤 환경에서 일하는지도 한 번 보시고요. 제 직업은 작가라는 직업처럼 그렇게 근사하지 않다는 걸 아시게 될 겁니다."

"기꺼이 초대에 응하겠습니다. 도와주셔서 감사합니다."

그때, 발레리가 자신의 물음에 딸이 뭐라고 대답할지 이미 알고 있으면서 롤라에게 물었다.

"그럼 롤라, 너는?"

"내 생각은 그대로야. 난 책 같은 건 관심 없어. 게다가 난 그딴 식으로 사생활을 까발리고 싶지 않아."

"제발, 저속한 말 좀 쓰지 마. 난 이게 아주 멋진 추억이 될 거라고 생각해. 우리 이야기가 백 년 뒤에도 사람들 입에 오르내릴지 모르잖니."

"어, 아, 뭐, 그렇죠." 나는 그녀가 나를 좀 과대평가한다고 생각하면서 말을 더듬었다. 만약 내 책이 출간되고 나서 보름만이라도 내 책 얘기가 사람들 입에 오르내릴 수 있다면, 그것만으로도 더할 나위 없을 것이다.

"게다가 우린 책이 출간되기 전에 초고를 미리 읽어볼 수 있을 거야, 안 그래요?" 발레리는 아마도 자기 딸을 구슬리기 위해 내게 그렇게 묻는 듯했다.

"그럼요." 나는 재빨리 대답하면서, 속으로는 만약 내가 그들의 말에 끌려다니며 글을 써나간다면 재미라곤 조금도 없는 소설이 될 거라는 생각을 했다. 그래서 그들이 초고를 읽었을 때 이 프로젝트를 없던 일로 하자고 할까 봐 은근히 겁이 났다. 그러므로 그들에게 초고를 읽힌다는 건 논의할 여지도 없는 일이었다.

30

저녁 식사는 빠르게 끝났고, 각자 자기 방으로 다시 사라졌다. 나는 거실에서 발레리와 단둘이 남아 차를 마셨다. 나는 그녀가 자기 남편에 관해 말했던 그 주제로 다시 돌아가고 싶지 않았다. 이곳은 그런 얘기를 나눌 만한 장소가 아니었다. 나는 소곤거리는 내 모습을 상상할 수 없었다. 하지만 한 가지 의문이 나를 헤집고 지나갔다. 그녀의 그 돌연한 선언은 오랜 숙고 끝에 내린 결론이었을까, 아니면 그저 충동적으로 내뱉은 말이었을까? 두 번째 경우라면, 아마도 우리의 대화가 그녀로 하여금 그런 속내를 이야기하게 만들었을 것이다. 그녀는 그 생각을 고수할 것인가? 나는 의문스러웠다. 하기야 우리는 어떤 욕망을 구체화하지 않고도 그 욕망을 표현할 수 있다. 내가 나를 초대한 여주인의 감정적인 경로를 상상하는 동안, 그녀는 환하게 미소 띤 얼굴로 나를 바라보고 있었다.

"당신 말이에요, 정말로 특별해요."

"아, 그래요? 그건 긍정적인 의미입니까?"

"네. 난 좋아요. 처음엔 당신을 아주 이상한 사람이라고 생각했어요, 하지만 이제 내가 점점 빠져들고 있다는 걸 인정해요." "……."

그녀는 자신의 대답이 꽤 만족스러운 듯 웃기 시작했다. 내가 그녀를 알게 된 건 겨우 이틀 전이었다. 그런데도 나는 그녀가 오래전부터 웃지 않았다는 느낌이 들었다. 그녀의 얼굴은 즐거운 표정을 받아들이는 것에 놀란 것처럼 보였다. 감정을 드러내지 않는다고 생각했던 이 여자는 이제 막 시작되는 모험에 분명히 즐거워하고 있었다.

그녀가 말을 이었다.

"난 사실 이해가 가지 않았어요. 당신 아내가 그렇게 떠났다는 게."

"그녀는 제 아내가 아니었어요."

"아, 뭐, 어쨌든 당신의 동반자."

"발레리, 여러 가지로 고마워요. 하지만 나에 관한 이야기는 정말로 하고 싶지 않아요."

"알겠어요, 이해했어요. 하지만 내가 어떤 사람에게 내 이야기를 들려주고 있는지는 알아야 하지 않겠어요? 그리고 당신은 인터넷에 소개되어있는 것과는 전혀 다른 것 같아요."

"난 내가 어떤 사람 같아 보이는지 모르겠어요. 그리고 나를 굳이 숨기고 싶은 마음도 없어요. 당신 혼자만 이야기하는 것보다 서로 대화를 주고받고 공평하게 얘기를 나누고 싶어 하는 것도 충분히 이해하고요. 하지만 나는 내 이야기가 아니라 당신 이야기를 쓰려고 여기 있는 겁니다."

"그래도 그건 실망스럽네요. 나는 당신을 좀 더 알고 싶어요."

"나에 관한 건 나중에 이야기하죠, 괜찮죠?"

"좋아요. 하지만 적어도 하루에 한 가지는 물어보게 해줘요. 그 정도는 괜찮지 않아요?"

"하루에 한 가지?"

"네."

"좋습니다." 나는 미소를 지으며 대답했다.

이런 리듬으로라면, 그녀가 마리와 나의 관계를 이해하기까지 몇 년은 걸릴 것이다. 마리와의 결별 이후로 나는 끊임없이 나 자신을 돌아보며 이유를 찾았지만, 한 가지 해답도 찾아낼 수 없었다. 더 고약한 건 시간이 갈수록 모든 것이 점점 더 이상하고 불확실해 보인다는 거였다. 내가 과연 마리와 같은 시간을 보낸 게 맞는지조차 확신할 수 없었다.

31

내 이야기를 듣고 싶어 하는 발레리의 공격에서 일단 벗어난 나는 다시 기운을 추슬렀다. 나는 발레리와 단둘이 있는 이 순간을 이용해 마들렌의 비밀 이야기에 대해 말하고 싶었다. 발레리는 자기 어머니의 첫사랑에 대해 얼마나 알고 있을까? 잘 몰라요, 라고 그녀는 말했다. 그녀의 어머니는 첫사랑을 아주 가끔, 슬며시 내비치곤 했기 때문에 발레리는 기껏해야 그 남자의 이름과 몇 가지 사소한 것밖에 몰랐다. 더군다나 그들이 뜨겁게 사랑했던 사이였으리라고는 생각도 해본 적이 없었다. 그녀는 내가 그 남자에 관해 알고 있다는 사실에 오히려 놀란 듯했다. 사람들은 모르는 사람에게 더 쉽게 속내를 털어놓는다는 것을 인정하면서도. 그녀 자신도 지금 그렇게 하고 있었으니까. 하지만 마들렌은 무엇보다 딸들의 아버지를 지켜주기 위해 옛 연인의 존재를 감추고 살았다. 게다가 발레리는 자기가 그 남자에 관해 더 알고 싶은지 어떤지조차 확신하지 못했다. 그녀는 입을 삐죽거리면서 거부감이 살짝 스치는 회의적인 표정을 지었다. 하기야, 언제나 이성적이고 분별력 있게 행동하는 자기 어머니의 모습만 봐왔던 발레리로서는 파괴적인 열정에 사로잡힌 마들렌의 모습을 상상하는 건 낯설고 이상한 기분이 드는 게 당연했다.

나는 그녀에게 페이스북에서 찾아낸 이브 그랭베르의 사진을 보여주었다. 그녀는 술을 가져오겠다며 갑자기 자리에서 일어났다. "지금 우리한테는 차보다는 위스키가 훨씬 필요할 것 같지 않아요?" 그녀는 거의 비장하게 말했다. 나는 전적으로 동의했다.* 물론 나는 독한 술을 이겨내지 못하기 때문에 포도주를 더 좋아했다. 그렇지만 고분고분 그녀의 뜻에 따르면서 이 이야기에 내 취향이 가능한 덜 스며들게 하고 싶었다. 나는 결국 목구멍 안으로 퍼지는 그 후끈거리는 열기를 음미했다. 머리가 서서히 달아오르기 시작하자, 그 많은 세월 동안 위스키를 피하면서 술판을 벌여왔던 것을 후회할 뻔했다. 우리를 이야기의 어두운 부분, 고통스러운 부분 쪽으로 밀어붙이는 액체. 마들렌은 이브가 왜 그렇게 갑자기 미국으로 떠났는지 그 이유를 지금까지도 전혀 모르고 있었다. 그는 아마도 그녀에게 진실을 말할 용기가 없었을 것이다. 하지만 어떤 진실이었을까? 세월은 그들이 처음 만난 그날처럼 이해할 수 없는 의문을 남기고 흘러갔다. 그리고 이제, 한 프랑스 작가가 어떤 온전한 절망의 파편들을 주워 모으고 있었다.

* 우리 인생에서 일어나는 각각의 사건들을 음료 색깔과 연결 지을 수 있다. 레몬 주스의 순간들이 있고, 체리 보드카의 시

간이 있다. 오늘 아침을 예로 들자면, 나는 내 프로젝트 때문에 몹시 들떠 있었다. 완전히 파파야 주스 같은 분위기.

32

우리의 대화가 얼마나 오래 계속되었는지 모르겠다. 어쨌든 얼마 후 파트릭이 거실에 다시 모습을 나타냈다. 정확히 말하자면 거실 문턱에. 한쪽 발은 여전히 통로 쪽에 둔 채로. 그는 경악과 역정이 뒤섞인 표정으로 우리를 살폈다. "위스키를 마시고 있었던 거야?" 그가 마침내 물었다. 그 물음에 대한 대답을 눈으로 보고 있으면서도. 자기 아내가 자기 집 거실에서 잘 알지도 못하는 남자와 단둘이 술에 취해 있는 광경이 그의 눈에 기이해 보이지 않을 리가 없었다. 그도 분명히 내 프로젝트를 돕고 싶어 했다. 하지만 아무리 그렇다 해도 지켜야 할 선이 있었다. 나는 그만 퇴장해야 할 때였다.

우리 세 사람은 모두 빠르게 인사를 나눴다. 바깥으로 나오자마자, 현관 너머에서 약간 날카로운 몇 마디 말이 들려왔던 것 같다. 내가 밤늦은 시각까지 그 집에 있었던 게 화근이었을 것이다. 나는 그 가정의 평화를 깨뜨리지 않도록 조심했어야 했다. 마르탱네 가족의 생태계를 훼손하지 않도록. 엘리베이터가 도착하는 순간, 더 이상 아무 소리도 들리지 않았다.

어쩌면 그것으로 한 부부의 관계가 얼마나 시들해져 있는지 그 정도를 가늠할 수 있을 것이다. 싸움이 불과 몇 초 만에 끝나버릴 때.

33

걸어서 집으로 돌아오는 동안, 내가 수확한 그 모든 풍요로운 이야기들을 되새겨보았다. 오전 중에 〈작가를 찾는 여섯 명의 등장인물들〉을 떠올린 뒤, 나는 내 서가에서 피란델로의 그 희곡작품을 다시 찾아보았다. 책을 훑어보다가 이런 문장이 눈에 들어왔다. '인생은 있을 법하지 않은 터무니없는 일들로 가득 차 있습니다. 왜 그런지 아십니까? 그 부조리한 것들이 바로 진실이기 때문이지요.' 그러므로 진실은 대체로 터무니없어 보인다. 나는 현실을 너무 내 마음대로 주물러서 사람들이 허구가 현실보다 더 믿을 만하다고 생각하게 될까 염려스러웠다. 사람들이 나를 믿지 못하고, 이 모든 이야기가 전부지어낸 것이고 내가 집 밖으로 나와 제일 처음 마주친 사람에게 다가간 적이 아예 없었다고 생각하게 되는 건 아닐까 겁이났다. 나는 진실을 말하는 데도 듣는 사람들은 거짓말이라고 생각하는 경우가 많다. 그렇다고 내가 할 수 있는 건 아무것도 없다. 살다 보면 조리에 맞는 일들이 일어날 때는 거의 없으니까. 나는 내 집 거실의 소파에 앉아 잠시 꼼짝도 하지 않고 있었다. 술기운 때문에 머리가 뜨거웠지만, 그건 오히려 기분 좋게 느껴졌다. 그 순간 나를 사로잡은 고독한 느낌이 너무 좋았던 것도 기억난다.

몇 분 뒤(하지만 아마 그 정지된 시간은 그것보다 더 길었을 것이다), 나는 작업 테이블 쪽으로 가기 위해 일어났다. 그 테이블은 내가 경험한 것들을 소설로 옮기면서 많은 시간을 보내는 곳이었다. 나는 뭔가를 수집할 때마다 되도록 빨리 그 내용들을 메모해 둬야 했다. 내 기억력을 전혀 믿지 못하기 때문에.

나의 등장인물들에 대해
내가 알고 있는 것들 (2)

마들렌 트리코. 그녀의 딸이 그녀의 건강에 대해 나에게 들려준 얘기들에도 불구하고, 나는 오히려 그녀가 아직 정정하고 자신의 과거도 또렷하게 기억하는 편이라고 생각한다. 그녀는 자신의 젊은 시절 열정에 관한 이야기를 들려주었다. 그건 한 사람이 겪은 일생일대의 사랑에 관한 이야기라고 할 수 있다. 남자의 이름은 이브 그랭베르이고, 지금은 미국에서 살고 있다. 우리는 페이스북에서 그의 사진을 보았다. 내 계정으로 그에게 메시지를 보낼 수 있을 것이다. 그가 떠난 이유는 아직 수수께끼로 남아 있다. 마들렌은 줄곧 그를 생각해 왔다. 이 이야기는 특히 내 마음에 든다. 소설 속에서 이 이야기가 나머지 이야기들보다 우위를 차지하지 않을까? 르네에 대한 애정도 그렇고(나는 그늘 속에 가려진 인물들과 잊혀진 사람들을 사랑한다). 라거펠트에 관한 몇몇 근사한 일화는 나중을 위해 아껴둔다.

발레리 마르탱. 나를 대하는 태도가 확연히 달라졌다. 내 프로젝트에 열광하는 모습을 보여주고 있다. 뭔가 몹시 하고 싶은 말이 있다는 걸 느낄 수 있었다. 그리고 그녀는 끈질기게 나에 관해 더 많은 걸 알고 싶어 한다. 그녀의 질문들을 교묘하게 피해갈 방법을 찾아야 한다. 그녀는 권태를 느끼고 있는 듯하다. 직장 업무에도 더는 흥미를 느끼지 못하고 있다. 중요한 정보 — 그녀는 남편과 헤어지고 싶어 한다. 그것은 일시적인 우울증일까? 아니면 진지하게 내린 결론일까? 그녀가 소설 속에서 관심을 받으려고 튀는 행동을 할까 염려스럽다.

파트릭 마르탱. 항시 나를 약간 경계한다. 오늘은 새로운 게 전혀 없었다. 하지만 내일, 함께 점심 식사를 하자고 내게 제안했다. 직장 문제와 며칠 후에 있을 사장과의 면담에 정신이 온통 쏠려 있는 것 같다. 오늘 밤에 그가 보여준 질투심 어린 반응으로 미루어 볼 때, 아내를 아직도 사랑하고 있는 것 같은 느낌이 든다.

제레미 마르탱. 자신감이 별로 없어 보인다. 그건 청소년기 사내아이로서는 지극히 당연해 보인다. 그럴듯하게 지어낸 이야기로 내 소설에 참여하려는 발칙한 시도. 이 인물은 나를 깜짝 놀라게 할 가능성이 풍부한 것 같다.

롤라 마르탱. 비슷한 상황. 자기 이야기를 내 소설에 쓰는 것을 원치 않는다. 급할 건 전혀 없다.

34

잠자리에 들기 전에 나는 마리에게 메시지를 썼다. '아직도 고독이 더 좋아?' 하지만 보내지는 않았다. 나는 이제 그녀 얘기를 하고 싶지 않았고, 그녀를 소설에 등장시킬 생각도 없다.

35

내 소설의 사흘째 날이 밝았다. 커피를 마시면서 컴퓨터를 켰다. 나는 받은 메일들에 답장을 보내지 않고, 외부적인 모든 것을 내 프로젝트의 방해물로 생각하기로 했다. 이제 마르탱네 사람들은 나의 종교였다. 나는 세상의 나머지 모든 것을 철저히 배척하면서 그들의 열성적인 신자가 되어 있었다. 다른 선택의 여지가 없었다. 글을 쓰는 동안 다른 이야기들로 방해를 받아서는 안 되었다. 가끔씩 생각들이 뿔뿔이 흩어지면서 문장들을 놓치곤 했다. 그리고 유혹들은 아주 많았다. 나의 상상력이 동시에 나란히 진행되는 이야기들을 만들어낼 때도 많았다. 마치 다른 이야기들과 바람을 피우는 것처럼.

나는 그동안 모은 자료들을 가지고 글을 쓰기 시작했다. 내 인물들의 색깔이 점점 더 드러나고 있었다. 그럼에도 불구하고 얼마 뒤 이런 의구심이 들었다. 이 가족이 정말로 나를 열광시키는가? 나는 이 프로젝트의 전제에 끼워 맞추기 위해 억지로 이 가족을 흥미롭다고 생각하고 있는 건 아닐까? 내가 뱉은 말을 부정하지 않기 위해 나는 어쩌면 그들의 평범성을 보지 않으려 하면서 그들의 실제 모습에다 비범성이라는 덧옷을 입히고 있는지도 몰랐다. 그동안 내가 흥미를 끌 만한 소설적 진실을 다루고 있다고 생각했지만, 이제는 그게 의심스러워지고 있었다. 사실, 나는 버릇처럼 그래왔다. 소설을 쓸 때마다 전날 내가 아주 마음에 들어 하던 것들을 다음날 곧바로 부정하면서 글을 써나갔다. 계속 확신에 넘쳐서 흔들림 없이 글을 써 내려간 적은 단 한 번도 없었다.

조울증처럼 오르락내리락하는 생각이 거기까지 이르렀을 때, 갑자기 인터폰 울리는 소리가 내 생각을 중단시켰다. 이럴 때 보통 나는 응답을 하지 않는다. 글을 쓰고 있을 때 나는 죽은 것처럼 꼼짝도 하지 않는다.* 하지만 직감적으로, 이번 침입은 내 프로젝트와 연관 있다는 생각이 들었다. 그리고 내 직감은 정확히 들어맞았다. 마들렌이 아파트 입구에 와 있었다. 나는 급히 옷가지를 꿰어 입고, 그녀를 만나러 아래층으로 내려갔다.

* 나중에 숙고해볼 문장.

그녀는 내가 이 아파트에 살고 있다는 것을 알고 있었다 (우리가 처음 말을 주고받을 때 나는 그녀에게 이 아파트 건물을 가리켜 보였다). 그녀는 자기 딸에게 내 전화번호를 물어볼 생각은 하지 못한 채, 가능한 한 빨리 나에게 말하고 싶어 했다. 무엇이 그토록 긴박했을까? 나는 그녀에게 올라가서 커피를 마시자고 말하려 했다. 하지만 초대의 말을 꺼내려는 그 순간, 집 안 꼴이 눈앞에 떠올랐다. 심할 정도로 난장판이었다. 내가 어떻게 살고 있는지 본다면, 아마도 그녀는 막 싹트기 시작한 우리의 관계로부터 뒷걸음질쳐 달아나버릴 것 같았다. 나 같아도, 개수대에 지저분한 접시들을 며칠이고 그대로 쌓아두는 사람에게 나의 내밀한 이야기를 털어놓고 싶은 마음은 조금도 들지 않을 것이다. 물론 나는 작가였다. 지저분하게 내버려 둔 모든 것과 어수선한 난장판에 대한 그럴듯한 알리바이. 나는 글을 쓰는 동안에는 설거지든 뭐든 글 쓰는 데 방해되는 행동은 절대로 하지 않는다고 둘러댈 수 있었다.

우리는 결국 길 끄트머리에 있는 카페로 갔다. 오전 중에서도 손님이 가장 뜸한 시간이라서 그런지 카페는 텅 비어 있었다. 한시라도 빨리 나에게 말해야겠다는 생각에 잠을 설쳤다면서도, 마들렌은 전혀 서두르는 기색이 없었다. 그녀의 얼굴에는 일종의 안도감 같은 것이 깃들어 있었다. 그녀는 다시 젊어진 것처럼 보였다. 무언가가 일상으로부터 일탈해 내가 작은 광기라고 부르게 될 상태로 그녀를 몰아가고 있었다. 그녀가 예정된 길에서 한치도 벗어나지 않는 삶을 살아온 건 언제부터였을까? 나는 그녀가 생전 처음 맛보는 이 시간들에 행복해한다는 것을 느낄 수 있었다.

우리가 왜 그렇게 긴급히 만나야 했는지 그 이유를 그녀가 나에게 말해줘야 할 차례였다. 그녀는 거의 뜬눈으로 밤을 새우며 우리의 대화를 되새겼다. 우리가 나눈 말들은 물론이고, 무엇보다 이브의 얼굴을. 그녀는 완전히 혼란에 사로잡혀 있었다. 그가 그 먼 과거로부터 그렇게 불쑥 나타날 수 있다니. 그것도 눈 깜빡할 사이에. 휴대전화에 이름을 두드리자마자 거짓말처럼 나타나는 젊은 시절 연인의 얼굴. 나는 그게 당혹스러울 수 있다는 것을 이해했다. 그래서 나는 그가 다행히 페이스북 계정을 갖고 있어서 그렇게 쉽게 찾을 수 있었던 거라고 마들렌에게 설명해주었다. 사람을 이렇게 쉽게 찾는 건 아주 드문 일이라고. 그런데 이브 그랭베르의 페이지를 훑어보다가, 2년 전부터 게시물이 전혀 올라오지 않았다는 것을 확인했다. 게다가 나는 즉시 마들렌의 이름으로 그의 페이스북에 친구 요청을 했지만, 그 요청도 계속 받아들여지지 않고 있었다. 어쩌면 그가 죽었을지도 모르겠다는 생각이 머릿속을 스쳤지만, 그 얘기를 마들렌에게 감히 하지는 못했다. 계정 주인이 사망한 뒤에도 그의 계정은 여전히 인터넷에 살아 있다. 내 친구 중에도 세상을 떠난 이들이 있다. 그들이 내게 예약 발송해놓은 생일 문자를 받을 때면 기분이 뒤숭숭해지곤 한다. 더 이상 사용되지 않는 계정의 구독을 취소해야 하거나, 더 이상 이 세상에 없는 사람들의 전화번호를 연락처 목록에서 삭제해야 하는 건 현대사회가 가하는 또 하나의 폭력이다.

나는 왜 또다시 불건전한 방향으로 생각이 흘러가서, 앞으로 전개될 이야기를 최악의 시나리오 쪽으로 몰고 가는 걸까? 희망으로 가득 찬 여인이 눈앞에 있음에도. 그녀는 전날 나에게 말했던 내용을 되풀이했다. "이브를 다시 만나보고 싶어요. 내게 살날이 얼마나 남았는지 모르겠지만, 마지막으로 그를 만나보지 않고는 마음 편히 눈을 감을 수 없어. 그를 만나 내 품에 끌어안지 않고서는. 난 그에게 왜 나를 떠났는지 그 이유를 물어봐야 해요. 그가 그 세월 동안 내 생각을 했는지 물어봐야 해. 단 일 분이라도, 나는 그를 다시 만나보고 싶어……." 그녀는 마치 외우기라도 한 것처럼 그 말들을 발음했다. 그는 로스앤젤레스에 살고 있었다. 그래서 그녀는 가능한 한 일찍 그곳으로 떠날 것이다. 그녀는 단호해 보였다. 머뭇거리면서 더듬더듬 할 말을 찾던 그 여인은 사라지고 없었다. 나는 약간 정신 나간 짓 같은 그 여행을 하는 마들렌을 이미 상상하고 있었다. 그녀에게 왜 나를 만나러 온 건지 이유를 물었다. 그녀는 그저 이렇게 대답했다. "모두 게 당신 때문이니까, 당신도 나와 함께 가줬으면 해요."

36

나는 우연히 한 여인에게 접근했고, 이틀 뒤 그 여인은 젊은 시절 자기가 사랑했던 남자를 만나기 위해 나와 함께 세상 반대편으로 떠나고 싶어 했다. 이것보다 더 나은 이야기의 도입부를 기대하기는 어려울 것 같다. 수십 년 동안 마음의 짐을 짊어진 채 숨기고 살아온 어떤 범죄가 어느 날 우연히 드러나는 얘기라면 또 모를까. 어쨌든 나는 그 이야기의 목격자가되어 로열박스에서 그들의 재회를 관람할 수 있을 거라는 생각에 몹시 흥분해 있었다. 나는 이미 그들의 표정을 묘사하기위한 단어들을 마음속으로 찾고 있었다. 내 책에서 가장 중요한 의미를 가지는 건 어쩌면 바로 그 장면일지도 몰랐다.

물론 그다음 장면들은 가정으로 남아 있을 것이다. 나는 그 남자의 대답을 아직 받지 못했다. 페이스북에 올린 친구 요청에 그가 끝까지 반응을 보이지 않는다면, 나는 그에게 메시지를 보낼 생각이었다. 하지만 메시지를 보냈다 해도 그가 그걸 읽지 않는다면 어떻게 할지 걱정이 됐다. SNS 같은 것을 잘다룰 자신이 없는 나로서는 현대적인 것들에 대한 사념에 빠져들었다. 나는 테크놀로지에 열광해본 적이 없다. 아니 그런 것에 시간을 너무 허비하게 될까 두려워 오히려 소셜 네트워크와 계속 거리를 둬왔다. 병적으로 호기심이 많은 환자에게 그것은 한없이 깊은 위험을 의미했다. 페이스북이 인스타그램에게 자리를 내어주며 사양길로 접어들고 있는 지금에서야 페이스북을 이용하기 시작한 것은 지극히 나다웠다. 구글에서도 이브 그랭베르에 관한 정보들을 찾아보았지만, 아무것도 발견하지 못했다. 가상공간의 그물망을 어떻게 그처럼 잘 빠져나갈 수 있는지 놀라울 따름이었다. 가상공간 어딘가에서 어느 순간 잠시라도 흔적을 남기지 않는 사람이 어디 있단 말인가! 몇몇 동명이인들이 여기저기서 나타나곤 했지만, 그들 중에 로스앤젤레스에 사는 이브 그랭베르는 한 사람도 없었다.

앞으로 상황이 어떻게 전개될지 전혀 알 수 없긴 했지만, 일단 이 여행계획을 발레리에게 알려야 했다. 그녀는 아마도 자기 어머니가 그런 여행을 하려 한다는 것에 반대할 것이다. 자식들이 자기 부모의 부모가 되어서, 허락해도 될 만한 것인지 아닌지 부모의 행동 범주를 결정해주는 때가 온다. 하지만 마들렌은 자기 딸의 허락이 떨어지지 않아도 계획을 그대로 밀고 나갈 거라고 나는 확신했다. 그녀가 그 단호한 결심으로 인해 활기에 차 있는 것을 느낄 수 있었다.

37

그 전에 나는 파트릭과 점심 식사를 하러 가야 했다. 내 일정표가 이처럼 빡빡한 건 아주 드문 일이었다. 게다가 나는 한 가족의 구성원들과 한 사람씩 연이어 인터뷰를 진행해본 적이 한 번도 없었다. 심지어 내 가족과도. 나에게 이건 파졸리니의 〈테오레마〉[28]였다. 성적 도착과 성관계들을 제외하고. 나는 파트릭과 통하는 점이 별로 없다고 생각했고, 그건 어떤 면에서 나에게 도움이 되었다. 나는 내 행동 방식에 적대적이거나 나를 좋아하지 않을 가능성이 있는 인물과 대면하는 것이 흥미롭다고 생각했다.

그는 딱 필요한 만큼의 예의를 갖추며 나를 맞았다. 단지 자기 아내 때문에 이 만남을 제의했던 게 분명했다. 그는 져주는 게 맞서 싸우는 것보다 더 간단하며 편하다고 생각하는 그런 단계에 와 있었다. 발레리와 똑같이 그도 자기 직장 근처의 한 레스토랑에서 만나자고 했다. 그런데 나는 직장인들로 북적대는 셀프서비스 구내식당이 있는 그의 보험회사 빌딩에 대한 환상을 품고 있었다. 나를 매료시키는 건 그런 일상이었다.

---

28   1968년 이탈리아의 피에르 파올로 파졸리니 감독이 연출한 미스터리 영화. 밀라노의 부유한 사업가 가정에 찾아든 정체를 알 수 없는 매력적인 젊은이가 그 가족들을 하나하나 차례로 유혹해 모조리 정복하고 큰 파문을 남긴 채 떠나는 내용이다.

작품에 대해 이야기해 달라는 요청을 받아 고등학교로 강의를 하러 갈 때면, 나는 항상 교내 식당에서 점심을 먹을 수 있게 해달라고 부탁했다. 나는 작은 플라스틱 접시에 담긴 계란마요네즈와 함께 일종의 식도락 오르가슴에 도달할 수 있었다.

그를 더 잘 이해하기 위해서는 무엇보다 그가 다니는 회사가 어떤 곳인지 관찰해보는 게 좋을 것 같았다. 점심 식사를 끝낸 뒤 우리는 그의 사무실이 있는 14층까지 한 바퀴 둘러볼 수도 있을 것이다. 그 전에 파트릭이 이런 말을 했다. "엄밀히 따지자면 나는 13층에서 근무하지만, 이 건물에는 13층이 없어요. 그 숫자가 불행을 가져온다고 생각해서 그런 거죠. 하지만 말도 안 되는 소리죠, 몇 층이라고 부르든 그건 불행이니 저주 따위와는 아무런 상관이 없으니까. 만약 미신을 믿는 사람이라면 엘리베이터 버튼에 14층이라고 표시해놓았다고 해서 그게 무슨 소용이겠어요? 14층이 13층이라는 걸 다 알고 있는데!" 나는 나름대로 논리를 갖춘 그 설명에 어떻게 응수해야 할지 알 수 없어서, 전면적인 동의를 표시하는 뜻으로 고갯짓만 까딱하고 말았다.

38

몇 분 뒤, 우리는 메뉴판이 무색하게 '오늘의 메뉴'를 강력히 추천하는 어느 이탤리언 레스토랑에 자리를 잡았다. 파트릭은 오늘의 메뉴가 뭔지 제대로 들여다보려 하지도 않고 곧바로 그것을 선택했다. 체크무늬 종이 냅킨들과 꺼진 양초들이 그 공간에 어떤 로맨틱한 유물 같은 파편을 드리우면서 이 있을 법하지 않은 만남에 뭔가 비현실적인 분위기를 더해주고 있었다. 내 앞에 앉아 있는 남자는 사교성을 키우기 위해 노력하지 않으면 안 될 것 같았다. 그에게서 대화를 하고 싶어하는 의지를 전혀 찾아볼 수 없었기 때문이다. 아주 길게 느껴지는 몇 분이 흐르자, 더 이상 이대로 머뭇거려서는 안 될 것 같았다. 나는 큰마음을 먹고 그에게 사는 게 별로 즐겁지 않은 것처럼 보인다고, 요즘 아주 심한 슬럼프에 빠져 있는 사람처럼 보인다고 말하면서 곧바로 본론으로 들어갔다. 내가 말한 내용을 더 분명하게 옮기자면 다음과 같다.

"요즘 좀 힘드신 모양이군요."

"네."

"어제 말씀하신 일 때문인가요?"

"그렇습니다."

"이 프로젝트로 귀찮게 해드리고 싶진 않지만, 그 얘기를 좀 더 자세히 들어보고 싶군요. 지금 기분이 어떠신지, 어떤 일을 겪고 계신지. 제가 보기에 뭔가 심각한 문제가 있는 것 같은데……."

그는 어이가 없다는 듯 아무 대꾸 없이 그대로 있었다. 낯선 존재인 내가 그의 일상에 관한 우울한 보고서를 들이밀고 있었다. 그가 그걸 전혀 요구하지 않았는데도. 출발이 좋지 않았다. 우선 그의 기억 가운데 내가 모르는 화려하고 즐거운 추억부터 이야기하게 만들어야 했는데. 그가 당장 자리를 박차고 일어나 가버릴 듯했다. 하지만 그는 말하기 시작했다. 요즘 그는 확실히 괴로운 시기를 보내고 있었고, 그 지옥 같은 소용돌이에서 어떻게 빠져나와야 할지 모르고 있었다. "직장에서 괴롭힘을 당하고 있군요." 나는 처음에 갑자기 훅 하고 쳐들어간 내 태도를 어느 정도 만회하기 위해 연민 어린 어조로 말했다. 그는 자기가 겪고 있는 혼란스러운 상황을 그렇게 정의 내릴 수 있다는 것에 적잖이 놀란 눈치였다. 그는 개인적으로 자신에게 문제가 있는 게 아니라 모두 최근의 구조조정 때문이라고 말했다. 새로운 사장 데주와요가 부임한 것이 모든 이들을 순식간에 지옥으로 빠뜨렸다. 파트릭은 첫 저녁 식사 때 나에게 이미 말했던 내용들을 거의 그대로 되풀이해 말했다. 후렴으로 자신의 혼돈상태까지도. 그래서 나는 그에게 그전에는 어땠는지 물었다. 현재를 빨리 넘겨버릴 필요가 있었다.

자신의 황금기에 속하는 추억들을 회상하는 순간, 그의 얼굴에 다시 화색이 돌았다. 사회 초년생이었던 시절에 그는 뭐든지 다 해낼 수 있다는 자신감으로 충만해 있었다. 고객지원팀에 배정된 그는 거의 매일 외근을 하며 고객을 찾아다녔다. 빈민 지역에서 봉사하는 치과의사를 만나러 갔을 때 느꼈던 것처럼 그는 자기가 인생을 열정적으로 살고 있다고 느꼈다. 그는 자신의 직업을 정말로 사랑했고, 자기가 쓸모 있는 인간이라고 생각했다. 보험을 판매하는 것은 한 개인에게 납입금을 강탈하려는 게 아니라 잠재적인 위험으로부터 그 개인을 보호하려는 것이었다. 조금도 과장하지 않고 말해서, 그는 자신을 구원자라고 생각했다. 사람들이 재앙에 미리 대비할 수 있도록 도와주는 구원자. 계약이 성사될 때마다 그는 짜릿한 전율을 느꼈다(각자 자기만의 즐거움이 있는 법이다). 성공 가도를 달린 그는 본사 경영관리팀으로 승진했다. 그가 거절할 수 없었던 승진, 하지만 결과적으로 그 승진은 그에게 쓴맛을 안겨주었다.

회사에서의 승진이 개인적으로는 퇴보일 수도 있을까? 그는 영업을 위해 이리저리 뛰어다니던 시절을 그리워했다. 사람들이 "아, 마르탱 씨, 커피 한 잔 드릴까요?"라는 말로 그를 맞아주던 시절. 또는 하루가 끝날 무렵이라면 "그냥은 못보내드리지요. 나한테 아주 좋은 보졸레산 포도주가 있어요, 맛이 아주 괜찮을 겁니다……." 그는 고객들과의 그런 즐거운 순간들이 그리웠다. 통계들을 분석하며 시간을 보내는 건 그를 흥분시키지 못했다. 그는 이따금 차선을 바꿀 생각을 했다. 하지만 어디로? 그를 가장 오싹하게 만드는 건 바로 그 감정, 대안이 없다는 그 막막한 느낌이었다. 물론 약간 즐거움을 느낄 때도 있었다. 자기 회사의 비약적인 발전에 참여하는 것도 나름대로 근사한 일이었다. 그래서 그는 자기가 맡은 일을 성실히 해내는 것으로 만족했다. 그는 그게 아주 중요하고 가치 있는 일이라고 생각했다. 파트릭은 여전히 모범생 같은 면모가 있었다.*

* 그뿐 아니라 그는 좋은 아들이자 훌륭한 시민, 선한 남편이기도 했다. 요컨대 그는 언제 폭발해도 이상할 게 없는 남자의 모든 요건을 갖추고 있었다.

2008년의 금융 위기 이후로 많은 것들이 변했다. 회사의 적자가 눈덩이처럼 불어나면서 수많은 직원이 해고를 당했고, 그에 발맞춰 새로운 끔찍한 일들이 차례차례 일어났다. 파트릭의 직장생활은 구조조정 계획들의 행진과도 같았다. 인간의 가치를 점점 더 하락시키는 계획들. 그리고 새로운 사장이 부임했다. 장 폴 데주와요. 자코메티가 조각했음직한 길쭉하고 깡마른 남자. 하지만 그는 확실히 그 스위스 천재의 작품보다 보기에 덜 즐거웠다.

데주와요는 부임하자마자 단번에 이상한 지시를 내렸다. 절대로 그에게 먼저 말을 걸어서는 안 된다는 거였다. 어떤 사람들은 헛소문일 거라 생각했지만 천만에, 그건 엄연한 사실이었다. 어쨌든 관계에 관한 그 일방적인 결정에 감히 반대 의사를 표하는 사람은 아무도 없었다. 그래서 복도에서 그를 우연히 마주칠 경우, 그가 먼저 말을 건네기 전에는 그에게 인사조차 해서는 안 되었다. 그는 예의상 주고받는 인사조차 자기가 하기 싫은 날이면 온종일 완전한 정적 속에서 회사 내부를 마음대로 휘젓고 다닐 수 있었다. 반대로 그가 누군가에게 말을 걸면, 즉시 그 사람은 반응해야만 했다. 한 마디로 그 관계는 일방적이었다. 그것은 표나지 않게 직원들을 끝을 알 수 없는 불안의 구렁텅이로 떠밀어 넣었다. 데주와요와 마주치면 입을 다물어야 할지 열어야 할지 마지막 순간까지 절대로 알 수 없었다. 이 세상에는 아주 하찮은 것으로 참을 수 없는 고통을 주는 고문 방법들이 있다.

다시 한번 파트릭은 사장의 호출 명령에 관한 얘기로 되돌아왔다. "72시간 동안의 고문"이라고 그는 딱 잘라 말했다. 데주와요가 왜 그를 보자고 했는지 알기까지 72시간을 무작정 기다려야 했다. 어쩌면 그의 해고가 임박해 있는지도 몰랐다. 하기야 그는 그걸 예상하고 있었다. 느닷없이 뒤통수를 세차게 얻어맞는 것처럼, 어느 날 갑자기 해고 통보를 받고 넉다운 되어 버린 그의 몇몇 동료들과는 달리. 그중에서도 특히 석 달 전부터 실의에 빠져 방구석에 틀어박혀 있는 제르비에가 그의 머릿속에 떠올랐다. 랑베르 다음으로, 그가 어느 날 불시에 퇴출당한 직원의 궤적을 떠올린 건 그것이 두 번째였다. 파트릭은 제르비에의 안부를 묻기 위해 정기적으로 그의 아내에게 전화를 했는데, 상황은 나아지지 않는 듯했다. 그토록 쾌활하고 인생을 희망차게 살아가던 한 남자가 이제 침대 속에 처박혀 두문불출하고 있었다. 그는 더 이상 밖으로 나오려 하지 않았고, 더 이상 아무도 만나고 싶어 하지 않았으며, 심지어 자기 아이들마저 보고 싶어 하지 않았다. 그는 자신이 쓸모없는 존재라는 감정에 사로잡혀 있었다. 그에게는 자살할 힘마저 남아 있지 않을 거라고 파트릭은 생각했다. 어쨌거나 그는 지금도 죽은 거나 마찬가지일 터였다. 끊임없는 모욕감이 그를 그림자 같은 존재로 만들면서 허물어뜨렸다. 파트릭은 그를 어떻게 도울 수 있을지 알 수가 없었다. 그의 아내에게 가끔 전화를 걸어 그녀의 목소리를 통해서라도 그가 살아 있다는 걸 확인하는 것 말고는.

제르비에의 선례를 통해 파트릭은 자기도 언제든 쫓겨날 수 있다고 예상했다. 이를테면 그는 흔한 표현으로 마음의 준비가 되어 있었다. 하지만 실제로 겪어보기 전에는 그 충격의 여파를 가늠하기 어렵다는 점에서, 그건 거의 타당하지 않은 표현이다. 어쨌든 파트릭은 인생을 새롭게 시작해보는 것도 괜찮겠다는 생각도 해보았다. 그의 경력이라면 분명히 직장을 다시 구할 수 있겠지만, 시간이 좀 걸릴 것이다. 그의 경력에 맞는 자리로 이직하는 건 그리 쉽지 않기 때문이다.

그때까지 당연히 경제적으로도 불안하겠지만, 그를 사로잡는 또 한 가지 근심거리가 있었다. 아무 하는 일 없이 그 길고 긴 나날을 어떻게 메울 것인가? 그는 실업자의 시간 사용법을 알지 못했다. 파트릭은 몇 가지 질문을 자신에게 던져보

앗다. 그에게 열정이 있는가? 아주 이상하게 들릴 수도 있지만, 그는 지난 세월 동안 쌓인 스트레스 때문에 텅 빈 껍데기가 되어버린 느낌이었다. 이제 뭔가를 해보고 싶은 의욕이 조금도 남아 있지 않은 것 같았다. 아니, 그는 정말로 열정이 없었다. 하고 싶은 게 하나도 없었다. 영화, 독서, 미술관, 산책, 여행, 운동…… 그 어떤 것도. 그는 마치 전쟁이 끝나버린 병사처럼 온종일 정처 없이 헤매다니는 자신을 상상해보았다. 심판을 기다리는 동안, 그는 그처럼 텅 빈 시간을 헤매고 있는 자신의 모습에 사로잡혀 있었다.

39

　해가 갈수록 그에게서 뭔가가 빠져나가고 있었다. 그와 나는 거의 비슷한 연배였다. 우리는 서로를 이해할 수 있었다. 오십 줄에 들어서면 아직 젊다고 하기에는 너무 늙었다. 하지만 늙었다고 하기에는 약간 젊었다. 우리는 그사이에 끼여 불편하게 항해한다. 파트릭은 지금의 삶을 이루어내기까지 아주 긴 세월을 보냈다고 생각했다. 가정을 이루고 경력을 쌓는 것에. 하지만 그 뒤에 그에게 무엇이 남았는가? 훌쩍 커버린 아이들은 이제 곧 집을 떠날 것이고, 부부관계는 시들해져 버렸고, 직장생활은 벽에 부딪히고 있었다. 나는 그가 지금 어떤 심정일지 알 수 있었다. 그래서 지금 당장은 비관할 만한 게 아무것도 없으며, 또 얼마든지 재기할 수 있다는 상투적인 얘기를 몇 마디 했다. 하지만 내가 의견을 내놓을 때마다 그는 끈질기게 되풀이했다. "그래, 자네라면 그렇게 쉽게 말할 수 있겠지……."* 그는 내 인생을 마치 아무런 구속이나 제약도 없고 어려움이라곤 전혀 없는 그런 왕국쯤으로 상상하고 있었다. 나는 내 얘기를 하지 않기 위해 그 말에 대꾸하지 않고, 대신 용기를 내어 이런 의견을 내놓았다.

* 우리는 가지 그라탕이 나오기 직전에 서로 말을 놓기로 했다.

"그렇게 스트레스를 받으면서 참고 견디지 않아도 되잖아. 자넨 남들이 부러워할 훌륭한 경력을 갖고 있어. 분명히 다른 직장을 구할 수 있을 거야. 게다가 경제적으로 어려운 것 같지도 않고……."

"자넨 현실이 어떤지 잘 모르는 것 같군. 대출 이자도 갚아야 하고, 아이들의 학비 뒷바라지도 해야 하고, 연로한 부모님도 도와야 해. 그러고도 여전히 지출해야 할 것들이 자꾸 생겨나지."

"……."

"왜 아이들은 하나같이 덧니가 나서 엄청나게 비싼 교정기를 끼워줘야 하는지, 자넨 그 이유를 아나? 우리 때는 그런 것 없이도 잘 살았잖아."

"맞아, 하지만 우리 이를 한 번 봐 봐," 나는 그를 웃기려고 그렇게 말했다.

"내 말뜻을 이해하지 못하는 거야? 난 그만큼 압박감을 느끼고 있다고. 그 모든 것들이 내 숨통을 조여. 그래, 까짓것 새로 시작하면 되는 것 아니냐고 말하기는 쉽겠지. 아마도 자네 세상에서는. 하지만 내가 사는 세상에서는 그렇지 않아."

"내 말은, 좀 긍정적으로 생각하려고 노력해보라는 거야. 자네가 이뤄낸 그 모든 것들, 그건 아무것도 아니라고 무시해버릴 게 아니잖아."

"맞아…… 그건 그래…….." 파트릭이 마침내 시인하는 순간, 웨이터가 그에게 일 플로탕트[29]를 가져왔다.

그는 아무 말도 하지 않고 잠시 자신의 디저트를 들여다봤다. 나는 디저트를 바라보는 그의 눈이 기쁨으로 빛나는 것을 볼 수 있었다. 그렇다. 그 '섬' 덕분에 나는 그와 대화를 시작한 이후 처음으로 그에게서 뭔가가 점화되는 것을 보았다. 디저트에서 위안을 찾으려 한다는 건 확실히 상황이 악화되고 있다는 걸 의미한다. 그는 더 이상 어른스러운 결정을 내리지 못하는 길 잃은 어린아이 같아 보였다. 내가 섣불리 판단했던 이 남자가 이제 연민을 불러일으키고 있었다. 그는 직장 문제

---

29   부드러운 질감의 커스터드 크림인 크렘 앙글레즈 위에 머랭을 얹은 프랑스식 디저트. '떠 있는 섬'이라는 뜻이다.

로 길을 잃은 기분을 느꼈고, 그것은 당연히 그의 부부관계에 영향을 미쳤다. 발레리는 그에 관해 아주 냉담한 말을 했었다. 그녀는 그의 상황을 제대로 파악하고 있었을까? 나는 파트릭의 아내에게 그의 장점들을 늘어놓으면서 정상참작을 해달라고 변론할 의향이 있었다. 하지만 그게 과연 나의 역할일까? 나는 중재인이 되고 싶은 게 아니라 책을 쓰고 싶었다. 하지만 한 가족의 삶에 그렇게 끼어듦으로써 나는 그들의 모든 문제가 만나는 교차로에 자리해 있었다. 나는 전체적인 관점으로 그들을 관찰하고 있었다. 불협화음을 일으키는 오케스트라를 바라보는 구경꾼으로.

물론 그들 부부는 파탄의 위기에 처해 있었다. 하지만 솔직히 말해서 파탄의 위기에 처하지 않은 사람이 있을까? 인생은 위기의 연속이다. 그 위기들은 개인적인 것(청소년기의 위기, 중년의 위기, 실존적인 위기) 또는 집단적인 것(재정적인 위기, 도덕적인 위기, 건강상의 위기)이다. 그리고 나는 신체상의 위기들(예를 들어 간이나 신경)은 개의치 않는다. 서구세계는 위기를 일종의 자동차 경주 구호로 만들었다. 어디에나 적용시킬 수 있는 슬로건처럼. 결국 사람들은 저마다 절대적으로 고독하다는 얘기다. 나는 알베르 코엔[30]의 그 유명한 문장을 자주 떠올린다. '누구나 혼자이면서

---

30   알베르 코엔(Albert Cohen, 1895~1981)은 그리스에서 태어나 프랑스에서 활동했던 유대인 작가다.

남에게는 또 관심이 없다. 우리의 고통은 망망대해에 떠 있는 무인도 같다.' 적어도 그 섬이 계속 떠 있기를 바라자.

40

다시 한번, 나는 너무 깊이 연루되지 않도록 주의해야 했다. 나는 내 의견을 제시하려고 거기에 있는 게 아니라, 그들의 인생을 글로 쓰려고 거기에 있는 거였다. 나는 그가 계속 말하게 해야 했다. 고통스러운 것들까지 포함해서. 파트릭이 아주 만족스럽게 자신의 디저트를 천천히 음미하는 동안, 나는 그들 부부 사이에 문제는 없냐고 슬쩍 밀고 들어갔다. 그가 나를 향해 고개를 들었다. 그의 망설임을 읽을 수 있었다. 그는 내 물음에 답하고 싶었을까? 아마도 아니었을 것이다. 그는 가장 친한 친구들에게조차 절대로 속내를 털어놓지 않는 내성적인 남자의 전형이었다. 그는 대답 대신 나에게 질문을 되던졌다.

"그럼 자넨, 가장 오래 연애한 게 몇 년 정도였나?"

"나? 글쎄…… 한 칠 년," 내가 생각하는 그 연애가 정확하게 얼마나 오래 지속되었는지 몰라서 나는 그렇게 얼버무렸다. 왜냐하면 그 여자와의 연애 기간 동안 심장이 멎어버린 것 같은 이별을 여러 번 되풀이했기 때문이다. 하지만 함께했던 기간과 헤어져 있던 기간을 빼고 더하고 해서 대충 합산하면

대략 그 정도는 될 것 같았다.

"그러니 자넨 이해할 수 없어."

"왜?"

"이십오 년 동안 한 사람하고만 산다는 건 자네한텐 소설에서나 있을 법한 일일 테니까."

그 점에 있어서 그는 틀리지 않았다. 관계를 웬만큼 오래 지속한 커플의 권태나 복잡 미묘한 문제들을 나도 겪어봤다는 생각이 들었지만, 그만큼이나 오랜 기간 지속되어 온 관계에서는 어떤 것들을 겪고 느낄 수 있는지 상상하기 어려웠다. 나는 그의 시선에서 그가 내 애정 생활을 내 직업과 연관 지어 판단하고 있다는 걸 느꼈다. 그의 생각에 따르면, 많은 애정 관계를 경험하는 건 예술가의 삶에 있어서 트레이드마크나 다름없었다. 그는 그런 상투적인 생각들에서 헤어 나오지 못하고 있었다. 나는 '하지만 내가 보기에 예술가는 바로 너'라고 감히 그에게 말하지 못했다. 누군가와 그만큼이나 오랜 세월을 함께 보내려면, 아무래도 연기력이 필요할 테니까(사람마다 자기 나름의 풍자가 있는 법이다).

"아무리 그래도 어쨌든 자넨 분명히 재능이 있으니까, 내가 겪고 있는 문제를 충분히 상상할 수 있을 거야." 그가 말을 이었다.

"정확히 바로 그게 내 프로젝트의 핵심이야. 내 것이 아닌 현실의 문제점들을 이해하려고 노력하는 것."

"자넨 왜 자기 이야기를 쓰지 않는 건가? 다른 작가들은 다 그렇게 하던데."

"재미없어서."

"그럼 자넨 내 얘기가 더 재미있다고 생각하는 건가?"

"응. 좀 전에 자네가 말해준 이야기도 그래. 난 두 사람이 그렇게 오랫동안 함께 산다는 게 어떤 건지 모르겠어. 그러니까 그 얘기를 들려줘."

파트릭은 손목시계를 들여다봤다. 그는 사무실로 돌아가야 했다. 하지만 이야기의 운만 떼어놓고 이대로 가버리는 것을 내가 원치 않는다는 것을 잘 알고 있었다. 그는 마침내 외근 핑계를 대고 나하고 좀 더 머물러 있겠다고 말했다. 내 생각에 그 자신이 더 얘기를 하고 싶은 것 같았다. 그는 나에게 호의를 베풀겠다고 하면서 정작 모든 혜택은 자기가 누리고 있었다. 그가 자기 이야기를 하기 시작했다. "말할 만한 게 아무것도 없는 것 같아. 너무 뻔한 얘기야. 그러니까 내 말은, 시들해진 관계란 건 슬프긴 하지만 아주 흔한 얘기라는 거지. 문제는 결국 몸이야. 그래, 모든 건 바로 육체의 문제지. 어느 날 뭔가 아주 이상한 일이 일어나. 심지어 끔찍하기까지 한 일이. 우린 원치 않는 섹스를 해. 의무적으로. 여전히 욕망이 살아 있다는 걸 보여줘야 한다는 중압감 때문에 섹스를 하는 거지. 나는 바로 그 순간을 아주 또렷하게 기억해. 나는 지쳐 있었어, 피곤해서 그냥 자고 싶었지. 하지만 발레리의 눈빛에서 이런 생각을 읽었어. 오늘 밤도 생과부 신세구나. 나는 우리가 마지막으로 섹스를 한 게 언제인지 기억도 나지 않아. 우리에 겐 아이가 둘이고, 항상 함께 살았고, 욕구는 점점 더 무디어 갔지. 그래서 결국 우리 두 사람은 연기를 하게 되었어. 우린 궁금해했지. 다른 사람들은 어떻게 할까? 그들은 거짓말을 할까? 바람을 피울까? 약을 먹을까? 발레리는 나와 함께 누군가를 만나러 가기를 원했어. 우리의 욕망이 되살아나게 도와줄 심리상담가라나 뭐라나. 그건 정말로 바보 같은 생각이었지만 뭐, 난 따랐지. 나도 나름대로 성의를 다한다는 걸 보여주고 싶었거든. 하지만 딱히 말할 만한 건 아무것도 없었어. 사는 게 지랄 같아, 그래서 그런 거지. 욕망의 결핍에 길들여지거나 아니면 헤어지거나. 하지만 우린 정말로 사이가 좋았어. 그 문제 말고는 헤어질 이유가 전혀 없었어. 아이들 교육문제에 있어서도 뜻이 잘 맞았고, 세상을 바라보는 관점도 같았고, 거의 한 번도 다투지 않았어. 어떤 순간엔 어쩌면 바로 그게 문제라고까지 생각하기도 했지. 서로 미워하거나 싸우기라도 했다면 더 쉬웠을 거야. 우린 파국을 향해 달리면서도 서로에게 예의를 지켰어, 우린 난파하면서 서로 친절하게 손을 내밀었지. 나는 바람을 피워볼 생각도 해봤어, 하지만 나에겐 그럴 능력이 없다는 걸 알았지. 나는 아내를 속이고 바람을 피우는 내 친구들을 전혀 나쁘게 생각지 않았어. 각자 자신의 욕구로 할 수 있는 것을 하는 거지. 하지만 난 그럴 수 없었어. 그건 심지어 사랑과는 아무 상관이 없는 거란 생각이 들어. 하지만 내가 다른 여자를 만나는 순간 그걸로 우리 부부의 관계는 끝이라고 생각했어. 그래서 나는 다른 여자를 만나고 싶지 않았어. 그건 지금도 마찬가지야. 나는 우리가 애정 문제로 고통을 겪고 있다는 걸 알아, 성적으로 그녀를 만족시켜줄 만한 충분한 힘이 나에게 없다는 걸 알지. 하지만 난 발레리 없이는 살아갈 수 없어. 그녀가 내 옆에 있어야만 해. 서로 말 한마디 나누지 않아도 나는 그녀가 거기 있다는 걸 알아. 하지만 그녀가 나를 원망하고 있다는 것도, 그녀가 더 이상 행복하지 않다는 것도 아주 잘 알고 있어. 그녀는 내가 무기력하다고 잔소리를 해, 한 번도 뭔가를 계획하는 적이 없고 예전과 달리 늘 우유부단한 태도를 보인다고 비난하지. 나도 그걸 모르는 바가 아니야. 하지만 내 어깨를 짓누르는 이 무게 때문에 나는 무슨 반응을 보일 수가 없어. 오랫동안 나는 폭풍우가 곧 지나갈 거라고 생각했어, 아니, 위기라고 하자, 이 위기는 일시적인 거라고, 곧 좋은 날이 올 거라고 생각했지. 하지만 우리는 결국 이런 악순환에 휘말려 버렸어. 이제 우리가 다시 행복해지는 건 거의 불가능해. 어떻게 해야 이런 상황을 변화시킬 수 있을까…… 도무지 모르겠어……."

나는 그에게 이렇게 말하고 싶었다. "그녀에게 이 모든 걸 말해, 자네가 방금 나에게 했던 말을 그대로 하라고." 하지만 나는 그가 그렇게 하지 못하리라는 것을 알았다. 아주 근사한 말들은 흔히 엉뚱한 사람이 듣기 마련이다. 우리의 대화는 거기서 끝이 났다. 그는 회사로 돌아가야 했다. 레스토랑 앞에서 우리는 거의 친구가 된 것처럼 악수를 나눴다. 몇 미터 걸어가던 그가 나에게로 되돌아왔다. 발레리가 나에게 남편과 헤어지고 싶다는 말을 하기 위해 그랬던 것처럼. 그는 나에게 이런 말을 하고자 되돌아왔다. "있지, 난 발레리를 사랑해. 난 정말로 그녀를 사랑해."

41

파트릭은 자신의 상황을 놀라울 정도로 완벽하게 꿰뚫어 보고 있었다. 그가 한 말 중에 어떤 것들은 그의 아내가 했던 말과 똑같았다. 그들은 자신들의 일상에 대해 같은 시각을 공유하고 있었다. 발레리가 그와의 관계를 끝내고 싶어 한다는 것을 제외하고는. 그렇지만 나는 그녀의 그런 생각이 완전히 결정적인 것인지 확인하고 싶어서 그녀와의 다음번 만남을 기다리고 있었다. 내가 그녀를 생각하고 있던 바로 그 순간, 그녀의 메시지가 날아왔다. 자기 남편과의 점심 식사가 어땠는지 알아보기 위한 메시지였다. 나는 그녀에게 이렇게 대답하고 싶었다. '책이 나오면 읽어보세요.' 어쨌든 나는 그 둘 중한 사람이 다른 한 사람에 대해 내게 말한 내용을 발설해서는 안 되었다. 나의 프로젝트에는 일종의 비밀 유지 조항 같은 직업적인 불문율이 있었다. 하지만 그녀는 무엇보다 그가 나에게 협조적이었는지 어땠는지 알고 싶어 하는 것 같았다. 그래서 나는 그가 완벽할 정도로 호의적이었다고 대답했다.

어쩌면 나는 결국 그 두 사람을 화해로 이끌어주는 중재자 역할을 떠안게 될 것 같았다. 하지만 그들의 관계에 지나치게 휘말려 들지 않도록 조심해야 했다. 그런 식으로 타인들의 고통을 빨아들이는 입장이 되기에 나는 확실히 너무 예민했다. 정신과 의사나 심리학자는 환자들이 겪은 비극이나 고통스러운 고백에 휘말려 들지 않기 위해 어떻게 하는지 궁금했다. 자신의 역할을 분장실에 내려놓고 집으로 돌아가는 배우 같아야 하지 않을까? 나는 마르탱 가족에게 가능한 한 감정이입되지 않으려 노력하면서 그들을 관찰해야 했다. 약간 냉담하게, 임상적으로, 일종의 서사적 거리를 유지하면서. 하지만 그렇게 하면서 글을 쓰는 건 불가능했다. 자신이 그리고자 하는 인물을 유기적으로 느끼지 않고는 글을 쓸 수 없으니까.

나는 파트릭의 태도에 정말 놀랐다. 그는 바라던 것 이상으로 많은 얘기를 들려주었다. 특히 자신의 애정 문제에 관해서. 그는 자기가 했던 사랑의 맹세까지 나에게 들려줄 정도로 숨김없이 다 털어놓았다. 물론 그렇게 많은 얘기를 털어놓은 건 무엇보다 자기 아내에게 그 모든 게 전해질 것을 염두에 두고 한 행동이라는 걸 짐작할 수 있었다. 그러니까 그는 그녀가 내 책을 읽게 될 즈음, 그에 대해 많은 것을 이해할 수 있으리라고 생각한 것이다. 하지만 그가 그런 태도를 취했던 건 단지 그 이유 때문만은 아니었다. 오후에 그는 나에게 이런 메시지를 보내왔다. '자네에게 필요한 모든 것을 얻었기를 바라네. 자네한테 전부 다 털어놓고 나니 속이 후련해졌어. 책이 잘 써지길 바라며, 건투를 비네.' 그 메시지를 받고 나는 그와의 대화는 그것으로 완전히 끝났다는 것을 알 수 있었다. 그는 나와의 만남은 이번이 처음이자 마지막이라고 생각하고 있었기 때문에 하나도 남김없이 다 털어놓은 거였다. 그는 프로젝트에 참여하는 것에 동의했고, 그를 책의 등장인물로 만들기에 충분한 자료를 나에게 제공하는 것에도 찬성했지만, 내가 날마다 그를 따라다니면서 취재하는 건 원치 않았다. 그리고 발레리가 오늘 저녁 나에게 그 점을 재확인시켜줄 터였다.

그건 내가 원하던 바가 아니었다. 나는 그를 더 많이 알고 싶었다. 예를 들어 그가 데주와요를 만났을 때 무슨 일이 일어날지 그것만이라도 꼭 알고 싶었다. 나는 이야기들을 미완성된 채로 남겨두고 싶지 않았다. 발레리는 그 점에 관해 나를 안심시켜줄 것이다. 그녀는 전후 상황을 내게 알려줄 것이다. 그리고 내가 자기 남편의 이야기를 끝까지 써나갈 수 있도록 도와줄 것이다. 그것은 서술적 관점에서는 나에게 유용했지만(파트릭에게 일어날 돌발적인 사건들을 하나도 놓치지 않을 테니까), 감정적인 관점에서는 거의 도움이 되지 않았다(나는 그의 아내의 프리즘을 통해 한 남자에 대해 말하게 될 테니까). 다시 말해 나는 나의 등장인물들이 원하는 대로 따라야 했다. 허구와의 중요한 차이점은 여기에 있었다. 소설에서는 어떤 등장인물이든 간에 내 마음대로 모든걸 내게 털어놓게 할 수 있었다.

42

　저녁 여덟 시쯤 발레리와 저녁 식사를 하기로 약속이 되어 있었다. 그녀는 자기 집 근처에서 아주 마음에 들어 하는 한 레스토랑을 언급했었다. 그녀는 마지막 메시지에서 이렇게 덧붙였다. '일단 해 질 무렵에 집으로 와 주시겠어요? 제레미가 당신을 만나고 싶어 해요.' 아, 그 십대 소년이 깨어나고 있었다. 그가 어떤 비밀이나 내밀한 감정을 내게 털어놓으려는 걸까? 나는 그 소식에 기분이 좋았다. 게다가 이번 소설에서 연령층을 골고루 균형 있게 다루고 싶었기 때문에 도움이 될 듯했다. 앞으로 마들렌과 함께 겪게 될 일들을 생각해볼 때, 소설 내용의 균형을 위해 청소년 세대가 필요했다. 언제나 하나의 통일된 구성을 이루어내기 위해 다양한 힘을 균형 있게 배분해 기하학적인 형태를 이루게끔 소설을 써야 한다는 게 내 지론이다. 내 생각에 한 편의 소설은 하나의 원을 이루어야 한다.

　새로운 만남을 기다리면서 나는 집으로 돌아왔다. 파트

릭이 나에게 이야기한 것들을 메모해두고 싶었지만, 온몸이 물에 젖은 솜 같았다. 남의 말을 들어주는 것은 끊임없는 주의력을 요하기 때문에 말하는 것보다 훨씬 더 피곤한 일이다. 하지만 이번에는 웬일인지 20분 정도 잠을 잘 수 있었는데, 내겐 아주 드문 일이었다. 나는 신경쇠약증 환자처럼 신경이 몹시 날카로워서 잠을 제대로 이루지 못하곤 했다.

잠깐 낮잠을 자는 동안 이상한 꿈을 꾸었다. 밀란 쿤데라가 내게로 다가와 귀에 대고 뭔가를 소곤거렸지만, 한 마디도 들리지 않았다. 꿈속에서 그의 얼굴은 아주 진지해 보였다. 마치 자신의 가장 소중한 비밀들을 내게 털어놓을 준비가 된 것처럼. 하지만 아무것도, 아무 소리도 들리지 않았다. 나는 그 침묵 때문에 약간 절망감을 느끼며 잠에서 깼다. 그런데 그 꿈은 너무 생생해서 실제로 일어난 일 같았다. 나는 예전에 그 위대한 작가를 우연히 만난 적이 있었다. 그리고 그가 나에게 전화를 한 적도 있었는데, 그건 내 귀에 내려진 축성과도 같았다. 하지만 꿈속에서는 왜 아무것도 들을 수 없었을까? 단 한 마디 말도, 숨소리조차. 그가 쉼표들의 미궁[31] 속으로 나를 좀

---

31 마침표, 쉼표, 콜론, 세미콜론 같은 문장 부호 하나가 100마디 말보다 더 큰 의미를 지닐 수 있다는 것을 일깨워준 작가 밀란 쿤데라의 실험적인 서술은 영화나 드라마 같은 영상매체를 통해서는 좀처럼 재현하기 힘든 소설만의 잠재된 가치를 보여준다. 특히 그의 작품《농담》에서 '혀가 닳도록 끊임없이 말을 해대는' 등장인물 헬레나의 장에서는 마침표가 하나도 없이 모두 쉼표로만 문장들이 연결되는 것이 특징이다. 여기서는 '나'의 인물들이 그처럼 쉴 사이 없이 말을 쏟아내 주기를, 그만큼 쓸 이야기가 많아지기를 바라는 작가의 마음을 담고 있다.

이끌고 가주었더라면 정말 좋았을 텐데.

나는 쿤데라와의 분위기 속에 잠시 그대로 머물러 있다가 컴퓨터 앞으로 다가갔다. 그리고 내 페이스북 계정에 로그인을 했다. 회답하지 않고 그대로 놔둔 몇몇 메시지가 보였다. 무례하거나 배은망덕해 보일 위험을 무릅쓰고, 나는 내 프로젝트에 곧장 집중해야만 했다. 나는 세월이 흐르면서 사람들이 나에 대해 어떻게 생각할까 하는 상념으로부터 벗어났다. 끊임없이 이어지는 타인의 평가를 의식하지 않게 되자 훨씬 자유롭고 행복해졌다.

그 순간, 나는 이브 그랭베르가 친구 요청을 수락한 것을 확인했다. 왜 즉시 알아차리지 못했는지 모르겠다. 이내 나는 믿을 수 없을 만큼 강렬한 흥분을 느꼈다. 마치 나 자신의 일인 것처럼. 과거로부터 불쑥 나타난 내 어린 시절의 연인들을 보는 것 같은 느낌. 세실 블레이셰나 셀리아 부에 같은. 나는 거의 전율을 느꼈다. 그에게 메시지를 보내야 했다. 하지만 뭐라고 써야 할까? 어떤 표현을 적어야 할까? 나는 이제 겨우 알기 시작한 사람의 대변인이었다. 되도록 간단명료하게 써야 할 것 같았다. 팩트, 오직 팩트만. 나는 마들렌 트리코의 친구다. 그녀가 당신을 만나고 싶어 한다. 그래, 그거면 충분했다. 그럼 이만. 아니, 이건 너무 딱딱하다. 그럼 안녕히, 이게 나은 것 같다. 그래, 더 진심이 담긴 듯 보인다. 자, 메시지는 전송되었다.

나는 그 페이지를 그대로 응시하고 있었다. 상대방은 내 메시지를 즉시 읽었다. 거실 의자에 앉은 나는 마치 액션 영화에 출연하고 있는 것 같은 기분이었다. 섣불리 흥분해서는 안 되었다. 그의 계정을 관리하는 건 전혀 다른 사람일 수도 있다. 예를 들어 그의 자식이라거나. 비관적인 생각이 또다시 고개를 디밀기 시작했다. 아니, 긍정적으로 생각하자. 지금까지 모든 것은 내 소설을 위해 감탄할 정도로 잘 굴러왔는데 이제 와서 그런 상황이 중단될 이유는 없었다. 오! 페이스북 페이지 오른쪽 위의 점 세 개가 방금 막 움직였다. 그건 나에게 응답하고 있다는 신호였다. 이브 그랭베르가 직접 글을 쓰고 있는 것일까? 지금 로스앤젤레스는 몇 시일까? 아홉 시간의 시차가 있었다. 그러니까 그곳은 아침 7시 30분이었다. 그렇다면 그는 지금 자기 집 부엌에서 커피를 마시며 내게 답신을 보내고 있을 것이다. 아니면 침대에 누워 스마트폰으로 답을 보내는 건 아닐까? 그건 아닐 거라는 생각이 들었다. 미국의 노인들은 아주 일찍 일어난다. 게다가 그들은 뭐든지 일찍 한다. 그들은 오후 4시 30분이나 5시 무렵에 저녁을 먹는다. 나는 왜 그런 세세한 것들을 생각하고 있었을까? 작은 점 세개가 깜빡이고 있는 그 한없이 긴 시간을 메꾸기 위해서다. 페이스북은 사람들이 계속 연결되어 있도록 하기 위해 그 점 표시를 고안한 게 분명했다. 대화와 대화 사이의 대기시간 동안 발신인이

나 발신자가 참고 기다릴 수 있도록. 마치 무대 뒤에서 준비하는 예술가를 기다리듯 상대방의 메시지를 기다릴 수 있도록. 연결이 절대로 끊어지지 않도록. 그렇다. 바로 그거다. 연결이 절대로 끊어지지 않는 것. 이제 두 메시지 사이의 침묵마저 오락의 영역으로 들어왔다. 이 시대에는 아무 일도 일어나지 않을 때도 항상 뭔가가 일어난다.

드디어 그가 나에게 답을 보내왔다. '당신의 메시지를 읽고 무척 감동받았습니다. 오늘 아침 마들렌의 소식을 접하고 거의 충격적일 정도로 놀랐습니다. 나는 자주 그녀를 생각합니다. 내가 변함없이 그녀를 생각하고 있다는 것을 부디 그녀에게 전해주십시오. 그리고 나 역시 그녀를 다시 만나고 싶어 한다는 말도 꼭 전해주십시오. 나는 프랑스에 가본 지 아주 오래되었습니다. 하지만 그녀가 이곳으로 오고 싶어 한다면, 난 정말 기쁠 겁니다. 그녀를 위해 이런 일을 해주셔서 다시 한번 감사드립니다. 그럼 안녕히, 이브.'

내 소설에 새로운 인물로 그를 등장시키는 것을 진지하게 고려해볼 만했다. 이처럼 아주 품위 있는 첫 등장까지. 나는 벌써 그에 관한 모든 걸 알고 싶었다. 그는 어떤 사람일까? 어떻게 살아왔고, 지금은 또 어떻게 살고 있을까? 그리고 왜 프랑스를 떠났을까? 나는 내 소설을 생각하고 있었다. 그리고 마들렌도 생각했다. 그와 접속이 되었다는 걸 알면 그녀는 얼떨떨해서 말을 잇지 못할 것이다. 문학의 힘에 대해 많이들 이야기한다. 하지만 내가 이 가족에 관해 글을 쓰기 시작한 후로 그들 삶의 많은 측면이 대단히 소설적으로 흘러가고 있다는 건 너무도 놀라운 일이었다.

43

제레미를 다시 만나기 전에, 그 소식을 전해주기 위해 마들렌을 먼저 찾아갔다. 그녀는 놀라는 것 같지 않았다. 오늘 아침 이후로 그녀에게 모든 건 명백했다. 그녀는 다른 시나리오를 상상하지 않았다. 그 굳은 확신이 나를 꼼짝하지 못하게 만들었다. 그리고 실무를 처리하는 그녀의 추진력도. 그녀는 나에게 비행기표를 대신 구입해줄 수 있겠냐고 물으면서 자신의 여권을 건네주었다. 나는 그녀의 추억 찾기를 위한 개인비서가 되었다. 불현듯 로스앤젤레스에서 뭔지 알 수 없지만 그 무언가가 나를 기다리고 있을 것 같다는 느낌이 스쳐 지나갔다.

마들렌은 내가 사양했는데도 불구하고 굳이 차를 내왔다 (저마다 자신만의 의식이 있는 법이다). 앉아 있는 우리 두 사람 사이로 침묵이 흐르고 있을 때, 그녀가 마침내 말을 꺼냈다.

"오늘 아침 당신을 기다리면서, 우리가 다시는 만나지 못할 거라 생각했어요."

"아, 그랬어요? 왜죠?"

"당신은 나와 함께 세상 반대편으로 가는 것 말고도 다른 할 일들이 있잖아요."

"오히려 이 건이 제 프로젝트 중에서 가장 흥미로운 부분인걸요."

"정말로 그렇게 생각해요?"

"예."

"당신 독자들도?"

"어떤 게 독자의 관심을 불러일으킬지는 그 누구도 모르죠. 어쩌면 어떤 독자들은 여행 부분을 건너뛰겠죠. 하지만 그리움을 품고 사는 사람이라면 누구나 그 남자를 다시 만나고 싶어 하는 당신의 욕망에 공감할 거라고 확신합니다."

"누구에게나 그리움이 있어요, 안 그래요?"

"그러니까요. 그건 좋은 징조예요. 우울증 증세를 겪어본 사람이라면 누구나 우리 이야기에 공감할 거예요, 그리고 그런 사람들은 아주 많아요."

그런데 마들렌의 얼굴에는 웃음기가 전혀 없었다. 그녀에게서 전에 본 적 없는 심각함이 느껴졌다. 사실 그녀의 얘기는 나를 놀라게 했다. 왜 내가 자신을 따라가고 싶어 하지 않으리라고 생각한 걸까? 그녀는 나의 이 프로젝트가 갑작스럽게 떠오른 엉뚱한 생각에서 비롯된 것이긴 하지만, 그래도 지켜야 할 선이 있다고 생각한 게 분명했다. 하지만 그건 그녀가 잘못 생각한 거였다. 내가 어떤 이야기에 이만큼이나 열중

하는 건 드문 일이다. 나는 현실 세계의 승리를 인정하지 않을 수 없었다. 게다가 다른 등장인물들이 그랬던 것처럼 마들렌 역시 자신의 인생이 독자들의 관심을 불러일으킬지를 염려하고 있다는 사실을 알았을 때, 나는 정말 놀랐다. 마치 내 책을 담당한 출판사 마케팅 책임자가 정신 속에 스며든 것 같았다.

그들을 안심시키긴 했지만, 사실 나는 독자의 관심을 불러일으키는 건 어떤 것이고, 그렇지 않은 건 어떤 것인지 전혀 알 수 없었다. 폭넓은 독자층으로부터 호응을 얻었던 내 소설들 가운데 첫 번째 소설에 관해 썼던 어느 기자의 글을 지금도 기억한다. "이 책이 대중의 인기를 누리는 건 성공의 모든 요소를 내포하고 있기 때문이다!" 참으로 이상한 문장이었다. 만일 내가 성공의 요소가 뭔지 알고 있었다면 훨씬 더 일찍 그 공식을 이용했을 것이다. 그리고 글쓰기와 병행해서 이런저런 아르바이트들을 하면서 세월을 허비하지도 않았을 것이다. 그리고 만약 성공의 요소들이라는 게 존재한다면, 누구든 손쉽게 그런 작품들을 쓸 수 있었을 것이다. 그건 정말이지 터무니없는 소리였다. 독자들의 마음에 들 만한 게 어떤 건지는 결코 알 수 없다. 내가 쓴 이 문장들을 읽으면서 어떤 독자들은 지겨워서 하품을 내뱉는 한편, 또 다른 독자들은 푹 빠져들 수도 있다. 그건 나의 당면과제가 아니다. 만약 내가 독자의 반응을 정말로 신경 쓴다면, 무엇보다 나에 관한 이야기를 강박적으로 드러내려 했을 것이다.

하지만 나는 나의 등장인물들을 안심시키기 위해 몇 가지 타협을 할 준비가 되어 있었다. 독자들을 사로잡기 위해 나는 늘 몇 가지 트릭에 의지해왔다. 독자들에게 소설의 다음 내용을 예상해보라고 할 수도 있었다. 예를 들어 이브 그랭베르가 마들렌을 떠난 이유를 찾아내 보라고 말이다. 이 프로젝트에 재미있으면서도 세속적인 매력을 더해주는 건 바로 그런 거였다.*

* 하지만 나는 아직 이 소설을 끝까지 읽은 독자들을 뽑아 런던행 커플 여행 티켓을 경품으로 제공할 정도에 이르지는 않았다.

이브 그랭베르가 떠난
몇 가지 가능성 있는 이유들

1. 그는 위조 신분증으로 살아가고 있었다. 그런데 정보 기관의 추격으로 정체가 발각되기 일보 직전이었다.
2. 불치병. 그는 사랑하는 여인에게 죽어가는 모습을 보여주기보다는 달아나는 것을 선택했다.
3. 그는 다른 여자를 사랑하고 있었다.
4. 그는 다른 남자를 사랑하고 있었다.
5. 그는 어떤 사건의 공범으로 체포될 위험이 있었다.
6. 그는 다른 사람과 미국에서 딴살림을 차리고 있었다.
7. 허무주의자인 그는 모든 관계에는 끝이 있다는 것을 알

았고, 그래서 갱스부르가 노래했듯 '행복이 사라질까 두
려워 행복으로부터 달아나기로'[32] 했다.

8. 그는 프랑스를 더 이상 견딜 수 없었다.

9. 그는 마들렌이 사실은 자기 누이라는 것을 알게 되
었다.

10. 그는 로또에 당첨되었지만, 그녀와 나누고 싶지 않
았다.

나름대로 어렴풋이 감이 잡히긴 했다. 하지만 나는 누구
에게든 영향을 미칠까 두려워 그 직감을 아무에게도 말하지
않기로 했다.

44

나는 내면에서 오가는 잡담을 멈추고, 현실적인 문제로
즉시 되돌아갔다. 마들렌에게 이번 여행을 위해 경비를 어느
정도 예상하냐고 물었다. 그녀는 이번이 아마도 자신의 마지
막 여행이 될 거라는 사실을 언급했다. 그래서 그녀는 돈을 아
낌없이 쓰고 싶다고 했다. 게다가 나한테까지 돈을 쓰고 싶어

---

32   프랑스 대중문화의 아이콘인 싱어송라이터 세르주 갱스부르(Serge
      Gainsbourg)가 1983년에 만든 노래 〈Fuir le bonheur de peur qu'il ne se sauve〉
      의 한 대목.

하면서 내 비행기표 값도 자기가 내겠다고 고집했다. 그녀 말로는, 어쨌든 나는 그녀를 위해 따라가는 거였고, 그래서 그 점에 대해 나에게 고마움을 표시하고 싶다는 거였다. 나는 두 사람의 응축된 감정들을 수집하기 위해 따라가는 것이기 때문에 오히려 이 여행은 나에게 도움이 되는 거라고 반박했지만, 그녀는 아랑곳하지 않았다. 하늘 위에서 나는 그녀의 손님이었다. 대신 호텔과 자동차 렌트 비용은 내가 내는 것으로 합의를 봤다. 아, 물론 이런 것들을 일일이 밝히는 게 쓸데없어 보일 수 있다는 건 나도 안다. 하지만 리얼리티에 집착하는 순간부터 나는 이런 기본적인 측면들을 도외시할 수가 없었다. 어떤 영화를 볼 때 나는 등장인물들이 어떻게 자신들의 능력을 훨씬 넘어서는 호화로운 아파트에서 살 수 있는 건지 궁금증이 인다. 나는 어떤 이야기가 물질적인 진실과 완전히 동떨어져 있다면 그 이야기를 믿기가 어렵다. 그러므로 신빙성을 고려해서, 우리가 이런 대화를 나눴다는 것을 분명히 해둘 필요가 있다고 생각했다.

마들렌이 보는 앞에서 나는 내 휴대전화로 우리의 비행기표를 예약했다. 그리고 비자 신청서들도 제출했다. "우리는 사흘 뒤 떠납니다." 내가 알렸다. 그녀는 놀란 것 같았다. 몇 년 전부터 그녀의 삶은 모든 것이 계획한 대로만 움직였고, 그래서 아무리 짧은 이동이라 해도 몇 달 전에 미리 일정이 짜여 있었다. 한 사람의 인생에 있어서 진정한 전환점을 표시하는 것, 노년으로 들어섰음을 알려주는 지표는 예상치 못한 일은 하나도 일어나지 않는다는 것이다.

45

출발일이 다가오자 마리가 생각났다. 목적지에 다다르기까지의 여정은 내가 여행에서 제일 좋아하는 부분이다. 세상에서 가장 아름다운 유적들을 둘러볼 수 있고, 희귀하고 강렬한 순간들을 맛볼 수 있다. 기차나 비행기 안에 둘이 함께 앉아 있는 것보다 가치 있는 일은 아무것도 없다. 나는 우리가 아시아행 비행기에 앉아 몇 시간 동안 멈추지 않고 대화 나눴던 것을 기억한다. 난기류를 통과할 때 우리는 서로 손을 꽉 움켜잡았고, 나는 그때만큼 행복감을 느낀 적이 없었다.

그 기억이 나를 우울하게 만들었다. 이런 식으로 추억이 우리의 정신을 잠식하지 않도록 해야 할 필요가 있다. 추억들을 현재의 입구에서 차단할 수 있어야 한다. 우리에겐 제어하지 못하는 게 한 가지 더 있었다. 현재의 어떤 면들은 견딜 수 없는 과거의 추억들에 반항한다는 사실도 말해둘 필요가 있다. 나는 이제 마리를 생각하지 않고는 비행기를 탈 수 없을 것이다.* 하지만 그게 나와 마리의 관계를 떠올리게 한 유일한 이유는 아니었다. 나 역시 이유를 전혀 모른 채 버림받았다.

더 이상 사랑하지 않는다는 말을 몇 번 듣긴 했다("난 너보다 고독이 더 좋아"), 하지만 그걸로는 충분하지 않다. 떠나는 사람은 항상 수백 페이지의 이유를 남겨야 할 것이다. 상대방이 결코 이해할 수 없을 그 행위를 명확하게 설명하는 글을 써야 한다. 나는 당혹스러워했을 마들렌에게 친밀감을 느꼈다. 사람들은 대체로 자신의 인생을 이해하기 위한 요소들을 타인들의 삶에서 열심히 찾는다.

  * 수숑(Souchon, 프랑스의 상송 가수이자 영화배우. —옮긴이)의 노래를 듣거나 초밥을 먹을 때도 마찬가지였다.

46

그렇게 앞뒤 생각 없이 수락해서는 안 되었는지도 모른다. 제레미를 만나고 나서 곧바로 발레리와 저녁 식사를 하는 것은 부담스러운 일정인 것 같았다. 물론 한 가족의 구성원들에게 내 프로젝트에 동참해달라고 간청하고 나서 그들의 뜻을 완전히 거스르기란 쉽지 않은 일이었다. 나는 그들에게 순종하고, 그들의 현실에서 그들의 절대권력 아래 살아야 했다. 하지만 나의 집중력이 매우 걱정스러웠다. 얼마 뒤 나는 뇌가 1989년 붕괴 직전의 소련 같다는 것을 알았다. 그들이 나에게 주는 것들을 내가 최고의 것으로 살려낼 수 있을까? 제레미와의 만남에서 일어날 일들을 생각해볼 때, 내가 불안해지는 건 당연했다.

그런데 시작은 의외로 아주 훌륭했다. 제레미는 환한 미소와 함께 거의 안도하는 표정으로 나를 맞았다. 나는 그가 분명히 자기 부모의 독려를 받고 내 소설이라는 열차에 탑승한 것이라고 생각했다. 예의가 바른 편인 그는 먼저 이렇게 묻는 것으로 시작했다.

"그런데 아저씨의 그 프로젝트는 잘 되어가고 있나요?"

"그래, 잘 되어가…… 고마워. 난 네 할머니와 미국에 갈 거야."

"아, 그러세요? 그런데 왜요?"

"할머닌 거기 살고 있는 어떤 사람을 만나고 싶어 하셔."

"그게 누군데요?"

"할머니가 사랑했던 사람. 네 할아버지를 만나기 전에."

"아 그래요? 그거 참 재미있군요."

"재미있다, 글쎄? 네 할머니에게는 아주 감격스러운 일일 거다."

"그리고 아저씨는 그걸 모두 책에다 쓸 거고요?"

"난 상황이 어떻게 전개될지 보고 싶어, 그리고 아마도 그 이야기를 책에다 쓰겠지."

"솔직히, 나쁘진 않네요."

"그런데…… 날 만나고 싶어 했다면서? 네 어머니한테 그 말을 듣고 아주 기뻤다. 내가 말했잖아, 내 소설에서 너의 존재가 아주 중요하다고."

"아, 네…… 하지만……."

"하지만 뭐?"

"소설 때문에 만나고 싶었던 건 아니에요. 뭐, 그래도 약간은…… 소설과 관계가 있기도 하지만…… 만나야 의논이 될 테니까요. 하지만 제가 아저씨를 만나려 했던 데는 다른 이유도 있어요."

"말해 봐."

"내일까지 해가야 할 프랑스어 숙제가 있어서요. 그런데 솔직히 저는 하나도 모르겠어요, 그래서 아저씨가 저를 좀 도와줄 수 있겠다고 생각했어요."

"……."

기가 막혀 말이 안 나왔다. 물론 나는 그 아이를 만나러 오면서 큰 기대는 하지 않았다. 그렇다 해도 뭔가 실망스러웠다. 그는 작가를 소환한 게 아니라 학습 지진아를 도와줄 과외 선생을 부른 거였다. 하지만 결국 그것도 그 아이와 관계를 맺는 한 가지 방법일 거라는 생각이 들었다. 그런 식으로, 문학 해석을 미끼로 속내 이야기들을 낚아 올릴 수도 있을 것이다.

그 아이가 나에게 공부할 텍스트를 보여주는 순간, 나는 일이 그리 만만하지 않다는 걸 즉시 알아차렸다. 텍스트는 프랑수아 비용[33]의 〈목 매달린 자들의 발라드〉 중 일부였다. 제레미의 기대를 저버릴 위험을 무릅쓰고, 나는 중세 시를 좋아해 본 적이 없다는 사실을 고백하지 않을 수 없었다. 학창 시절 내가 다니던 학교에는 훌륭한 선생님들이 있었고, 그 가운데 어떤 분들은 내가 언어를 사랑하게 되는 데 지대한 영향을 미쳤다. 그렇지만 내가 고대 프랑스어로 한 십대 소년을 감동시킬 수 있을지는 의문이었다. 제레미를 실망시키지 않기 위해 이런 얘기까지 털어놓고 싶지는 않았다. 그래서 오히려 내가 그 시를 얼마나 좋아했는지 강조하면서, 과장되게 열광하는 척하는 쪽을 선택했다. 그는 별로 믿는 것 같지 않았다. 당연했다. 나는 어렵게 얻은 단역 자리마저 언제 잃을지 몰라 가슴을 졸이며 무대 위에 올라선 배우처럼 내 감정을 표현했다.

그 시의 첫 연은 이러했다.

우리 죽은 후에도 살아갈 형제들이여,
우리에게 너무 냉혹한 마음 품지 말기를,
그대들이 우리를 불쌍히 여길 때,
신께서 그대들에게 자비를 베푸시리니.
보라, 여기 우리 대여섯씩 목매달려 있다.

---

33   15세기 프랑스 시인. '중세 최고의 시인', '최초의 현대 시인', '저주받은 시인의
      조상' 등으로 불린다.

그동안 너무 잘 먹어 살이 올랐던 우리의 육체는
이미 오래전부터 뜯어 먹히고 썩어가며,
우리의 해골은 재와 먼지가 되어간다.
그 누구도 우리의 불행을 비웃지 말기를,
다만 신께 구하라, 우리 모두의 죄를 사해줄 것을!

우선 나는 잊고 있었던 것들을 기억해내기 위해 프랑스어 교과서에 눈길을 던졌다. 프랑수아 비용이 자기가 사형선고를 받을 거라고 생각하면서 감옥에서 이 시를 썼다는 해설을 읽을 수 있었다. 나는 텍스트의 쟁점을 부각하는 쪽으로 가닥을 잡아나가기로 했다.

"이 시는…… 이 시인이 이게 자신의 마지막 시가 될 거라고 생각하면서 쓴 거라고 상정하고 분석해야 해. 어휘장을 한 번 봐 봐."

"뭘 보라고요?"

"어휘장. 그러니까 같은 계열의 단어들을 한데 모아놓는 거 말이야…… 이 시에 거친 어휘들이 많다는 것을 알아차리지 못했니?"

"아 네, 하긴 그러네요. '뜯어 먹히고'와 '썩어가며' 같은."

"그게 단서가 되는 거야…… 분석을 위한. 그 어휘들에서 넌 뭘 떠올렸니?"

"썩다, 라는 단어에서요? 썩은 과일이요."

"그래, 그것도 괜찮아. 그리고 또 다른 건?"

"썩어가는 시체."

"그래, 좋았어. 아주 잘했어."

"음산하네요. 전 마르티네즈 선생님이 우리한테 왜 이런 걸 읽으라고 하는지 이해가 안 가요."

"고전문학이니까……."

/

카를 라거펠트에 관한
가슴 두근거리는 일화들 (2)

그의 어머니는 엄격한 사람이었다. 마들렌은 어느 날 샤넬 하우스에서 그녀를 봤던 때를 이야기해주었다. 그녀는 그때 이미 몹시 나이 들었다. 게다가 카를은 아주 낮은 목소리로 말했다. "내 어머니는 언제나 그 나이였어요……." 다소 냉소적인 느낌을 주는 유머를 넘어, 그의 말에서 그가 자기 어머니를 사랑하고 추앙한다는 것을 느낄 수 있었다. 그녀가 아들에게 그처럼 냉정하게 거리를 두는데도 불구하고. 그녀의 엄격한 태도를 보면 매사에 합리적이고 명료한 데카르트적인 인물이라고 생각할 수 있겠지만, 사실 그녀는 의외의 것을 은밀하게 탐닉하고 있었다. 점쟁이들을 찾아다니는 것.

1939년, 그해 여름에 그녀는 어떤 점쟁이 여자를 집으로 초대했다. 그녀는 어린 카를에게 얌전히 숨죽이고 있으라는 눈짓을 보냈다. 하지만 그는 이미 소리를 내지 않는 습관이 몸에 배어 있었다. 침묵은 그의 어머니가 아주 좋아하는 멜로디였다. 그는 그때 몇 살이었을까? 그걸 아는 사람은 아무도 없었다. 그는 자신의 진짜 생일을 한 번도 밝힌 적이 없었다. 아마 네다섯 살쯤 되었을까. 그때 그는 거실 구석에서 그 광경을 경탄하며 지켜보았다. 그 미래를 파는 여자가 카드를 갖고 집으로 왔을 때, 그는 자기 어머니가 어린 여자아이 같아 보인다고 생각했다. 얼마 후, 그 두 여자가 그를 향해 고개를 돌렸다. 그의 숨소리가 너무 시끄러웠던 걸까? 아니. 그는 숨을 쉬는 게 아니라 거의 속으로 삼키고 있었다. 두 여자는 그저 그에 대해 말하는 중이었다. 나중에 카를은 대화의 내용을 알았다. 그의 어머니는 점쟁이에게 물었다. "그런데 저 애는 커서 뭐가 될까요?" 카드 점쟁이는 마치 어둠 속에서 미래의 윤곽이 더 잘 보이는 것처럼 두 눈을 감았다. 그러고 나서 단호한 목소리로 말했다. "신부!" 라거펠트의 어머니는 기절할 뻔했다. 그녀가 아무리 가톨릭 신자라 해도, 자기 아들이 인생을 통째로 신에게 바친다는 건 생각할 수 없는 일처럼 느껴졌다.

그녀는 그 예언이 전혀 마음에 들지 않았다. 그래서 예언을 바꾸기로 했다. 사람들은 미래를 알기 위해서가 아니라 정확히 미래를 바꾸기 위해 이 점쟁이 저 점쟁이를 찾아다닌다. 그때부터 어린 카를은 성당에 다시는 발을 들이지 않았다. 그의 어머니는 집안의 결혼식이나 장례식에도 절대로 그를 데려가지 않았다. 하지만 이상하게도, 그리고 성직자와는 전혀 반대되는 직업을 가졌음에도 불구하고, 그는 거의 수도사 같은 생활을 했고, 옷도 사제복과 비슷한 스타일을 즐겨 입었다.

/

나는 라거펠트를 다시 이용하는 것 말고는 달리 방법이 없었다. 프랑수아 비용에 관한 시 해설로 내 소설을 땜질하는 건 불가능했다. 이야기 구성상 지금 단계에서 그건 위험 부담이 너무 컸다. 두루뭉술하게 넘어가는 나의 어림잡은 분석 시도가 한 시간 남짓 계속되었던 만큼 더욱. 제레미는 미심쩍어하는 눈치였다. 그리고 나는 그의 만족도를 확실하게 가늠하고 있었다. 그는 작가라는 사람이 왜 문학을 제대로 해석하지 못하는지, 또는 자기도 작가면서 왜 다른 작가들의 의도를 전혀 모르는지 이해하지 못했다. 그가 보기에 나는 입으로는 온갖 기술을 현란하게 구사하지만 막상 필드에 서면 공 한 번 제대로 건드려보지 못하는 프로축구선수였다. 나는 반드시 문학에 해박한 지식이 없더라도 글을 쓸 수 있는 거라고 그에게 설명하려 했다. 문학적 소양이 전혀 없어도 걸작을 써내는 작가가 될 수도 있다고. 하지만 제레미는 작가라고 하면 으레 다락

방에 살면서 백과사전 같은 거대한 지식 더미에 짓눌려 살아가는 그런 상투적인 이미지를 떠올리는 게 분명했다. 내가 솔직해야 했을까? 고대 프랑스어를 잘 모른다고 말했어야 했을까? 나는 어떤 태도로 그를 대해야 할지 도무지 알 수 없었다.

마침내 발레리가 퇴근하고 돌아와 나의 고문 시간을 단축시켜 주었다. 나는 제레미의 방에서 나왔다. 그 아이의 초상을 선명하게 그려볼 만한 최소한의 정보도 수집하지 못했다는 사실에 화가 치민 채로. 하지만 나는 시간을 들여 천천히 다가가야 했고, 섣불리 낙담하지 않아야 했다. 이 프로젝트는 나에게 가장 부족한 '인내심'이라는 덕목을 요구하고 있었다. 솔직히 말해서 나뿐만 아니라 우리 모두가 인내심이 부족하다. 뭐든 아주 빠르게 손에 넣을 수 있게 해주고 항상 서로를 연결되게 해줌으로써 우리 시대는 우리를 참을성 없는 존재로 만들고 있다. 긴장을 풀기 위해 요가를 하는 것처럼, 기다림도 훈련을 할 필요가 있을 것이다. 그리고 타인들도 기다림을 훈련할 수 있도록 배려하는 의미에서 우리는 일관성 있게 약속 시간에 항상 늦을 필요가 있다.

때마침 발레리가 자기가 외출 준비를 할 동안 좀 기다려 달라고 했다. 거실에 혼자 앉아 있으면서 나는 시간 속에서 뒷걸음질 치고 있는 것 같은 기분이 들었다. 지금 이 장면은 내가 이 집에 처음 들어섰을 때와 똑같은 광경이었다. 그때 롤라가 나에게 고개를 까딱하면서 거실을 지나갔다. 우리의 관계는 퇴행하고 있었다. 이제 더 이상 그 아이의 목소리조차 들을 수 없었다. 하지만 나는 이미 롤라에 관한 흥미로운 세부사항들을 메모할 수 있었다. 그 아이는 자연스럽게 자신의 등장을 알리는 재주가 전혀 없는 그런 인물이었다. 달리 말하자면, 그녀는 노크도 없이 방 안으로 불쑥 들어오는 그런 부류였다. 그건 나에게 도스토옙스키의 소설 《악령》의 주인공 스타브로긴을 떠올리게 했다. 그는 복도에서 말을 하기 시작하는가 싶었는데 어느 순간 불쑥 거실로 들어와 있는 인물로 알려져 있다. 롤라와 마찬가지로, 그의 그런 행동에는 중간과정을 일종의 치욕으로 생각하는 심리가 깃들어 있다.

롤라는 내 눈앞에 불쑥 나타났다. 마치 천장에서 툭 떨어진 것처럼. 그건 분명히 눈앞에서 일어난 일인데도 나는 거의 실감하지 못하고 있었다. 그 아이는 한순간 내 눈을 똑바로, 믿을 수 없을 만큼 똑바로 노려보고 나서, 나지막한 목소리로 말했다. "우리 식구들이 모두 아저씨에게 얘기를 들려주고 있는 이상, 저도 그걸 이용하기로 했어요. 지금 제가 처한 상황은 이래요, 저는 어떤 남자애와 사랑에 빠졌어요. 그 애 이름은 클레망이고, 나이는 저보다 한 살 많아요. 우리가 사귄 지는 한 달째예요. 지금도 계속 잘 사귀고 있고요. 그런데 문제는 우리 사이가 점점 더 뜨거워져 가고 있다는 거예요. 그는 섹스를 원해요. 하지만 저는 망설이고 있어요. 그 애는 이미 우리 학교 여자애들 네다섯 명과 잤기 때문에 그게 마음에 걸려요. 학교 안에서 그 사실을 모르는 애는 하나도 없어요. 게다가 섹스를 하고 나면 그 여자애랑은 그날로 끝이에요. 그러니까 간단히 말해서 한편으론 섹스를 하고 난 뒤에 그 애한테 차일까 봐 겁이 나요, 그리고 다른 한 편으론 차일 때 차이더라도 첫 남자는 꼭 그 애였으면 하는 마음이 있어요. 어떻게 생각하세요?"

내가 대꾸할 틈이 없었다. 발레리가 거실로 들어오면서 거의 고함을 지르듯 힘차게 외쳤다. "다 됐어요!" 그러고 나서 그녀는 우리를 뚫어지게 보면서 덧붙였다.

"둘이서 무슨 얘길 하고 있었어요?"

"우리한테도 둘만의 비밀이 있어." 롤라가 말했다.

"난 네가 책에 나오지 않기를 바라는 줄 알았는데."

"마음이 바뀌었어. 자, 그럼 저는 이만."

롤라는 자신의 문제를 나에게 떠넘긴 채 나를 쳐다보지도 않고 거실에서 나갔다. 처음에 나는 그 아이가 나를 놀리는 거라고 생각했다. 하지만 그 아이는 되돌아와 클레망이라는 소년의 전화번호가 적힌 쪽지를 건네주면서 자기 엄마가 듣지 못하도록 아주 낮은 목소리로 말했다. 롤라는 내가 그에게 전화를 걸어 그의 의중을 알아내 주기를 바라고 있었다. 그때까지도 나는 그 아이가 진심으로 그러는 건지 어떤지 알 수 없었다. 나는 아무래도 그 모든 게 수상하게 느껴졌다.

거실 한가운데에서 발레리는 나를 마주 보고 서 있었다. 분명히 그녀는 자신의 외모에 관해 내가 뭐라고 한마디 해주기를 기다리는 듯했다. 화장을 하고, 몸에 딱 달라붙는 원피스를 입고 하이힐을 신은 그녀의 모습은 그녀가 생각하고 있는 것의 예고편 같았다. 프로젝트를 위한 면담이라기보다는 분명히 로맨틱한 데이트에 한층 가까워지고 있었다. 그녀가 환하게 빛난다는 것을 부인할 수는 없었지만, 그렇기에 나는 더욱 거북할 수밖에 없었다. 그 모든 건 나에게 논외의 것으로 느껴졌다. 나는 결단코 누군가와 감정적인 공모를 하기 위해서가 아니라 책을 쓰기 위해 그 자리에 있는 거였다.

그녀는 롤라가 마침내 프로젝트에 참여하게 되어 아주 잘 되었다고 다시 한번 말한 뒤, 쪽지에 뭐라고 쓰여 있는지 알고 싶어 했다.

"직업상 비밀입니다"라고 나는 먹혀들지 않을 게 뻔한 유머를 구사하며 답했다.

"그 애가 당신한테 얘기를 하기 시작하다니, 참 다행이에요. 당신은 운이 좋군요. 그 앤 이제 나한테는 입도 뻥긋하지 않으려 하는데. 정말 끔찍해요. 처음엔 아이들이 아주 사소한 고민거리도 몇 시간이고 시시콜콜 이야기하죠, 그러다가 머리가 커지기 시작하면서 심각하고 고통스러운 고민들을 감추기 시작해요."

"저 나이 땐 다 그럴 겁니다."

"멍청이 같으니, 난 자잘한 고민보다 심각한 고민을 훨씬 더 잘 해결해줄 수 있는데." 그녀는 갑작스럽게 밀려오는 슬픔에 잠기며 말했다.

하지만 그 슬픔은 이내 새로운 인물의 등장으로 인해 밀려났다(이건 통속극의 장면 전환 같은 느낌이 살짝 났다). 파트릭이 퇴근했다. 그는 자기 아내가 그렇게 차려입은 것을 보고는 깜짝 놀란 듯하다가 마침내 말했다. "문학이 좋은 핑곗거리가 되어주는군." 그 말 뒤에 미소가 따라오긴 했지만, 어떤 미소들은 살기가 느껴질 만큼 서늘하다. 나는 그의 냉담함에 마음이 아팠다. 점심 식사를 함께할 때만 해도 우리 관계가 그토록 우호적이었건만. 나는 등장인물들 중 하나와 함께 있을 때 나머지 등장인물들과의 유대를 약간 잃는 것 같다는 느낌이 들었다. 관계의 시소라고나 할까. 물론 나는 그를 이해할 수 있었다. 아내는 다른 남자와 저녁 식사를 하기 위해 나가려 할 뿐 아니라, 유혹적으로 보이려는 욕망까지 드러내고 있었다. 나는 본의 아니게 그들의 갈등 한가운데 놓였다. 물론 나는 내 책을 위해 돌발적인 사건들을 원하고 있었다. 그렇지만 막장극의 원인이 되고 싶은 마음은 추호도 없었다. 파트릭의 그 말 한마디에 나는 발레리와의 저녁 식사를 취소할까 망설였다. 하지만 그럴 경우 나는 모든 걸 잃게 될 것이고, 지금까지 들인 노력이 물거품이 되어버릴 위험이 있었다.

나는 그에게 우정 어린 한마디 말을 슬쩍 속삭였다. 하지만 그는 대꾸도 하지 않고 자기 방으로 들어가 버렸다. 나는 스스로가 비난받을 게 전혀 없다는 걸 잘 알고 있었고, 그의 그런 태도는 무엇보다 스트레스를 유발하는 직장 문제가 더 큰 요인일 거라고 생각할 수도 있었다. 그는 폭발하기 일보 직전의 상황에 내몰려 있었다. 그런데 나보다는 발레리가 훨씬 더 놀란 것 같았다. "저이가 저런 식으로 반응하다니, 정말 이상하네요. 평소라면 내가 무슨 짓을 하든 아무 관심도 없던 사람인데. 내가 브래드 피트와 함께 저녁 식사를 한다 해도 시큰둥해할 사람이거든요. 정말 신기한 일도 다 있네……." 나는 그녀에게 내가 알고 있는 것을 말해주고 싶었다. 아마도 요즘은 표현하지 못했겠지만, 남편이 그녀를 사랑하고 있다는 것을. 그녀는 그걸 전혀 모르고 있었다. 그녀를 보자마자 일그러지는 그의 얼굴을 보고 그가 자기를 터무니없이 비난하는 거라고 여겼다. 그녀는 그의 태도가 조금도 마음에 들지 않았다. 그녀는 상황을 변화시키기 위해 아무런 노력도 하지 않으면서 그 상황에 대해 불평만 하는 그 태도가 너무도 못마땅했다. 나는 심지어 그녀가 숨을 몰아쉬면서 이렇게 말하는 걸 들었다. "감동적이군." 그들의 관계는 그 어느 때보다 위험했다.

47

우리는 어느 매력적인 레스토랑에 자리를 잡았다. 발레리는 이곳을 선택한 이유를 말해주었다. "이 앞을 자주 지나다녀요. 항상 이곳에 들어와 보고 싶었죠, 하지만 좋은 기회가올 때까지 기다렸어요." 그녀는 마실 것부터 주문하고 싶어 했다. "우리, 아페리티프로 가볍게 한잔하는 게 어때요?"

나는 그녀의 들뜬 마음을 어떻게 잠재울 수 있을지 알 수가 없었다. 물론 그녀가 그처럼 발 벗고 나서주는 건 아주 기쁜 일이었다. 상황이 이런 식으로 풀리면 나의 등장인물에 대해 훨씬 더 많은 것을 알아낼 수 있을 테니까(나는 다른 무엇보다 그녀와 그녀 언니 사이에 의심의 여지가 없어 보이는 갈등이 무엇 때문에 빚어졌는지 이 기회에 알 수 있을 거라 기대하고 있었다). 하지만 모호한 부분들은 반드시 피하고 싶었다. 이 여자를 좋게 생각하고 있긴 했지만, 지금으로서는 나는 철저하게 풍뎅이를 해부하는 곤충학자의 눈으로 그녀를 보고 있었다. 그녀와 나 사이에는 분명한 간극이 있었다. 발레리와의 대화는 그 간극을 확인하는 것으로 시작되었다.

"작가와 저녁 식사를 하다니, 정말 흥분돼요. 어쨌든 이건 매일 일어나는 일이 아니잖아요."

"왜 그런 말씀을 하시는지 모르겠군요. 작가들은 음침하고 우울하다면서요."

"당신은 달라요. 당신의 인터뷰를 보니까, 아주 반짝반짝 빛이 나던걸요. 사람들이 당신을 어떻게 생각하는지 인터넷에서 모조리 찾아봤어요. 다들 당신을 아주 좋아하고 있더군요."

"다 그런 건 아니죠."

"〈가면과 펜〉[34]을 들어봤어요? 난 그 방송도 들었어요. 그들이 아주 심하고 거칠게 비난한 건 사실이에요. 하지만 그들은 누구한테든 그런 식이에요. 들을 때마다 느꼈던 건데, 마치 결단을 내고 말겠다는 듯이 물어뜯더군요. 해도 너무한다 싶을 정도로요. 그처럼 반감을 쏟아내지 않고도 얼마든 작품을 비평할 수 있잖아요. 솔직히 난 그 방송에 경멸감을 느껴요."

"아, 그런 말은 절대로 하지 마세요! 나도 모르게 소설에다 당신이 한 말을 집어넣을지도 모르니까. 난 그들의 심기를 건드리고 싶지 않아요. 난 그들이 무서워요. 벌벌 떨릴 정도로. 그러니 제발 그들을 칭찬해주세요!"

"어머, 그래요?"

"예, 정말로요."

"음…… 자기 의견을 자유롭게 표현하는 데에는…… 많은 용기가 필요하다고 생각해요…… 이 말은 어때요? 괜찮아요?"

"예, 아주 좋아요, 계속하세요."

"사실, 우리는 열정이 사라진 미적지근한 시대를 살고 있

---

34   〈가면과 펜(Masque et la plume)〉은 프랑스 라디오 방송국에서 매주 일요일 저녁에 방송하는 책, 연극, 영화에 관한 비평 프로그램이다.

잖아요. 그래서 그렇게 가차 없이 할 말을 다 하는 걸 들으면 속이 다 시원해지죠. 게다가 대체로 그들 말이 맞아요. 그들의 견해는 나에게 아주 소중해요. 그 방송은 문화와 교양에 관한 가이드를 받을 수 있는 기회예요."

"아 예, 지당하신 말씀이에요. 그리고 당신은 그들이 잘생겼다는 말도 하고 싶지 않아요?"

"당신이 그렇게 말하니까 하는 말인데, 사실 그래요…… 그들은 목소리가 아주 멋져요. '내 귀에 캔디' 같은 목소리들이죠."

"……."

나는 방금 막 할 일을 다 했다는 듯이 발레리에게 안도의 미소를 건넸다.

48

그 순간, 웨이터가 무기력한 걸음걸이로 느릿느릿 우리 테이블로 다가왔다. 그런데 뜻밖에도 말하는 속도만큼은 대단히 빨랐다.* 그래서 나는 그가 특별히 추천하는 요리가 뭔지 제대로 알아듣지 못했지만 어쨌든 그걸 택했다. 발레리는 시간을 갖고 메뉴판을 천천히 훑어보며 한참을 망설이고 이랬다저랬다 하면서 웨이터를 성가시게 했다. 그런데도 그 웨이터는 계속 미소를 짓고 있었다. 다시 한번 그에게서 양극성을 볼 수 있었다. 그는 친절하면서도 신경질적이었다. 결국 그녀는 나와 같은 요리를 선택했다. "모든 걸 당신과 똑같이 하겠어요!"라는 말로 그 선택을 강조하면서. 그녀는 유혹적인 분위기로 이끌 수 있는 기회를 조금도 놓치지 않았다. 그리고 내가 스스로를 한심하게 묘사하면 할수록 그녀는 더욱더 나의 자조를 찬탄하는 것 같았다. 긍정적인 견해든 부정적인 견해든 간에, 나에 대한 견해를 이미 갖고 있는 사람으로 하여금 그 견해를 바꾸게 하는 건 대단히 어렵다. 나는 그녀의 기대에 어긋나거나 참기 힘든 사람처럼 행동할 수도 있었다. 하지만 그럴 경우 그녀를 잃을 위험을 감수해야 했다. 약간 마조히스트적인 성향이 있는 경우가 아니고서는, 사이코패스에게 자신의 속내를 털어놓고 싶어 하는 사람은 거의 없으니까. 그러니 내가 어떻게 해야 할까? 나는 아주 난처한 상황에 처한 것 같았다.

* 나는 걸음걸이와 말의 리듬이 그처럼 부조화를 이루는 경우를 본 적이 없다.

발레리는 심문하듯이 계속 꼬치꼬치 캐물었다. 아무리 내 얘기는 하고 싶지 않다고 해도, 그녀는 나에게 끊임없이 질문을 퍼부었다. 마치 그녀가 내 인생을 소설로 쓰고 싶어 하는 것 같았다. 그녀는 샴페인을 홀짝이면서 나에게 점점 더 내밀한 질문들을 던졌다. 상황이 정말로 이상하게 꼬여가고 있었다. 나는 유혹의 출혈을 막아내지 못하고 있었다. 마치 과거로 돌아가 자기 어머니를 만난 〈백 투 더 퓨처〉의 주인공 마티 맥플라이가 된 것 같은 느낌이었다. 그의 어머니는 현실을 비극으로 뒤바꾸게 만들 위험을 무릅쓰고 마티에게 완전히 반한다. 그런데 그가 그녀의 사랑을 받아들이면 그의 존재 자체가 이 세상에 태어나지 않게 된다. 지금 내가 처한 상황도 그것과 다르지 않았다. 나는 내가 묘사하고 싶었던 사람들의 인생 궤적을 변화시키는 중이었다.

나는 나에 관한 질문을 한 번에 한 가지씩만 허용했었다. 그런데 질문이 도를 넘었다. 그녀는 내가 마리에 대해 말해주기를 원하고 있었다. 우리의 만남, 우리의 관계, 우리의 이별. 그건 아주 복잡했다. 한 사랑의 삶과 죽음을 어떻게 요약할 수 있을까? 나는 지금 이 글을 쓰면서 그 얘기를 털어놓고, 발레리가 이 대목을 읽을 때 내용을 알 수 있게 할 수도 있을 것이다. 하지만 나는 거짓말하는 편을 택했다.*

* 아니면 마리에 관한 이야기를 지키기 위해 다른 한 편의 소설을 지어내는 편을 택했다고 할까.

"우리가 마지막으로 싸웠던 날 저녁에 나는 마리에게 메시지를 보냈어요. 아직도 나보다 고독이 더 좋냐고 물어봤죠. 그녀는 즉시 답장을 보내왔어요. 그리고 우리는 메시지를 몇 번 더 주고받았어요. 다시 대화를 나누게 된 것에 대해 우리 두 사람 모두 기뻐했다고 생각해요. 요즘 들어 나는 많은 것을 이해하게 되었어요. 나는 그녀가 날 필요로 할 때 충분히 의지가 되어 주지 못했고, 그래서 결국 그녀가 나와 거리를 두게 되었던 거죠. 하지만 그녀의 메시지들을 읽으면서 나는 그녀가 나를 그리워하고 있다는 느낌을 받았어요. 그래서, 다시 만나기로 했답니다. 이 모든 건 어느 정도는 당신 덕분이에요. 당신의 반응 때문에 내가 그녀에게 메시지를 쓰게 되었으니까요."

"정말 잘 됐군요," 발레리는 내가 깜짝 놀랄 만큼 들뜬 목소리로 외쳤다.

"예, 잘 됐죠." 나는 그렇게 대답하면서, '그게 사실이기만 하다면'이라고 속으로 덧붙였다.

나는 다시 마리를 생각하는 것 말고는 아무것도 할 수 없었다. 나는 그녀에게 메시지를 보내지 않았다. 그녀는 조용히 그리고 서서히 내 삶에서 떠나갔다. 최소한의 출혈도 없이. 진정한 사라짐. 모든 게 내 탓이라는 걸 잘 알고 있었다. 나는 그녀 곁에 있어 주지 않았다. 그녀는 여러 번 나에게 말하려 시도했고, 나는 아무 말도 듣지 않았다. 왜 나는 나의 세계에 그토록 틀어박혀 있었던 걸까? 씁쓸하게 후회했지만, 이미 때가 너무 늦었다. 지금까지 살아오는 동안 나는 늘 한두 박자씩 반응이 늦었다. 나는 상대방이 무슨 말을 건네고 나서 이미 저 멀리 사라지고 있을 때야 비로소 적절한 대답을 입 밖으로 꺼내려 하는 그런 부류의 인간이다. 이제 나는 마리에게 모든 걸 설명하려 할 수 있다. 내가 세상만사가 다 무의미하게 느껴지고 아무것에도 흥미를 느낄 수 없는 그런 이상한 시기를 지나온 거라고 그녀에게 말할 수 있을 것이다. 아마도 일종의 침체기였고, 그래서 내가 제정신이 아니어서 우리의 행복을 내팽개친 거라고. 살다 보면 경이로운 것들을 아주 쉽게 짓밟아버리는 그런 순간들이 있다. 좀 전에 나는 내가 아무것에도 흥미를 못 느꼈다고 말했다. 하지만 그건 거짓이다. 나는 망가뜨리는 것에 즐거움을 느꼈다. 지금 곰곰이 돌이켜보면, 그때 나는 내가 마리에게 어울리지 않는다고 느꼈던 것 같다. 그녀의 연인이 될 자격이 없는 인간이라고 말이다. 나는 관계에 대한 그런 공포가 어디서 비롯된 건지 알고 있다. 사실 나는 그 모든 걸 알고 있었지만, 그걸 인정하고 싶지 않았다. 나는 혼잣말을 하는 데 지쳐 있었고, 그래서 혼자만의 동굴 속으로 들어가 틀어박혔다.

"내 말 듣고 있어요?" 발레리가 물었다.

"그럼요, 물론이죠."

"그럼, 내가 무슨 말을 하고 있었죠?"

"그러니까 그게…… 아, 그래요, 잠시 딴생각을 하고 있었어요."

"뭐, 괜찮아요. 그런데 난 말이죠, 딴생각을 하더라도 절대로 티가 나지 않아요! 상대방이 더 이상 자기 말을 듣고 있지 않다는 걸 내 눈을 보고 분명히 알아차릴 거라고 생각하죠.

하지만 웬걸, 내가 다시 대화로 돌아가면 상대방은 전혀 알아차리지 못하고 있더라고요. 그런데 당신은 말이에요, 정신이 딴 데 가 있다는 게 너무나 분명하게 드러나요."

"당신의 비결을 좀 배워야겠네요. 나는 뭘 숨기고 감추는 데는 영 재주가 없어서."

"난 다만 내가 당신을 귀찮게 하는 게 아니기를 바랄 뿐이에요……."

"귀찮게 하다뇨, 전혀 그렇지 않습니다. 당신이 내 이야기를 하게 해서 나 자신을 좀 되돌아보고 있었어요. 용서하세요. 그런데 무슨 말을 하고 계셨죠?"

"별거 아니에요. 요즘 내가 당신 덕분에 행복하다는 말을 했을 뿐이에요. 그리고 헤어졌다가 다시 결합한 친구 이야기를 하고 있었어요."

"아, 네, 요즘에는 그런 경우가 점점 더 많아지고 있는 것 같아요."

"그런가요? 어쨌든, 그들은 자신들이 함께 살 때보다 혼자일 때가 훨씬 더 불행했다는 걸 깨달은 것 같아요."

"하긴, 그래서 재결합하는 거겠죠." 나는 건성으로 대꾸했다.

그 여담이 끝난 뒤, 발레리는 다시 나에 관한 이야기로 돌아왔다. 우리가 처음 대화를 나눴을 때, 그녀는 내가 결별의 고통을 별거 아닌 것처럼 축소해 말한다고 생각했다. 그래서 그녀는 내 상황이 어쩌면 곧 해결될 것 같다는 얘기에 진심으로 기뻐해 주었다. 그녀의 반응을 보자 나 자신이 바보처럼 느껴졌다. 나는 그녀의 의도를 착각했던 거였다.* 그녀가 그렇게 흥분하며 기뻐하는 모습을 보이는 건 절대로 꾸민 게 아닌 것 같았다. 더욱이 그녀는 우정어린 마음으로 나를 대하고 있었다. 마치 친구가 잘되기를 바라는 것처럼. 나는 확실히 통찰력을 잃어버린 거였다. 아무리 자신의 부부생활에 실망하고 있다 해도, 그녀는 다른 남자와 어울릴 생각 같은 건 결코 하지 않았다. 그녀는 잠시 후 그 얘기를 꺼낼 것이다.

      * 나는 여자들을 만날 때 비로소 진짜 소설가가 되는 듯 하다.

    나는 어리석게도 원칙에 스스로 갇혀 있었다. 그동안 우리의 삶에 관해 계속 이야기를 주고받았으면서도 무엇 때문에 나는 그녀에 관해 글을 쓰지 못하고 있었던 걸까? 나는 우리의 대화에, 그리고 그녀의 생각들에 즐거움을 느끼기 시작했다. 그녀는 마리 얘기를 하게끔 나를 부추기면서 내가 겪었던 일들을 말로 표현하게 했다. 그건 내가 한 번도 해본 적이 없는 것, 아니면 충분히 해보지 못했던 일이었다. 친구들이 그 얘기를 꺼내려 할 때면 그 즉시 나는 대화의 주제를 다른 방향으로 돌려버리곤 했다. 더욱이 나는 이 소설이 약간 자전적인 양상을 띠어가고 있는 것을 확인하고 깜짝 놀랐다. 항상 이런 식이다. 뭔가로부터 멀어질 때 그 뭔가와 가장 가까워진다. 나는 타인들을 향해 달려들면서 불가피하게 나 자신을 만났다. 하지만 내가 그걸 바랐을까?

49

발레리도 나와 어느 정도 비슷한 감정을 느끼고 있었다. 그녀는 우리의 만남이 기폭제로 작용했다고 말하면서, 마침내 자기 얘기를 꺼냈다.

"당신한테 내 얘기를 들려주기 시작한 후로 난 많은 걸 깨닫고 있어요. 누구든지 영감을 잃은 작가 한 명쯤은 알고 지내는 게 좋을 것 같아요."

"고맙군요."

"당신을 웃겨보려고 한 말이긴 하지만, 그래도 당신은 내 말이 진심이란 걸 아실 거예요. 이틀 전부터 난 모든 걸 다른 눈으로 보고 있어요."

"예를 들면?"

"난 더는 기다릴 수 없을 것 같아요. 시들어가고 있으니까요. 당신에게 더 길게 내 얘기를 늘어놓지 않아도, 이제 모든 게 끝장났다는 걸 깨달을 수 있었어요. 난 마흔다섯 살이에요, 그래서 일종의 절박감을 느껴요. 더 이상 이런 식으로 계속 살아갈 순 없어요."

"누구나 한 번쯤은 회의를 느끼죠, 그건 당연한 거예요."

"회의가 아니에요, 이건 확실한 거예요."

"그래서 정말로 남편과 헤어지고 싶은 건가요?"

"네."

"난 당신의 선택이 옳은지 그른지 판단하려고 여기 있는 건 아니지만, 그래도 너무 서두르는 게 아닌가 싶군요. 당신이 생각하는 것처럼 상황이 그렇게 최악은 아닌 것 같은데요."

"어쩌면 그럴지도 모르죠, 하지만 난 결정을 내려야 해요. 앞으로 나아가야 해요. 환경을 바꿔야 한다고요."

"서서히 바꿔나갈 수도 있잖아요."

"그게 무슨 뜻이죠? 남자라도 만들라고요? 그럴 마음은 조금도 없어요."

"아뇨, 당신 자신을 위한 시간을 가지라는 뜻이었어요.……."

"혼자 일주일 정도 휴가를 떠나봐라, 그건가요? 정말 진심으로 나에게 필요한 게 그런 거라고 생각하세요? 난 임시방편에 기대고 싶지 않아요. 난 확실하게 끝낼 건 끝내고, 새롭게 시작하고 싶어요."

"……."

"그런 표정 짓지 말아요. 난 앞으로 일어날 모든 결과를 그대로 받아들일 준비가 되어 있어요. 잘못 판단한 결과라 해도. 어쨌든 더 이상 이런 상태로 살아갈 순 없어요."

침묵이 자리 잡았다. 뭐라고 대꾸해야 할지 알 수 없었다. 그녀는 남편과 헤어지기로 결정을 내린 것 같았지만, 어조에는 비극적인 기색이 전혀 없었다. 자기가 방금 말한 것을 실행에 옮길 경우, 어떤 결과가 초래될지 그녀는 제대로 가늠하지 못하는 것 같았다. 때때로 사람들은 어떤 결정을 내려야 할 때 자신도 모르게 순간적인 기분에 휩쓸려 중대한 결정을 내려버리고 만다. 그렇지만 일단 결정을 내리고 나면, 현실적으로 너무 성급한 결정이었다는 사실에 직면한다. 그녀는 자신의 선택이 불러올 고통에 대해서는 생각하지 않는 듯했다. 그녀는 파트릭이 얼마나 피폐해질지, 아이들이 얼마나 혼란에 빠질지에 대해서 생각하지 않았다. 살다 보면 자신의 생존이 다른 무엇보다 중요한 순간이 온다. 그리고 나는 그걸 완전히 이해할 수 있다. 그녀는 절박감에 대해 말하고 나서, 마침내 미소에 가까운 표정을 지으며 말했다. "인생은 짧아요." 행복의 결핍을 더 이상 견딜 수 없게 되는 순간에 흔히들 입에 올리는 그 문장.

50

발레리는 제정신으로 말하고 있는 게 아닌 것 같았다. 기분도 점점 더 밝아지고 있는 듯했다. 우리는 두 병째 레드와인을 거의 비워가고 있었다. 나는 속도를 늦춰야 했다. 우리가 나누고 있는 대화 내용을 더는 옮겨 쓸 수 없을지도 모르는 위험을 무릅쓰고서라도. 하지만 나는 이 기분 좋은 저녁 시간에 완전히 몸을 맡기고 있었다. 결국 나는 내가 일을 하는 중이라는 사실조차 망각하고 말았다. 아무튼 작가란 원래 그런 거다. 사실 작가가 언제 일하는지는 결코 알 수 없다. 작가라는 직업은 지금 엄청난 프로젝트를 진행하는 중이라고 핑계를 대면서 오랜 시간 아무런 성과도 없는 일을 할 수 있는 유일한 직업이다(저마다 나름의 알리바이가 있는 법이다).

술기운과 이리저리 떠도는 생각들 사이에서 헤매느라 나는 그녀의 어머니와 함께 가기로 한 여행의 임박에 대해 말해야 한다는 걸 까맣게 잊고 있었다. 그 사실을 알았을 때 그녀는 미친 듯이 깔깔대며 웃었다. 내가 마들렌과 함께 세상 반대편으로 간다는 걸 상상하는 게 그녀에게는 솔직히 우스꽝스러워 보이는 것 같았다. "당신의 소설이 점점 산으로 가고 있군요!" 그녀는 우리의 술잔에 다시 술을 따르면서 말했다. 완전히 팔랑귀가 되어 버린 나는 이제 그녀의 관점을 따라가고 싶어졌다. 나는 이 모험이 아주 소설적이고 흥미롭다고 생각했다. 하지만 어쩌면 그녀가 옳을지도 몰랐다. 이제 겨우 알게 된 노인과 로스앤젤레스로 가서 뭘 어떻게 할 것인가? 하지만 지금으로서는 내 의문은 접어두는 게 나았다. 조울증이 다시 내 혈관 속에서 꿈틀대기 시작했다. 어쨌든 나는 또 한 번 잘못된 지레짐작으로 발레리의 반응을 두려워했던 거였다. 심지어 나는 그녀가 우리의 여행을 반대할 거라고 생각했고, 그래서 그 여행을 기정사실화하기 위해 그녀에게 알리지 않고 비행기표를 구매하기로 했었다. 그녀가 우리의 여행을 막지 못하도록. 그런데 오히려 그녀는 그 여행이 자기 어머니에게 정말로 멋진 삶의 활력소가 되어줄 거라고 말했다. 그리고는 더 부드러운 어조로 덧붙였다. "그 여행은 엄마의 '기분을 새롭게 갈아줄' 거예요."

나는 그 표현이 의미만큼이나 아름답다고 생각했다. 나는 그녀의 그 말을 마들렌의 마음을 아프게 하는 자매간의 갈등을 암시하는 거라고 받아들였지만, 그건 아마도 나의 착각인 것 같았다. 그러니까 우리의 여행은 마들렌에게 도움이 될 것이고, 그 이상한 표현대로 '그녀의 기분을 새롭게 갈아줄' 거였다. 꽃병의 물을 갈아주듯이 기분을 갈아줄 수 있기만 한다면. 나는 또다시 운에 맡기면서 그 사연에 대해 좀 더 알아보려 했다.

"아, 언니…… 우리의 저녁 시간을 정녕 망치고 싶은 거예요?"

"절대로 그런 건 아닙니다."

"그래도 난 언니가 보고 싶어요." 그녀가 느닷없이 슬픔이 복받쳐 오르는 표정으로 말했다. 하지만 그 슬픔은 술기운에서 나온 슬픔이었다. 술버릇은 대체로 두 갈래 방향으로 나뉜다. 공격성을 드러내거나 평화주의자가 되거나. 원망하거나 용서하거나. 발레리는 평화주의자가 되는 쪽인 듯했다.

"지금이라도 언니한테 전화를 걸어 직접 말하면 되잖아요?"

"그럴 순 없어요. 우린 서로 말을 하지 않고 지낸 지 아주 오래되었어요. 마지막으로 말을 한 게 언제였는지 기억조차 나지 않아요!"

"당신 언니는 그래서 보스턴으로 떠난 겁니까?"

"아마 그럴 거예요. 우린 너무 갑작스럽게 헤어졌어요."

"······."

/

두 자매

발레리는 스테파니보다 1년 뒤에 태어났다. 하지만 얼마 지나지 않아 둘 중에 누가 언니고 동생인지 거의 구별할 수 없었다. 그녀들은 모든 걸 공유했다. 취향도 똑같고, 사귀는 친구들도 같았다. 그래서 사람들은 두 사람을 떼려야 뗄 수 없는 껌딱지 같은 사이라고 불렀다. 두 자매는 1988년 6월에는 파르크 데 프랑스[35]로 마이클 잭슨 공연을 보러 갔고, 1990년에

---

35   파리 생제르맹 FC의 홈구장.

는 레퓌블리크 광장에서 열린 음악 축제에 더 큐어[36]를 보러 갔다. 둘 중 한 사람의 추억은 나머지 한 사람의 추억으로 옮겨갔다. 그녀들의 이야기가 서로 뒤섞였기 때문에 누가 무엇을 경험했는지 더 이상 알 수 없을 정도였다. 이상적인 관계의 초기에는 늘 그렇듯이.

상황이 언제부터 틀어지기 시작한 건지 말하기는 어려웠다. '비교'라는 독이 그녀들의 관계를 조금씩 부패시키기 시작했다. 그건 아마도 자매 중 한 사람을 더 좋아했던 어느 소년 때문이었던 듯했다. 테오였는지 레오였는지, 어쨌든 그 소년의 무심한 눈길이 그렇게 한 몸처럼 붙어 지내던 자매 관계를 파괴한 것일까? 아니, 그건 터무니없는 소리였다. 그렇다면 무엇이 그 관계를 망가뜨린 걸까? 스키를 타다 추락하는 사고가 있었다. 하지만 그녀들 사이의 갈등이 바로 그때 시작되었을 것이라 생각하는 건 말도 안 된다. 그렇지만 발레리는 그 가정도 어느 정도 일리가 있다고 생각하고 있었다. 그 추락 사고가 일어난 직후에 한 번, 그리고 그 후에 또 한 번, 두 사람 사이에 갈등이 심했던 건 분명한 사실이었다.

두 자매는 2월의 방학 동안 스키장에서 즐거운 시간을 보내고 있었다. 그녀들은 소등 후에도 친구들과 계속 떠들면

---

36   1978년에 결성된 잉글랜드 출신의 록 밴드.

서 잠을 거의 자지 않았다. 그러므로 누적된 피로가 그 사고의 한 가지 원인이었던 건 분명했다. 그날 오후, 자매는 그룹을 떠나 둘이서만 스키를 타도 된다는 허락을 받았다. 그래봤자 그녀들은 열다섯, 열여섯이었다. 두 사람은 스키장 정상까지 올라가 그곳의 스낵 바 데크 의자에 길게 몸을 뻗고 누워 있는 걸 아주 좋아했다. 두 사람 모두 운동을 좋아했지만, 아무 하는 일 없이 코에 닿을 듯한 태양 아래 꼼짝도 하지 않고 그냥 누워 있는 것도 무척이나 좋아했다. 그녀들은 자기들보다 나이가 많은 청년들을 선글라스 너머로 훔쳐보고 있었다. 자신들이 어린 계집아이들처럼 보이지 않기를 바라면서. 바로 그 순간은 정확하게 행복을 닮아 있었다.

그녀들이 활강코스에서 함께 뒹굴며 추락한 것은 그처럼 멋진 날들 가운데 어느 하루, 스테이션 쪽으로 다시 내려갈 때였다. 두 사람은 아무 생각 없이 이어폰을 한쪽씩 나눠 끼고 활강코스를 내려가기로 했다. 발레리는 산장 숙소에서 자신의 이어폰을 잃어버렸다. 음악을 들으며 스키를 타는 것을 아주 좋아했던 그녀들은 이번에는 픽시스의 〈이런, 내 정신 좀 봐〉[37]라는 곡에 맞춰 활강하고 싶었다. 물론 그건 위험한 짓이었지만, 그녀들의 스키 실력은 뛰어났기 때문에 비교적 쉬운

---

37   1986년 결성된 미국의 얼터너티브 록 밴드 픽시스(Pixies)의 〈Where is my mind?〉.

파란색 코스로 스테이션에 다다를 수 있으리라 생각했다. 둘이 딱 붙어서 고개를 서로에게 기울인 채 같은 노래를 함께 들으며 스키를 타고 내려가는 건 더없이 즐거웠다. 하지만 둘 중한 사람의 각도가 조금이라도 틀어지거나 두 사람 사이에 간격이 조금만 더 벌어져도 스키끼리 서로 부딪치며 밑으로 굴러떨어질 수 있었다.

발레리는 무사했지만, 스테파니는 고통으로 울부짖기 시작했다. 구조대가 재빠르게 도착해 부상당한 스테파니를 썰매에 태워 스테이션까지 옮겼다. 그런 다음 그녀는 구급차에 실려 샹베리의 병원으로 이송되었다. 정강이뼈 이중 골절이라는 진단이 나왔다. 동생은 어떻게 되었는지 전혀 모른 채 스테파니는 두 시간 동안 병실에서 혼자 온갖 걱정을 했다. 당시는 휴대전화가 없던 시절이었다. 발레리는 스테파니가 어느 병원에 입원했는지 스테이션에서 수소문하고 다녔다. 그리고 마침내 스테파니가 있는 곳을 알아내 버스 정류장으로 달려갔다. 다시 만난 두 사람은 서로 와락 끌어안았다. 걱정했던 것보단 괜찮아서 천만다행이다, 라고 발레리는 생각했다. 하지만 스테파니의 방학은 그것으로 완전히 끝이 났다. 그녀는 직장에서 조퇴하고 황급히 달려온 마들렌을 따라 그다음 날 당장 파리로 되돌아가야 했다.

발레리는 남은 일주일 동안 혼자 그곳에 머물면서 새로운 친구들을 사귀었다. 슬프긴 했지만 심각할 건 전혀 없었다.

자매는 전화로 서로의 안부를 나눴고, 스테파니는 차분하게 말했다. "내 몫까지 많이 즐겨." 하지만 그녀는 마음속에 이런 생각이 드는 것을 억누를 수 없었다. '왜 쟤가 아니고 나야?' 그때 그 생각에는 공격적인 의미는 전혀 없었다. 그건 똑같은 태도가 완전히 다른 두 가지 결과를 낳은 것에 대한 단순한 검증 같은 것일 뿐이었다. 발레리가 활강코스들에서 스키를 타고 신나게 달려 내려가는 동안 그녀는 아무것도 하지 못하고 시간만 죽여야 했다. 그러므로 운명은 동생을 총애하기로 선택한 거였다. '왜 걔가 아니고 나야?' 그녀는 마치 머릿속에 남아 있는 멜로디처럼 그 말을 이따금 되뇌었다. 사라지지도 않고, 그렇다고 좋아하지도 않는 그런 멜로디들 중 하나.

또 한 가지 분명하게 밝혀둘 게 있다. 발레리는 자기 혼자 있다는 점을 이용해 젊은 스키 강사 말리크에게 더 확실하게 다가갔다. 두 소녀는 똑같이 그에게 반했었다. 마지막 날, 송별의 밤 때 말리크는 발레리가 자기를 애틋한 눈빛으로 뚫어지게 바라보는 것을 분명히 느낄 수 있었다. 술에 취한 그는 마침내 그 홀의 으슥한 구석에서 그녀에게 입을 맞추었다. 하지만 그는 이내 뒤로 물러났다. 정신이 퍼뜩 들면서, 그녀가 어려도 한참 어린 미성년자라는 사실이 생각났기 때문이다. 하지만 아주 가벼운 입맞춤이었다 해도 입을 맞춘 건 사실이었다. 그리고 발레리는 물론 언니에게 그 이야기를 들려줬다. 그 이야기가 스테파니의 심장에 비수를 꽂는 것이나 다름없다는 걸 상상도 못한 채. 그것은 불공평함에 덧붙여진 또 하나의 불공정함이었다. 스테파니는 발레리가 모든 걸 계획한 게 아닐까, 한순간 의심했다. 그녀를 떼어놓기 위한 추락 사고, 그러면 장애물이 제거되고 탁 트인 길이 발레리의 눈 앞에 펼쳐진다. 진통제 때문에 그녀의 이성이 얼마간 마비된 것일 수도 있다. 하지만 그녀가 원한을 품기 시작한 것은 분명히 바로 그 순간이었다.

이후로도 두 자매는 이전과 다름없이 서로 결속된 것처럼 보였다 하더라도, 스테파니는 점점 더 발레리를 경계했다. 그녀는 이제 더 이상 자신의 사생활을 시시콜콜 발레리에게 말해주지 않았고, 때로는 말없이 혼자 외출하기도 했다. 그때마다 발레리는 놀라곤 했지만, 어쨌든 두 사람이 반드시 모든 것을 함께해야 한다는 의무는 없었다. 그다음 해에 스키 방학이 다시 돌아왔을 때, 스테파니는 어떤 여자 친구와 함께 스키장에 가기로 했다. 자매가 함께 스키를 타러 가지 않는 건 그게 처음이었다. 발레리는 스테파니의 결정을 이해할 수 없었다. 자신에게 같이 가자는 말 한마디 없이 그런 행동을 한 만큼 더더욱. 하지만 그건 이미 일어난 사실이었다. 스테파니는 그 전해의 사고로 아직도 정신적 외상에서 벗어나지 못한 게 틀림없었다. 그래서 둘이 함께 스키를 타러 간다는 생각만으로도 추락 사고의 고통스러운 기억에 가차 없이 사로잡힐 터였다. 그리고 자연히 그때의 그 통증에 대한 기억도. 하지만 스테파니는 그런 얘기를 하지 않았다. 그녀는 그저 어떤 친구의 집에 초대받아 그곳에서 방학을 보내게 된 것을 기뻐할 뿐이었다. 그녀는 미소 띤 얼굴로 자신들의 관례를 파기했다.

그 후로도 그런 일은 계속되었다. 스테파니는 점점 더 자주 동생에게 알리지 않고 자신만의 개인적인 순간들을 계획했다. 영화관, 데이트, 파티. 발레리는 '더 이상 이전 같지 않아'라고 생각하는 것 말고는 달리 아무것도 할 수 없었다. 깊은 슬픔을 느꼈지만, 발레리는 감히 말하지는 못했다. 그녀는 자기를 거부하는 것 같은 사람에게 다가서고 싶지 않았다. 그녀는 스테파니가 머릿속에 '왜 걔가 아니고 나야?'라는 앙심을 품고 살아가고 있으리라고는 생각하지 못했다.

말리크와의 일 이후로, 또 다른 일이 있었다. 몇 주 전부터 발레리는 브누아와 데이트를 하고 있었다. 브누아는 그녀보다 좀 더 나이가 많은, 록 그룹에서 연주를 하는 소년이었다. 소녀들에게는 매력의 클리셰 같은 인물. 하지만 클리셰를 연인으로 두는 건 대체로 고통스럽다. 그는 때때로 아무 이유 없이 연락을 끊어 발레리의 애를 태우곤 했다. 그녀는 찰과상을 입히는 첫사랑의 신화 속에 있었다. 발레리는 언니에게서 위안을 얻고 싶었지만, 그녀와는 한마디 말도 나눌 수 없었다. 언니의 시선은 그녀에게 이렇게 말하고 있었다. '넌 이미 멋진 남자를 가졌잖아, 하지만 난 혼자야. 그런데 그 남자가 연락을 끊을 때마다 내가 널 위로해주기까지 바라는 거니?' 더 이상 의심의 여지가 없었다. 그건 분명히 질투라고 할 수 있었다. 모든 온정을 압살해버리는 질투. 스키장에서와 똑같은 상황이 벌어지고 있다, 라고 스테파니는 생각했다. 자매는 어느 콘서트장에서 함께 브누아를 만났었다. 하지만 브누아는 발레리를 더 좋아했다. 그녀들이 나란히 있을 때 남자들이 관심을 보이는 쪽은 언제나 스테파니가 아니라 발레리였다.

편집증적인 조짐을 보이던 스테파니는 마침내 이런 생각까지 하게 되었다. 내 동생은 내 인생을 가로막는 걸림돌이야. 내 인생을 훔쳐 가는 도둑년. 그래, 나는 그 애 때문에 내가 당연히 누려야 하는 삶을 누리지 못하고 있어.

사람들은 흔히 한 집안의 아이들을 비교한다. 그건 부조리하다. 한 가정에서 똑같은 교육을 받고 자랐다고 해서 반드시 똑같은 능력과 똑같은 열망을 갖는 건 아니다. 물론 생의 초기 몇 년이 인생 전체를 결정짓긴 하지만, 그래도 자율적인 부분이 훨씬 더 크다. 아늑한 어린 시절을 보냈어도 혼란스러운 인생을 살기도 한다. 그리고 상처 입은 어린 시절을 보낸 뒤 빛나는 인생을 사는 경우는 또 얼마나 많은가? 스테파니는 그걸 잘 알고 있었다. 그녀는 아무 소득 없는 그 경쟁에 빠져들지 않았어야 했다. 그녀는 결국 그 경쟁에서 졌으니까. 스키장 사건 이후로, 그리고 그 연인 사건 이후로, 그것들을 뛰어

넘는 중요한 문제가 다가왔다. 학업. 그건 정말로 중요한 것이었다. 유감스럽지만, 우리 사회가 적어도 인생의 초반부까지는 개개인의 능력을 그것으로 가늠하기 때문이다.

스테파니는 바칼로레아[38]를 통과한 뒤 파리정치대학에 지원했다가 떨어졌다. 그건 그녀에게 비극적일 게 전혀 없었다. 그다음 해에 발레리가 그 대학에 지원했고 1차 합격통지서를 받기 전까지는. 집안의 경사였다. 일가친척이 모두 모여 샴페인을 터뜨렸다. 아직 최종 합격을 한 게 아니었음에도 불구하고. 발레리에게는 마지막 관문인 구술시험이 남아 있었다. 스테파니로서는 발레리를 축하하는 그 자리가 자신의 실패를 재확인하는 자리처럼 느껴졌다. 그녀는 계속 끊임없는 비교 속에 자신을 가두었다. 그녀가 문학부에서 아주 뛰어난 성적을 받았던 만큼 그 결과는 더더욱 터무니없었다. 하지만 어찌할 도리가 없었다. 자기중심적인 상처가 그녀를 계속 곪아들게 했다. 몇 년 전부터 보이지 않는 자존감의 생채기들을 먹고 끊임없이 자라난 상처. 한 개인에게 깃들인 원한의 총계를 가늠하는 건 쉽지 않다.

그런데 그 원한이 비정상적으로 부풀어 오르는 날이 온다. 발레리는 자신의 구술시험 날짜를 알려줄 우편물을 기다

---

38   프랑스의 중등 과정 졸업 시험.

리고 있었다. 하지만 아무것도 오지 않았다. 그때는 인터넷이 없던 시절이었고, 그래서 정보를 입수하는 게 그리 쉽지 않았다. 기다리다 못한 그녀는 결국 파리정치대학 교무과를 찾아 갔다. 그리고 구술시험 날짜가 이미 지나가 버렸다는 사실을 알게 되었다. 그녀는 그곳에서 그대로 무너지듯 주저앉았다. 하지만 방법이 없었다. 그녀는 그해에 그 대학에 들어갈 수 없었다. 그녀는 구술시험을 놓쳐버렸고, 그걸로 모든 기회가 날아가 버렸다. "난 구술시험 통지서를 받지 못했어요!" 그녀는 교직원에게 소리쳤다. 여직원은 절망하는 여자아이를 측은하게 바라봤다. 그녀는 학교에서 보내는 모든 우편물은 등기우편으로 발송한다고 설명했다. 그리고 발레리에게 보낸 편지가 반송되지 않았다는 것을 문서로 확인해주었다. 그것은 다시 말해 누군가가 그녀 대신 그 우편물을 받았다는 뜻이었다. 발레리는 즉시 자기 언니를 떠올렸다. 스테파니의 은밀한 질투심이 불러온 사건이라는 것을 내심 알아차렸다. 하지만 대놓고 언니를 비난할 순 없었다. 스테파니는 부인하면서 불쾌한 척 연기를 할 것이고, 자기를 그런 파렴치한 인간으로 몰아세우다니 억울하다며 피해자 코스프레를 할 것이다. 그리고 어쨌든, 그녀가 범인이라는 것을 입증할 방법은 아무것도 없을 터였다.

그래도 가족은 이웃과 아파트 관리인에게 우편물에 관해 물어보았다. 물론 아무런 성과가 없었다. 그 우편물은 감쪽

같이 사라졌다. 스테파니는 마침내 동생에게 말했다. "넌 그게 내가 한 짓이리고 생각하고 있겠지, 나도 알아…… 그게 나에게 얼마나 큰 상처가 될지 한 번이라도 생각해본 적 있니……?" 그래서 발레리는 그녀를 달래지 않을 수 없었다. "말도 안 돼, 난 네가 한 짓이 아니라는 걸 잘 알고 있어……." 하지만 의심은 그대로 머물러 있었다.

두 사람은 소르본대학교에서 다시 만났다. 부모의 기대에도 불구하고 발레리가 파리정치대학에 입학하지 못했기 때문이다. 상처는 너무 컸고, 그녀는 뒤틀려버린 자신의 운명을 바로잡을 용기가 없었다. 게다가 소르본대학교에서의 생활도 어쨌든 나쁘지 않았다. 그녀는 막 열여덟 살이 되었다. 자유를 마음껏 누릴 수 있는 그 새로운 삶을 사랑했다. 첫 몇 달은 아주 즐거웠죠, 라고 발레리는 말했다. 그녀는 언니와 다시 가까워졌다. 그 듀엣은 사춘기 시절의 에너지를 거의 되찾았다. 스테파니는 1년 전에 들었던 강의 노트와 자료를 발레리에게 넘겨주면서 그녀를 도와주었다. 자기보다 먼저 입학해 길을 터놓은 언니가 있다는 건 편리했다. 그런데 어느 날 스테파니가 준 자료에 복사본 한 장이 빠져 있었다. 그리고 발레리의 삶이 뒤흔들렸다.

그 빠진 종이 한 장, 그녀는 끊임없이 그걸 생각했다. 그것은 마치 한 권의 소설에서 중요한 한 페이지가 백지상태인 것에 비유할 수 있었다. 한 편의 소설에서 그 페이지가 없으면 앞뒤를 연결 짓지 못해 전체적인 내용을 이해할 수 없는 그런 것. 그녀는 그 페이지를 찾아서 언니의 방으로 갔다. 그 방은 항상 정리 정돈이 잘 되어 있었다. 스테파니는 아주 깔끔한 성격이었고, 그래서 문서들도 항상 꼼꼼하게 보관해놓았다. 그녀가 자신의 범죄에 대한 증거물을 보관해둔 것도 그래서였을까? 그건 확실하지 않았다. 아니면 무의식적으로 가면을 벗고 싶었던 것일까? 그것은 그녀가 마음속 깊이 숨겨왔던 것을 고백할 수 있는 무난한 방법이었다.

책상 서랍 밑바닥에서 자신의 파리정치대학 구술시험 날짜를 알리는 등기우편물을 발견한 발레리는 그 자리에서 정신을 잃고 쓰러졌다. 그녀는 한참 동안 그대로 넋이 빠진 채 바닥에 드러누워 있었다. 이윽고 정신을 차린 그녀는 욕실까지 간신히 몸을 끌고 가 오랫동안 샤워를 했다. 방금 자기가 알아버린 것을 씻어낼 필요가 있었다.

발레리는 자기가 발견한 그 종이가 불러올 엄청난 파장을 피하기 위해 그것을 숨기고 싶었을 것이다. 하지만 그건 불가능했다. 그녀의 얼굴이 일그러져 있었다. 어머니는 그걸 알아차렸고, 그래서 사실대로 털어놓아야 했다. 그날 저녁, 자매와 부모 사이에 오랜 대화가 오갔다. 납빛이 된 스테파니는 자신의 행동을 변명하려 했다. 그녀는 치밀어 오르는 순간적인 충동을 억누르지 못했다고 말했다. 발레리는 그 이후로도 몇 달 동안 계속 사실을 숨겨온 건 충동적인 행위가 아니라 놀랍도록 태연한 행동이라고 반박했다. 스테파니는 용서해달라고 애원했다. 발레리는 언젠가는 그럴 수 있을지 모르겠지만, 용서한다고 해서 이미 저지른 일의 심각한 결과는 아무것도 달라지지 않는다는 것을 알았다. 뭔가 결정적으로 망가져 버렸다. 언니를 용서할 수 있을 때까지 발레리는 다시는 언니와 말을 하고 싶지 않았다. 그리고 그녀의 언니는 몇 달 뒤 프랑스를 떠났다.

＊

그 후로 두 사람은 딱 한 번 만났다. 아버지의 장례식에서.

/

사실 그 후로 두 번 다시 지난 일들을 입에 올리지 않았다고 발레리는 내게 털어놓았다. 그 시절 그녀들의 많은 친구가 두 자매를 화해시키려 애썼다. 그러나 헛수고였다. 모두들 스테파티의 행동을 이해해보려 하면서 뭔가 이유를 찾으려 하기까지 했다. 하지만 아무것도 되돌릴 수 없었다. 발레리는 어머니를 통해 언니 소식을 접했지만, 그 소식들을 듣고도 아무 느낌이 없었다. 그것은 아마도 가장 무시무시한 감정이었을 것이다. 무관심. 그녀는 원한도 유감도 느끼지 않았다. 서로 친했던 시절에 대한 향수도 더 이상 없었다. 스테파니는 간간이 화해의 몸짓을 시도했다. 그녀는 롤라와 제레미가 태어났을 때 꼬박꼬박 선물을 보냈다. 하지만 발레리는 반응하지 않았다. 그녀는 언니에게 고맙다는 말을 할 수 없었다.

분위기를 누그러뜨리기 위해 나는 그녀에게 나와 함께 보스턴 여행을 가자고 제안했다. 어머니 다음에 딸. 나는 마르탱네 사람들의 상처를 아물게 하기 위한 여행 담당 전문가가 될 수도 있을 것 같았다. 하지만 발레리는 그건 자기한테는 이제 지나간 얘기일 뿐이라고, 그 상처는 완전히 아물었다고 되풀이해 말했다. 하지만 나는 그 고통이 지금까지도 여전히 이어져 오고 있는 것을 느낄 수 있었다. 발레리는 언니를 용서했지만, 그렇다고 언니를 다시 만나고 싶어 하지는 않았다. 하지만 언젠가 상황이 변해서 그녀들이 재회할 수도 있는 일이었다(술기운을 빌린 것이긴 했지만, 그녀는 그래도 언니가 그립다고 고백했었다). 그건 마들렌의 가장 큰 소망이기도 했다. 그리고 나는 발레리가 너무 늦기 전에 자기 어머니에게 그 선물을 할 거라고 확신했다.

51

벌써 자정이 가까워져 있었다. 내가 모르는 사이에 시간은 더 빠르게 흘렀다. 나는 소설을 위해 그 자리에 있었지만,

그럼에도 그녀와 함께 아주 멋진 저녁을 보내고 있었다. 그녀가 불평하지 않고 그 시련들을 회상하고 감정의 진실과 이야기의 연출 사이에서 적절하게 거리를 유지하는 태도가 아주 마음에 들었다. 그녀는 세련된 오토픽션을 구사하고 있었다. 그녀는 "정신과 치료를 한 번도 받아본 적이 없어서인지, 나 자신에 대해 이런 식으로 말하는 건 정말 새로운 느낌이에요"라고 말하고 나서, 자기는 이 프로젝트에 재미를 느끼기 시작했다고 덧붙였다. 그녀는 내가 자기 말을 들어주는 것에 중독될까 봐 몹시 걱정했다. "이 소설이 완성되고 당신이 다른 등장인물들과 작업해야 해서 더 이상 날 만나주지 않으면 난 어떡하죠?" 나는 말했다. "우린 틀림없이 계속 만날 수 있을 겁니다. 나도 진심으로 그러길 바라고요. 보통 나는 소설을 마무리하면 소설 속에 등장했던 인물들과도 헤어집니다. 하지만 이번 경우는 다를 거예요……." 그녀는 나에게 미소를 지어 보였다. 나는 마지막 문장을 발음하면서 나의 모든 지난 등장인물들에 대해 이런 생각을 은밀하게 했다. 책이 완성되고 나면 우리는 헤어졌다. 마지막 페이지가 끝난 이후에도 그들은 계속 살아가고 있을까? 나는 때때로 마르쿠스가 아직도 나탈리[39]와 함께 살고 있는지, 그들이 내 소설을 벗어난 곳에서 행복하게 살고 있는지 궁금했다.

---

[39] 다비드 포앙키노스가 2009년에 발표한 작품 《시작은 키스(La délicatesse)》의 등장인물들.

52

레스토랑을 떠나야 할 시간이었다. 나는 우리가 마지막 손님이었다는 사실을 알아차리지 못하고 있었다. 이 저녁 시간의 엑스트라들은 소리소문없이 무대를 떠나고 없었다. 웨이터는 우리가 자리에서 일어나는 것을 보고 안도하는 것 같았다. 그래야 그가 손님을 레스토랑 밖으로 억지로 쫓아내는 난처한 행동을 하지 않아도 되기 때문이다. 그는 "어서 오십시오"라고 말하는 것과 똑같은 어조로 "안녕히 가십시오"라고 말했다.

일단 밖으로 나오자 신선한 공기가 우리를 축복해주는 것 같았다. 딱 필요할 때 온몸을 환기시켜 신경세포들이 깨어나게 해주는 느낌. 심신이 피곤한 데다 소설을 위해 계속 집중해야 했음에도 내가 왜 그처럼 술을 마셨는지 모르겠다. 아마도 발레리와 보조를 맞추기 위해서였을 것이다. 혈중 알코올 농도가 서로 엇비슷해야만 멋진 밤을 보낼 수 있는 법이다. 술을 절제하는 두 사람은 많은 것을 공유한다. 술에 취한 두 사람은 훨씬 더 많은 것을 공유한다. 하지만 절제하는 사람과 취한 사람이 뭔가를 주고받을 가능성이 있을까? 나는 우리가 밤중에 술에 취해 약간 휘청거렸던 것을 그런 논리로 정당화하고 있었다. 발레리가 넘어지지 않으려고 내 팔을 잡긴 했지만, 우리는 스스로 알아서 길을 찾아갈 만큼 충분히 맑은 정신이었다. 그녀는 이렇게 술을 마신 건 정말 오랜만이고, 그래서 기분이 좋아졌다는 말을 여러 번 되풀이했다. 그건 사실이었다. 우리는 기분이 좋았다. 한밤중에 술에 취한 채, 게다가 그 순간을 조금 더 연장하고자 함께 밤거리를 걷고 있는 낯선 두 사람. 나는 모든 것과 단절된 시간들을 좋아한다. 자기 자신의 삶에 책임지지 않아도 되는 그런 순간들을.

이상하게도, 내가 행복감을 겉으로 드러낼 때마다 상황은 예기치 않게 변한다. 미신적으로 행복이 달아나지 않게 하려면 그 행복을 조금이라도 겉으로 드러내서는 안 된다.

발레리의 상태로 보아, 그녀의 집 문 앞까지 데려다주는 게 나을 것 같았다. 우리의 저녁 시간에 흠뻑 빠져 있던 그녀는 자신의 휴대전화를 들여다볼 생각을 한 번도 하지 않았다. 그러니까 그녀는 메시지들을 궁금해하지도, 남편을 신경 쓰지도 않았다. 파트릭은 신경이 날카롭게 곤두선 채 거실에서 그녀를 기다리고 있었다. 그는 더 이상 내가 점심시간에 함께 식사를 나누면서 가까워졌던 그 남자가 아니었다. 그는 소리를 버럭 지르며 내게로 달려들었다.

"네가 모든 걸 완전히 망쳐놨어!"

"하지만…… 아냐…… 전혀 그런 게 아니야."

"널 경계했어야 했는데. 멍청하게 너 같은 놈한테 그런 얘길 털어놓다니, 내가 왜 그랬을까! 당장 꺼져!"

"그러지 마, 이 사람한테 왜 그런 식으로 말하는 거야?

성질 좀 그만 부려!" 발레리는 마치 몇 초가 지나서야 비로소 자기 남편의 히스테리 발작을 알아차린 것처럼 갑자기 버럭 화를 냈다.

"그런데 당신 꼴이 지금 어떤지 알아? 당신은 새벽 한 시에 잘 알지도 못하는 사내놈과 술이 떡이 되어 돌아왔어!"

"나는 그저 집으로 모셔다드린 것뿐이야." 내가 말했다.

"닥쳐. 우리 사이에 끼어들지 말고 당장 꺼져. 그리고 너의 그 빌어먹을 책 나부랭이, 우리 없이도 쓸 수 있잖아!"

"그만해!" 발레리가 악을 썼다.

"이건 당신하고 상관없는 일이야. 우리 두 사람 문제라고. 당신은 어서 가서 자!" 파트릭은 자기 아내의 팔을 움켜잡으며 말했다.

"나한테 손대지 마!"

그 순간 부부는 고개를 돌려, 두려움과 경악 사이에서 얼어붙은 채 복도에 서 있는 제레미와 롤라를 보았다.

발레리가 아이들에게로 급히 달려갔다.

"너희들은 어서 가서 자, 아무 일도 아니야."

"하지만 엄마, 엄마가 소리를 지르고 있잖아. 무슨 일이야?"

"난 아무렇지도 않아. 미친 건 너희 아버지야!"

"나? 미친 게 나라고? 아니, 얘들도 전부 다 들었을 거야! 너희들도 봤으니까 잘 알 거다. 추태를 부리는 건 너희 엄마야! 엄마는 술에 취했어. 어쨌든 너희는 다시 자러 가라고 했잖아!"

"괜찮은 거 맞죠?" 롤라가 자기 아버지 쪽으로 불안해하는 눈길을 던지면서 물었다.

"당연하지!" 이번에는 목소리를 낮추려 애쓰면서 파트릭이 대답했다.

하지만 아이들은 움직일 생각을 하지 않았다. 결국 발레리가 아이들을 다독이면서 방으로 데려갔다. 그래서 나는 따갑게 나를 쏘아보고 있는 파트릭과 단둘이 마주 보고 있게 되었다. 나에게는 두 가지 선택지가 있었다. 당장 자리를 뜨느냐, 아니면 한 대 얻어맞고 뜨느냐. 첫 번째 해결책을 선택하는 게 나아 보였다.

53

나는 발레리에게 작별인사도 하지 못한 채 황급히 마르탱네 아파트에서 나왔다. 하지만 안쪽 상황이 어떻게 돌아가고 있는지 확인하기 위해 문 앞의 희미한 불빛 너머에서 얼마간 머물러 있었다. 이상하게 불안하지는 않았다. 파트릭은 노발대발했다. 하지만 그는 폭력을 휘두를 인물은 전혀 아닌 것같았다. 잠시 뒤, 발레리가 이렇게 말하는 소리가 들려왔다.

"나한테 더 이상 말 걸지 마!" 분명히 거실로 되돌아가면서 내뱉은 말이었다. 이후로는 아무 소리도 들리지 않았다. 상황이 잠잠해진 것 같았다. 그들은 각자 구석에 틀어박힌 게 분명했다. 나는 최후의 전투가 될 수도 있을 싸움의 기폭제 역할을 한 것 같았다. 다시는 시작되지 않을 싸움. 지금 발레리는 아마도 오늘 있었던 일들을 되새김질하고 있을 것이다. 어떻게 한다? 그녀에게 메시지를 보낼까? 아니면 파트릭에게? 그가 상상했을 수 있는 상황에 대해 해명하고 부부싸움을 말리기 위해. 나는 갈팡질팡했다. 결국 폭풍우나 벼락이 지나가도록 그냥 내버려 두는 게 나을 것 같았다(혼란한 기후변화가 어느 정도이든 상관없이).

일단 밖으로 나온 나는 생각을 정리하기 위해 가까운 벤치로 가서 앉았다. 다시 생각해봐도 오늘 저녁 발레리와 나의 데이트로 인해 야기된 그들 부부의 불화가 쉽게 해결될 것 같지 않았다. 발레리는 그의 태도를 절대로 용서하지 않을 것이다. 그녀는 남편이 내 눈앞에서 그런 식으로 행동한 것에 아마도 일종의 수치심마저 느꼈을 것이다. 그녀는 이미 그와 헤어질 생각을 하고 있었지만, 혼자 모든 것을 떠안고 침몰해 가던 그는 이제 인내의 한계를 느꼈다. 하지만 그 두 사람은 아직도 여전히 서로에게 얽매여 있었다. 사람들은 보통 상대방이 멀어지는 것을 느낄 때, 더더욱 그가 멀어지게 만드는 행동을 하고 만다. 패닉 상태에서 자기가 사랑하는 사람이 자신에게서 달아날 이유들을 더 보태준다. 요컨대 애정 관계에서 사람들은 자신의 발등을 찍는 데 더 많은 시간을 보내는 것이다.

파트릭은 상황을 제대로 파악할 여력이 조금도 남아 있지 않았다. 아내를 사랑하는 그는 치밀어오르는 분노에 자기도 모르게 몸을 맡겼다. 그는 즐거운 시간을 보냈냐고 물으며 활짝 웃는 얼굴로 그녀를 맞아줄 수도 있었을 것이다. 하지만 나는 그의 태도에서 상처 입은 남자의 모습을 보았다. 그렇지만 나는 그의 편을 들어주고 싶지 않았다. 그는 난파하면서 내 프로젝트도 함께 날려버렸다. 자기중심적인 작가의 관점에서 볼 때, 그건 그 저녁 시간이 가져온 진정한 재앙이었다. 현재 내가 관심 밖으로 밀려난 것은 명백한 사실이었다. 그 후로 그가 자신의 직장생활에서 맞닥뜨린 역경에 관해 이야기하려고 나를 만나는 일은 두 번 다시 일어나지 않았다. 그리고 그는 자기 가족이 나에게 말하는 것도 막을 것이다. 그래서 3만 9,567개의 단어 이후로 나는 막다른 골목에 처해 있었다. 더 고약한 건, 이제 내가 써야 할 단어는 딱 하나밖에 없다는 사실이었다.

끝

54

나는 벤치에 조금 더 머물러 있었다. 밤도 정지해 버린 것 같았다. 아무도 지나가지 않았고, 차량은 드물었다. 마치 파리 전체가 영감을 상실해 버린 것 같았다. 마침내 집으로 돌아가기 위해 나는 몸을 일으켰다. 몇 미터 걸어갔을 때, 머릿속에서 다시 희망이 생겨났다. 걷는 것은 나의 변함없는 지원군이다. 마르탱네 가족의 그다음 이야기는 내가 지어내면 되지 않겠는가. 내가 생각한 건 바로 그거였다. 나에겐 그 가능성이 남아 있었다. 현실이 아닌 허구와 다시 관계를 맺는 것.

55

집으로 돌아온 순간부터 밤새 잠을 이루지 못하리라는 것을 알았다. 나는 욕실로 가서 물로 얼굴을 가볍게 씻어내렸다. 취기 때문이 아니었다. 마르탱 부부의 싸움이 내 혈관에서 술기운을 완전히 몰아낸 것 같았다. 거울 안의 나를 살펴보면서, 나에게는 조명을 다루는 재주가 눈곱만큼도 없다는 사실을 인정하지 않을 수 없었다. 잔인한 네온등 아래 날 것 그대로의 생기 없는 맨얼굴이 적나라하게 드러나 있었다. 지금은 정말로 때가 아니었다. 의심에 사로잡힌 나는 좀 더 호의적인 얼굴을 확인하며 마음을 놓고 싶었을 것이다. 내가 집으로 오는 길에 생각했던 것과는 달리, 실존하는 인생들의 그다음 내용을 내가 지어낸다는 게 터무니없는 생각처럼 느껴졌다. 내가 다룰 영역을 결정해야 했다. 리얼리티냐, 픽션이냐. 나는 그 두 가지의 혼합을 믿지 않았다. 물론 나에게는 마들렌과의 여행이 남아 있다. 하지만 그것으로 충분할까? 그리고 이브 그랭베르가 매력적인 등장인물이라고 어떻게 장담할 수 있을까? 나는 비관주의라는 거대한 물결에 휩쓸려 들어가고 있었다. 이제 그 무엇도 정말로 나를 흥분시키지 못했다. 나는 라거펠트의 격렬한 파티에 몸을 내맡기고 싶었다.

문학적인 절망의 한가운데에서 욕실의 차가운 타일 위에 앉아 있던 나는 마리에게 메시지를 보내려 휴대전화를 집어 들었다. 거의 새벽 2시였다. 사랑의 세계에서는 이 상황이 상대방에게 어떻게 인지되는지 나는 잘 알고 있었다. 자정이 넘어서 메시지를 보낸다는 것은 당연히 우울한 상태라는 얘기다. 메시지를 꼭 보내야 한다면 밤이 아니라 낮에, 아무렇지 않은 척하면서 무던한 메시지를 짤막하게 보내는 게 최고다. 이 시각에 메시지를 보낸다면, 그녀는 내가 자기 때문에 괴로워하고 있다고, 자기가 없어서 죽어가고 있다고 생각할 것이다. 그리고 그녀가 완전히 잘못 생각한 것만은 아니라는 사실을 솔직히 인정해야 한다. 하지만 발레리와 대화를 나누면서 나는 마리의 소식이 듣고 싶어졌다. 게다가 배경도 당연히 한 몫을 했다. 파란 많던 하루를 끝낸 밤이라는 배경. 자신이 나약하다고 느낄 때, 모든 것을 함께 나누던 사람을 씁쓸하게 그리워하게 된다. 둘이라는 것은, 어떤 면에서 상처들을 둘로 나누는 것과도 같다.

그리운 사람에게 연락을 해보겠다는데 뭐가 문제란 말인가? 그래, 그녀에게 그냥 그렇게 말하는 거다. 그리고 이런 말을 덧붙일 수도 있겠지. 네 생각이 났어. 그래, 네 생각이 났다. 그 정도는 그렇게 부담스럽지 않을 것이다. 그저 그런, 거의 우정 같은 느낌.* 나는 그녀가 내 메시지를 너무 불편하게 받아들이거나 한심하다고 생각하지 않기를 바랄 것이다. 만약 그녀가 그렇게 느낀다면, 차라리 응답해주지 않는 게 나을 것이다. 약간 차갑거나 거리감 있는 '고마워'라는 간단한 응답은 견딜 수 없을 것이다. 아니면 더 나쁘게, 우리를 완전히 영혼 없는 인사치레의 세계에 빠뜨리는 '연락 주셔서 고맙습니다' 같은 응답. 결국 응답을 받지 않는 편이 나았다. 나는 마치 외계생물이 존재하는지 확인하기 위해 우주 공간으로 신호를 보내는 것처럼 메시지를 보내고 있었다. 그랬다. 그 메시지는 내가 아직도 살아 있다는 걸 알리는 가장 간단한 방법이었다.

* 깊은 밤 시간대에 우정을 찾는 일이 훨씬 어렵긴 하지만.

그때, 약간 말이 안 되는 일이 일어났다. 그녀가 마치 기다리고 있었다는 듯이 거의 즉각적으로 내게 응답을 한 것이다. 나는 그게 머릿속 환영이 아니라 분명히 그녀라는 것을 몇 번이나 확인했다. 그랬다. 그거 ㅁㅡㅏㅡㄹㅡㅣ 였다. 그녀는 내 메시지를 읽고, 내 소식을 들어 무척 기쁘다고 했다. 그녀가 이처럼 늦은 시각까지 왜 잠을 자지 않고 있는지 궁금증이 번 개처럼 빠르게 머릿속을 스쳐 갔다. 평소에 그녀는 자정 전에 는 무슨 일이 있어도 잠자리에 들었다. 어쩌면 지금 혼자인 게 아닐까? 이렇게 경이로운 순간에 부질없는 생각들을 갖다 붙 이고 있는 나 자신이 정말 바보 같았다. 나는 본질적인 것에 집중해야 했다. 그녀가 즉시 내 메시지에 답을 했다는 것. 그 렇다. 그녀는 아무것도 재지 않고 답을 보냈다. 자신들이 인간 적인 접속에 목말라 있다는 사실을 들키지 않기 위해 항상 약 간 뜸을 들였다가 답을 보내는 다른 모든 이들과 다르게. 그런 데 즉각적인 응답이라는 남루한 옷을 자청해서 입는 것만큼 아름다운 건 아무것도 없다.

게다가 그녀의 응답 내용은 솔직함의 극치였다. 그녀는 메시지를 받아서 아주 기뻤다고 썼다. 그리고 내가 잘 지내기 를 바란다고도. 우리는 상냥한 메시지들을 몇 번 더 주고받고 나서 곧 다시 만나고 싶다는 바람을 표현하는 것으로 끝을 맺 었다. 그랬다. 이건 소설이 아니라 현실이었다. 우리는 다시 만 날 계획을 세웠다. 나는 오늘 밤 상황이 돌아가는 양상에 어안 이 벙벙했다. 고통스러운 고백에서 즐거운 방황으로, 한 커플 의 재앙에서 또 다른 커플의 새로운 가능성으로 넘어가는 이 놀라운 전개.

56

나는 지난 몇 시간 동안의 조울증과 결별하기 위해 책상 앞으로 되돌아왔다. 그리고 나의 의무를 완수하고 아직 뿌리내리지 못한 그 규칙, 날마다 내 소설의 진척 상태를 기록한다는 규칙을 어기지 않을 힘을 되찾았다.

나의 등장인물들에 대해
내가 알고 있는 것들 (3)

마들렌 트리코. 내 아파트로 찾아와 대담한 면모를 보여주면서 나를 깜짝 놀라게 만들었다. 그녀는 나에게 로스앤젤레스에 함께 가자고 했다. 나는 페이스북으로 이브 그랭베르와 메시지를 몇 번 주고받은 뒤 비행기표를 예약했다. 믿을 수 없을 정도로 쉽게 그와 접속되는 바람에 나도 깜짝 놀랐다. 이런저런 감정의 변화를 겪었지만, 그들의 재회를 목격한다는 생각에 나는 아직도 흥분해 있다. 그리고 이브가 떠난 이유를 알게 되리라는 기대 때문에도.

파트릭 마르탱. 우리의 교류에는 분명히 두 가지 색조

가 있었다고 생각할 수 있다. 유쾌하고 심지어 우정까지 싹틀 수 있을 것 같은 친밀한 점심 식사. 그는 자신의 시련들과 현재 직장에서 겪고 있는 난관에 대해 들려주면서 나에게 정말 적극적으로 협조했다. 그는 새로 부임한 사장 장 폴 데주와요와 내일 면담을 할 예정이다(내가 이 글을 쓰는 이 순간으로부터 몇 시간 뒤). 그는 해고될지도 모른다는 생각에 몹시 두려워하고 있다. 그리고 부부생활에 관한 대화. 그는 내가 이해할 수 없을 거라고 생각한다. 그건 사실임이 분명하다. 결론적으로 그는 발레리를 사랑하고 있다고 말했다. 애석하게도 우리의 신뢰 관계는 바로 그날 저녁 깨져버렸다. 나와 밤늦게까지 술을 마시다가 얼근히 취해 내 품에 안긴 채 집으로 들어서는 자기 아내를 보고 그는 이성을 잃었다. 우리 관계는 완전히 끝났다. 그리고 그는 내가 자기 가족에 관해 쓰는 것을 더 이상 원하지 않는다.

발레리 마르탱. 이 인물이 무척 마음에 든다. 특히 그녀의 태도가 마음에 들었다. 나에게 끊임없이 질문을 던지고 싶어 하긴 했지만, 그녀는 자신의 모든 걸 숨김없이 털어놓았다. 특히 언니와의 길고도 고통스러운 사연까지 들려주었다. 다시 생각해보면, 스테파니가 그 등기우편물을 보관하고 있었던 건 정말 의아한 일이다. 나는 범인이 그런 식으로 행동했던 약간 비슷한 이야기를 기억하고 있다. 어쩌면 어떤 범죄들에는 자신이 전지전능하다는 감정, 자기가 저지른 악행의 증거를 파괴해선 안 된다고 부추기는 어떤 감정이 있는 듯하다. 밤늦은 시간 파트릭과 혼란스럽고도 드라마틱한 싸움. 복잡하고 고통스러운 시기. 나는 그들 사이에 무슨 일이 일어날지 전혀 알 수가 없다.

제레미 마르탱. 이 아이는 나를 자신의 숙제를 도와줄 과외선생쯤으로 생각했다. 나에게는 프랑수아 비용을 다시 읽어볼 기회가 되었다. 그 결과 내가 폴 엘뤼아르를 더 좋아한다는 사실을 새삼 확인했다. 이 아이는 어디로 튈지 종잡을 수가 없다.

롤라 마르탱. 전혀 뜻밖에도 아주 내밀한 문제를 나에게 들려주었다. 태어나서 처음으로 사귄 남자 친구에 관한 문제. 좀 이상하긴 했지만, 다시 생각해보면 나는 앞뒤 상황을 정확히 이해했던 것 같다. 롤라는 왜 그런 임무를 나에게 맡긴 것일까? 지금까지 내 프로젝트에 대해 일관되게 경멸을 드러내지 않았던가? 그 아이는 자기 남자 친구를 만나 달라고 부탁하면서 내 소설 속으로 그 남자애를 들이밀었다. 소설에 등장한다는 사실 때문에 그는 좀 더 책임감 있게 행동하게 될 것이다. 만약 우리가 살아가는 어떤 부분들이 어떤 책에 묘사된다고 하면, 우리는 그동안 해왔던 어떤 행동들을 더 이상 하지 않게 된다. 롤라는 작가라는 나의 신분에서 어떤 해결책을 끌어낼 수 있는지 알아차렸다. 작가로 살아온 이래 처음으로 나는 나의 등장인물에게 조종당했다.

57

　때때로 단 하루 사이에 여러 날을 산 것 같은 느낌이 들때가 있다. 잠자리에 들면서 나도 그런 기분이 들었다. 화요일에 잠을 깨서 금요일에 잠자리에 드는 것 같은 느낌.

58

　이튿날 아침, 눈을 뜨는 동시에 휴대전화를 켰다. 발레리의 메시지가 와 있었다. '모든 게 제자리로 돌아왔어요. 어젯밤에는 미안했어요. 출근 시간에 늦었어요, 저녁에 전부 얘기해드릴게요.' 나는 그 메시지를 여러 번 다시 읽었다. 한 문장이 마음에 걸렸다. '모든 게 제자리로 돌아왔어요.' 그건 무슨 뜻일까? 파트릭이 흥분을 가라앉히고 얌전해졌다는 뜻일까? 그들 부부의 문제가 해결되었다는 뜻일까? 나는 그 수수께끼같은 몇 마디의 미궁 속에서 실마리를 찾아내지 못했다. 어쨌든 내 소설을 위해 그건 긍정적인 소식 같았다. 만약 그가 흥분을 가라앉히고 모든 게 제자리로 돌아왔다면 나를 불청객이나 적으로 보지 않고 다시 받아들여 줄 것이다. 그런데 나는 발레리가 다급하게 메시지를 보낸 것 같은 느낌을 받았다. 마치 나를 안심시키려는 것처럼. 상황은 분명히 아직 다 해결되지 않은 게 틀림없었다. 더 고약한 것은 그녀가 직접 그 메시지를 작성하지 않았을 수도 있다는 거였다. 신문 사회면에서 그런 경우를 종종 볼 수 있었다. 파트릭은 어쩌면 그 싸움 이후 자기 가족을 모두 살해하고, 아내의 휴대전화를 손에 넣었을 수도 있었다. 그 정도는 상식이다. 모든 살인자는 시간을 벌기 위해 그렇게 한다. 그들은 피해자인 척하면서 문자 메시지를 보낸다.

59

어떤 이야기가 누아르 버전으로 흘러가는 순간이 있는 법이다. 하지만 명확히 해두자. 현재로서는 내 소설이 스티븐 킹의 소설처럼 풀려나갈 것인지 아니면 바바라 카틀랜드[40]의 소설처럼 전개될 것인지 알기가 매우 어려워 보였다.

60

---

40 '연애소설의 여왕'이라 불렸던 영국의 소설가. 1920년대부터 2000년 사망할 때까지 연애소설 700여 편을 남겼다.

이야기의 다음 내용(특히 파트릭과 데주와요의 면담 결과)을 알 수 있기를 기다리면서, 나는 뭘 해야 할지 몰라 약간 난감해하고 있었다. 그동안 알아낸 것들을 옮겨 쓰면서 하루를 보낼 수도 있었다. 하지만 이 소설을 쓰기 전에 우선 실제로 경험을 해봐야 할 것 같았다. 행위들을 언어로 바꾸기 위해 지금부터 나의 세계에 틀어박히는 건 역효과를 낼 뿐이라는 생각마저 들었다. 하지만 오늘은 마르탱 가족과 뭘 해야 할까? 여행 준비에 바쁜 마들렌을 방해할 수는 없었다. 나에게 남은 카드는 결국 한 가지밖에 없었다. 클레망이라는 소년을 만나는 것.

그에게 메시지를 보내자 몇 분 뒤 회신이 왔다. 아마도 수업이 끝나고 쉬는 시간에 답장을 쓴 것 같았다. 방과 후에 학교 근처 카페에서 만나자는 내 제안을 그가 순순히 받아들인 것으로 봐서는 롤라가 미리 귀띔해둔 게 분명했다. 그에게 내가 무슨 말을 할 수 있을까? 내 생각에 그는 롤라를 대하는 자신의 행동이 칭찬받아 마땅하다고 나를 설득하려 할 것 같았다. 그리고 나는 그 소녀가 왜 이런 부탁을 했는지 방금 막 이해했다. 나는 어떤 행위의 정당성을 인정하는 집행관, 거의 도덕성의 증인 역할을 떠맡아야 할 것 같았다. 하지만 내가 어떻게 해야 할까? 그가 잘못된 행동을 한다면 그를 윽박질러야 할까? "그 애랑 자고 난 뒤에 그 애를 차 버린다면 내 책에다 너를 아주 파렴치한 쓰레기로 묘사해놓을 거다!" 롤라가 나에게서 바라는 건 어느 정도 그러한 사실을 그 사내아이에게 확실히 인지시켜달라는 거였다.

나는 이 상황을 가볍게 묘사한 것이 후회스러웠다. 마치 내가 이 이야기는 더 중요한 다른 목표를 위해 완수해야 할 사소한 임무처럼 여기는 것 같다는 인상을 준다. 내가 이 대목을 소설에 그대로 살려두기로 한 것은 나에게 이 주제가 아주 흥미로워 보이기 때문이었다. 나는 '첫 경험의 의미'라는 주제 하나만으로도 소설 한 권을 쓸 수 있을 것이다. 첫 섹스 경험은 잊을 수 없는 것, 뇌리에서 떠나지 않는 것이다. 그리고 그것은 결국 청사진을 허락하지 않는 인생에서 아주 드물고 중요한 순간들 가운데 하나다. 실수하는 거야 그리 대단한 게 아니겠지만, 로맨틱한 첫 섹스를 경험해야 한다는 엄청난 압박감 때문에 결정을 망설이곤 한다. 롤라는 버릇없고 약간 건방져 보이는 태도 이면에 심약하고 불안한 본성을 숨기고 있었다. 그 아이는 상황의 긍정적인 측면(그 소년에 대한 자신의 욕망)과 부정적인 측면(그 소년에 관한 소문)을 모두 알고 있었다. 롤라는 이미 모든 걸 알고 있었고, 그래서 육체와 이성이 서로 싸움을 벌이고 있었다. 나는 그 아이가 이 방정식을 풀 수 있도록 도와야 했다. 나 자신이 나의 감정과 완성해야 할 사랑의 행위 사이에서 몇 시간이고 우물쭈물하는 그런 부류에 속한다는 것을 알면서도. 마치 일을 결판 지으라며 도살장으로 채식주의자를 보내는 형국이었다.*

61

그날, 얼마 뒤에 나는 다시 한번 발레리의 그 '모든 게 제자리로 돌아왔어요'에 대해 생각해보았다. 나는 그 말이 점점 더 믿기지 않았다. 그건 어떤 사건의 목격자를 안심시키기 위해 아침에 다급하게 보내는 그런 유의 메시지였다. 나는 그녀가 무엇보다 내 책에 그 문장을 넣어주기를 원하고 있다는 느낌이 들었다. 독자들이 그녀를 그 즉시 달리 볼 수 있도록 하기 위해. 나는 주의해야 했다. 나의 등장인물들은 자신들이 소설 속에서 가장 멋진 모습으로 나타날 수 있도록 현실을 날조할 수도 있었다.

고집불통처럼 보일 수 있겠지만, 나는 발레리에게 전화를 걸고 싶지 않았다. 나는 그들의 뒤를 캐기 위해서가 아니라 그들을 따라가기 위해 거기에 있었다. 나는 뭘 어떻게 해야 할지 모르는 채 서성거리고 있었다. 시간을 죽이기 위해 여행 가방을 챙겼다. 한동안 나는 여행을 하지 않았다. 여행은 불가피하게 마리를 떠올리게 했다. 트렁크 손잡이에 달린 수화물 꼬리표조차 우리가 마지막으로 함께했던 시간의 흔적이었다. 우리가 행복을 맛보았다는 구체적인 증거물. 우리는 부다페스트로 갔었다. 그 꼬리표 하나 때문에, 마치 그 목적지 너머에 숨어 있었던 것처럼 다른 도시들에서의 모든 추억이 표면으로 떠올랐다. 그렇게 나는 로스앤젤레스 여행을 위한 준비물들을 고르면서 베네치아와 빈, 레이캬비크에 빠져들었다. 우리가 함께 갔던 여행지들이 지독하게 그리웠다. 지금 나는 마리와 단둘이 다시 여행을 떠날 수 있기를 바랐다. 물론 우리는 만나서 그저 커피나 한잔 마시러 갈 것이다. 하지만 나는 이스탄불이 그 음료 너머에 숨어 있을 수 있다고 꿈꾸었다.

우리가 언제 다시 만날 수 있을까? 한밤중에 메시지를 주고받았을 때 우리는 아무것도 명확하게 정하지 않았다. 그저 간단한 희망을 표현했을 뿐. 누가 먼저 상대방에게 메시지를 보내야 할까? 지금 나에게는 모든 게 복잡해 보였다. 우리 사이에 대화의 물꼬를 다시 튼 건 나였다. 그러니 이번에는 그녀가 내게 메시지를 보내야 할 것이다. 그렇지 않은가? 우리가 결별한 이후로 시간이 흘러갔고, 나는 내 휴대전화 화면에 그녀의 이름이 뜨기를 더 이상 기대하지 않는 것에 익숙해져 있었다. 하지만 그녀와 다시 연결되면서 나는 상대방의 메시지를 기다리는 그 지옥과도 다시 관계를 맺었다.

62

다행히 나는 망설임을 멈춰야 했다. 클레망과의 약속 시간이 다가왔기 때문이다. 자신의 인생을 외면하고 싶을 때, 타인들의 인생만 한 것이 없다. 고등학교 정문 앞보다는 카페에서 그를 기다리는 게 더 마음이 편했다. 나는 십대들의 천적처럼 보이고 싶지 않았다. 나는 종종 사람들이 내 행동에 최악의 의도를 갖다 붙인다는 느낌을 받곤 했다(저마다 자신만의 편집증이 있는 법이다). 내가 맥주를 주문하는 순간, 한 젊은이가 나를 향해 다가오는 게 보였다. 그는 인터넷에서 내가 어떻게 생겼는지 미리 확인해본 게 분명했다. 클레망은 자기가 클레망이라고 우물우물 말하고는 맞은편에 앉았다. 나는 그에게 뭘 마시겠냐고 물었다. 나는 그가 '당신과 같은 걸로'라고 대답하고 싶어 한다는 걸 느꼈다. 하지만 그는 성실해 보여야 했고, 그래서 술을 마시고 싶은 욕구를 누르고 소박하게 탄산음료를 주문했다.

그는 이 상황이 편하지 않은 것 같았다. 상황이 우스꽝스럽다거나 놀랍다고 생각했을 수도 있겠지만, 불편해하는 것만큼은 분명했다. 마치 그에게 뭔가 자책할 게 있는 것처럼. 그렇지만 나는 의외의 사실 때문에 놀랐다. 나는 아주 잘생긴 사내아이가 나타날 거라고 예상했다. 기타를 치거나 서핑을 하는 그런 부류. 내가 고등학생이었을 때 나를 '남사친'이라고 부르며 자신들의 '베프'로만 삼았던 여자애들과 따로 데이트를 즐기던 그런 부류. 하지만 오히려 자신의 외모에 별로 만족하지 못할 것 같은 소년이 눈앞에 있었다. 한순간 나는 클레망이 다른 친구를 대신 내보낸 게 아닌가 의심이 들었다. 하지만 아니었다. 그가 바로 그였다. 이 소년이 어떻게 모든 여학생이 단번에 넘어가는 그런 카사노바일 수 있을까? 그리고 어떻게 롤라를 사랑에 빠지게 할 수 있었을까? 나는 그에게 그 비결을 묻고 싶었다. 그는 굉장한 초상, 기이하면서도 놀라운 유혹의 비결을 가진 십대의 초상일 수 있었다.

내가 잠시 그를 관찰하며 그런 생각을 하고 나자, 그는 내 프로젝트에 관해 좀 더 알아보려 했다.

"롤라와 그 애 가족에 관한 책을 쓰신다면서요?"

"그래요."

"하지만 왜요?" 그는 눈을 크게 뜨면서 물었다. "사람들이 정말 그런 걸 읽고 싶어 할까요?"

"글쎄. 두고 봐야죠."

"그럼 저도 책에 나오는 거예요?"

"그래요. 그러니까, 어쩌면."

"제가 뭐 때문에 그 소설에 등장해야 하는지 모르겠군요. 이해하기가 어렵네요. 그건 그렇고, 당신은 개하고 정확히 어떤 관계죠?"

"아무 관계도 아니에요. 그러니까, 난 그 애에 대해 아는 게 별로 없어요. 난 책을 쓰고 있어요. 그리고 그 애가 나에게 학생을 만나 달라고 부탁했고."

"왜요?"

"두 사람의 상황에 대해 얘기를 나눠보라는 거죠."

"우리 상황이 어떤데요?"

"그건 나보다 학생이 더 잘 알고 있을 것 같은데?"

"글쎄요. 제 생각엔, 그 앤 자기가 뭘 원하는지 잘 모르는 것 같아요. 어떤 날은 나와 함께 있기를 원하고, 또 어떤 날엔 나를 밀쳐내거든요."

"학생 생각엔 롤라가 왜 그러는 것 같아요?"

"음, 여자라서 그런 거 아닐까요."

"롤라가 학생을 믿지 못하는 데는 그럴 만한 이유가 있는 것 같지 않아요?"

"왜죠? 함께 잘 지내는데. 저는 문제가 뭔지 도통 모르겠어요."

"롤라는 학생이 자기한테도 다른 여자애들에게 하는 것처럼 할까 봐 두려워하고 있어요. 롤라가 직접 나한테 그렇게 말했어요."

"제가 뭘 어떻게 했다는 거죠?"

"여자애들을 차버렸다던데."

"그래서요? 그게 무슨 범죄라도 되나요? 저는 그 애들을 사랑하지 않았어요."

"난 학생을 추궁하려는 게 아니에요. 그것 때문에 롤라가 불안해하고 있다는 걸 말해주는 것뿐이지. 그러니까, 학생은 그 애를 이해해야⋯⋯."

"당신과 이런 얘길 하다니, 이상하네요. 저는 당신을 몰라요. 그 애는 어린애도 아니면서 그 말을 왜 나한테 직접 하지 못하는 거죠?"

"그건, 그래요⋯⋯ 물론⋯⋯."

"그래서, 그 애가 당신을 보낸 이유가 뭔가요? 자기는 입이 없어서 말을 못한대요?"

"그런 식으로 말하면 안 되죠. 그 애는 아마 증인이 있다면⋯⋯ 상황이 덜⋯⋯ 위험하리라 생각했을 거예요."

"무슨 위험이요?"

"내 생각엔, 실망하게 될 위험."

"바보 같군요. 인생에는 모든 게 항상 위험하다고 당신이 그 애한테 말해줄 수 있잖아요, 안 그래요?" 그가 갑자기 이상할 정도로 어른스럽게 말했다.

"그렇죠, 아마도."

"여기서 우리가 주고받는 대화도 모두 당신 책에 쓸 건가요?"

"아마⋯⋯ 글쎄, 잘 모르겠군요."

"아, 뭔지 알겠어요. 당신은 나를 '#BalanceTonPorc'[41]의

---

41   프랑스의 미투 운동에 쓰이는 문구 또는 미투 운동 자체를 의미하기도 한다.
      '너에게 성희롱이나 성폭행을 한 남자를 고발하라'는 뜻.

가해자처럼 묘사하겠죠."

"천만에…… 그렇지 않아요."

"아, 됐어요. 저는 당신을 전혀 믿지 않아요. 이건 당신하곤 상관없는 일이에요, 우리 문제라고요!"

"롤라가 부탁한 일이에요."

"거절했어야죠! 어린 여자애의 문제를 해결하러 다니는 게 당신 일인가요? 당신, 완전히 변태잖아. 당신 책에 이걸 꼭 적어 넣어요! 혹시라도 내 얘기를 쓴다면, 내가 이렇게 말하더란 것도 절대로 빠뜨리지 말아요. 당신은 더러운 변태 새끼야!"

"……."

그는 일어나서 빠른 걸음으로 카페를 나갔다. 나는 그와의 만남에서 좀 전까지 전개된 상황에 당황했을 수도 있을 것이다. 하지만 무엇보다 나는 그 소년이 미친 카리스마를 갖고 있다는 생각을 했다. 그리고 그것이 모든 걸 설명해주고 있었다. 겨우 열여덟 살밖에 되지 않은 그가 엄청난 자신감과 대담함을 보여주었다. 나는 그를 저지할 수 없었다. 내가 맡은 임무를 제대로 수행하지 못한 나 자신이 원망스러웠다. 하지만 처지를 바꿔 생각해볼 때, 내가 그를 불러내어 그런 얘기를 한 것이 그에게는 무례하고 부당하게 여겨질 수 있었고, 그런 상황이 매우 부담되고 괴로웠으리라는 걸 충분히 이해할 수 있었다. 나는 어쩌면 그와 나 사이에 있었던 모든 건 '책과는 무

관한' 것이라고 그에게 말했어야 했다. 정치가들이 어떤 기자들과 하는 인터뷰처럼 이건 '오프 더 레코드'로 진행되는 거라고 말이다. 하지만 내 프로젝트는 그런 게 아니었다. 나는 현실에서 일어나는 이야기를 쓰기 위해 거기에 있었다. 설령 그 현실이 실패하거나 좌절된 장면들을 담고 있다 하더라도. 어쨌든 그는 자기가 나한테 퍼부은 욕을 책에 꼭 쓰라고 한 그의 뜻을 내가 존중하지 않았다고는 말할 수 없을 것이다.

63

몇 분 뒤, 나는 롤라의 음성 메시지를 받았다. 아주 냉담한 어조였다. "당신이 미워요. 클레망과 조금 전에 헤어졌어요. 당신은 정말로 멍청한 인간이야. 어제는 우리 엄마아빠가 서로 고함을 지르고 하마터면 주먹질까지 오갈 뻔하게 만들더니. 당신의 그 형편없는 프로젝트 나부랭이의 목적이 도대체 뭐죠? 우리 가족을 풍비박산 내려는 게 목적이에요? 아, 그렇다면 뜻대로 됐네요. 브라보, 작가님. 그 모든 건 최악으로 끝날 거예요. 당신 같은 사람에게 도움을 청하다니. 정말 바보 멍청이야. 당신은 뭐 하나 제대로 이해하는 게 없어, 당신 여자도 도망가길 잘한 거야."

그 신랄한 메시지에 나는 충격을 받았다. 나는 그 아이가 부탁한 대로 했을 뿐이었다. 그 아이는 자신의 직감에 따라 내게 그런 엉뚱한 임무를 제안했고, 그 결과 자신의 처지가 처참해지자 그 책임을 나에게 뒤집어씌우고 있었다. 롤라는 클레망이 그런 유의 약간 특별한 면담에 기분이 상하리라는 것을 예상했어야 했다. 그래도 롤라는 나보다 그를 더 잘 알고 있었을 테니까. 사실 나는 클레망의 반응을 이해했을 뿐 아니라, 중요한 부분에 있어서 그와 의견이 일치했다. 애정 문제에 있어서 위험이 따르지 않는 상황이란 없다는 것. 롤라는 두려워하고 있었고, 더 이상 아무것도 이해하지 못했다. 그렇지만 모든 사랑은 잠재적인 고통을 내포하고 있다. 그 아이는 더 믿음이 가고 안심할 수 있는 다른 소년과 언제라도 성관계를 가질 수 있을 것이다. 하지만 그 아이가 다른 소년에게도 그렇게 정신을 못 차리도록 빠져들 수 있을까? 프랑수아 트뤼포의 〈미시시피의 인어〉에 나오는 어떤 대사가 내 머릿속에 떠올랐다. 그건 〈마지막 지하철〉[42]에서도 똑같이 되풀이된 대사다.

제라르 드파르디유
당신은 너무 아름다워…… 쳐다보기가 고통스러울 만큼.

카트린 드뇌브
전엔 즐겁다고 했잖아.

---

42   〈미시시피의 인어(La sirène du mississipi)〉는 프랑수아 트뤼포 감독의 1969년 작 범죄 멜로 영화다. 〈마지막 지하철(Le dernier métro)〉 역시 그의 1980년작 로맨스 영화다.

제라르 드파르디유

즐거움이자 고통이지.

롤라는 고통 없는 즐거움을 원했고, 그래서 나는 그 아이에게 그걸 선사하고 싶었다. 그 애가 나한테 얘기를 털어놓은 건 그게 처음이었고, 그래서 나는 그 임무를 완수함으로써 그 아이와 나 사이에 신뢰 관계가 싹트기를 바랐다. 그런데 오히려 마르탱 가족의 구성원이 이제 나를 미워하기 시작했다. 그러므로 내 책은 어쩌면 다섯 명의 인물들이 모두 나를 불신하는 것으로 끝맺을지도 몰랐다. 자전적인 이야기를 즐겨 쓰는 작가들의 주변 인물들이 대부분 적으로 변하는 것처럼. 나는 변호사가 나타나 출판금지 가처분 신청을 하기 전에 미리 주의해야 했다. 최악의 경우, 인물들의 이름을 다른 이름으로 바꿔야 할 수도 있었다. 하지만 나는 우리가 거기까지 가지는 않기를 바랐다. 현실과 법정 다툼 사이에서 분명히 타협점을 찾을 수 있을 것이다.

64

나는 약간 수치심을 느끼면서 집으로 돌아왔다. 아직 학교 과제를 신경 써야 하는 나이밖에 안 된 사내아이에게 호되게 야단을 맞았다. 아무것도 하고 싶지 않았다. 지금 생각으로는, 글쓰기가 인간이 하는 일 가운데 가장 멍청한 짓거리 같아 보였다. 제물낚시에 걸려든 이후로 자신감이 사라져버렸다. 침대 위에 널브러져 있다가, 마리에게 문자 메시지를 보내고 싶은 생각이 들었다(그녀가 먼저 연락할 때까지 기다리겠다고 굳게 다짐했음에도 불구하고). 하지만 메시지에 쓸 말조차 전혀 생각이 나지 않았다. 필요할 때마다 적절한 메시지 문구들을 제공해주는 웹서비스를 이용할 수도 있으리라. SMS의 달인들. 2.0 버전의 시라노 드 베르주라크들[43]. 하지만 지금 나를 대신해 글을 써줄 수 있는 사람은 아무도 없었다. 내가 표현하고 싶은 게 무엇인지 나 자신도 알지 못했기 때문이다. 그렇다고 나는 '네 생각이 났어'라는 말을 되풀이하지는 않을 것이다.

65

다행히 낮 동안 다 달아났던 기력을 약간 회복시켜주는 일이 일어났다. 발레리가 나에게 전화해 전날 밤 일이 어떻게 되었는지 알려준 것이다. 그녀는 너무 늦은 시간에 전화를 한 건 아닌지부터 물었다. 나는 휴대전화 화면을 힐끗 쳐다보았다. 벌써 자정이 다 되어 있었다. 어떻게 이럴 수 있을까? 나는

---

43   시라노 드 베르주라크(Cyrano de bergerac)는 동명의 프랑스 낭만주의 희곡 제목이자 주인공 이름이다. 친구를 위해 편지를 대필하며 마음을 전해야 했던 시라노의 낭만적인 사랑을 담고 있다.

시간의 버뮤다 삼각지대에서 대여섯 시간을 날려버린 거였다. 나의 망상은 몇 시간이 불과 몇 분처럼 여겨지는 세계에서 그렇게 뻗어나갔다. 종종 몽상의 미궁을 헤매곤 했지만, 이처럼 나도 모르는 사이에 시간이 훌쩍 흘러가 버린 현상은 한 번도 겪어보지 못했다. 보통 그건 엄청나게 즐거운 시간을 보낼 때 경험하는 느낌이다. 그런데 내 경우는 그 반대였다. 나는 가슴이 쿵쾅거릴 만큼 심각한 고민에 빠져 있었다. 내가 시간이 흐르는 걸 인지하지 못할 때는 그렇게 진공 상태에 빠져들어 있을 때다.

"죄송해요, 하지만 이제야 겨우 전화를 걸 여유가 생겼어요." 발레리가 말을 이었다.

"괜찮습니다, 괜찮아요."

"어젯밤에 믿을 수 없는 일이 일어났어요……."

"아, 그래요?"

"네, 정말이지, 깜짝 놀랐어요. 그리고 그건 결국 당신 덕분인 것 같아요."

"무슨 일인데요?"

"파트릭이요."

"파트릭이 어떻게 했길래?"

"너무 놀라 아직도 진정이 안 되네요. 그, 그게…… 그러니까…… 뭐라고 해야 할지 모르겠어요……."

"말해 보세요."

"처음부터 말하는 게 좋겠네요, 어제 저녁에 일어난 일부터."

"네, 좋아요." 나는 초조함을 감추려 애쓰면서 말했다. 그 미스터리한 사건의 전말을 정말로 알고 싶었다.

내가 그 집 현관 앞의 희미한 불빛 너머에서 머물러 있을 때 그녀는 정신을 차렸다. 아이들은 다시 자러 들어갔다. 그리고 발레리는 벽장에서 깃털 이불을 꺼내 거실 소파 위에 내던졌다. 함께 살아온 지 25년 동안 파트릭이 침실에서 쫓겨난 건 그게 처음이었다. 뭔가 마음에 걸리는 것이 있었다. 잠을 따로 자자는 건 흔히 별거의 전 단계를 의미한다. 얼이 빠져버린 그는 아무 말 없이 그녀의 뜻에 따랐다. 그는 자기 행동이 도가 지나쳤다는 것을 알았다. 그는 나에 대한 분노를 억누를 수 없었다. 그런데 평소 그는 좀처럼 화를 내지 않았다. 그는 다혈질과는 거리가 먼 인물이었다. 그는 늘 온화하고 때로는 소심해 보일 만큼 내성적이기도 한 성품의 소유자라고 할 수 있었다. 그의 돌연한 분노는 깜짝 놀랄 일탈 행위 같았다. 물론 그렇다고 해도 그건 그의 아내가 보기에는 참고 넘어갈 수 없는 행동이었다. 발레리는 그와 더 이상 말을 섞고 싶지 않았다. 그날 밤은 물론 그 후로도. 그 일은 이미 극도로 악화되어 있는 관계의 종착점이었다. 그가 어떻게 그녀에게 그럴 수 있었을까? 그는 그녀로 하여금 수치심을 느끼게 했다. 지금껏 살아오는 동안 그런 감정을 거의 느껴본 적 없던 그녀에게. 그리고 그것보다 더 나쁜 건, 그가 제3자인 나와 아이들 앞에서 그런 행동을 했다는 것이었다. 고통이 히스테리로 폭발했다는 건 이해가 가지 않는 건 아니었다. 하지만 그건 속에 담아두고 있어야 했다. 타인들의 눈에 띄지 않게. 그러니까 그는 선을 넘은 거였다.

그녀가 자기 혼자 쓰기에는 너무 큰 침대에서 좀 전에 있었던 일을 되새기고 있을 때, 방 문이 열리는 소리가 들렸다. "꺼져, 당신하고 더 이상 말 섞고 싶지 않다고 했잖아. 날 혼자 내버려 둬……." 하지만 파트릭은 얼이 빠진 얼굴로 그대로 문턱에 서 있었다. 그는 알아들을 수 없는 말을 낮게 웅얼거렸다. 마치 침묵을 내뱉는 것 같았다. 발레리는 그 무기력한 침입에 짜증이 났다. 용서를 구하려는 시도라고 해도, 그것조차 무기력하기 그지없었다. 그 순간 놀라운 무언가가 나타났다. 눈물. 발레리는 남편의 얼굴을 응시했다. 그녀는 그런 그의 모습을 본 적이 언제였는지 기억하지 못했다. 파트릭은 1997년 교통사고로 친구를 잃은 이후로 눈물이 말라버렸다. 그녀는 그 까닭을 알 수 없었지만, 그 죽음이 그의 정신상태를 완전히 바꿔놓았다. 그렇다. 남편의 눈에서 갑자기 흘러내린 그 짭짤한 물 몇 방울이 상황을 완전히 반전시켰다고 말할 수 있다. 어쩌면 그녀의 인생까지도.

그는 여전히 눈물을 흘리면서 그녀에게로 다가왔다. 그

는 자기가 사랑하는 여자를 잃을 수도 있다는 걸 처음으로 깨달았다. 그의 미래에 꽂힌 비수. 소파에서 잠을 자야 하는 그날 밤은 임박한 고독의 냄새를 풍기고 있었다. 그리고 그것이 그를 허물어뜨렸다. 그 순간 그는 그 몇 달 동안 억누르고 있던 모든 것을 한꺼번에 놓아버렸다. 직장에서의 모든 고통이 덩달아 솟구쳐 올랐다. 하지만 가장 중요한 것은 발레리였다. 그는 그녀를 사랑했다. 그는 자기가 그녀를 아주 많이 사랑한다는 걸 알고 있었고, 최근 들어 그녀에게 그걸 전혀 표현하지 않았다는 것도 알고 있었다. 우리는 흔히 어떤 물건이나 사람을 잃는 순간에야 비로소 그 가치를 알게 된다. 그의 아내가 그에게 거실에서 자라고 명령했을 때, 그는 아내의 태도에 전기충격을 받은 느낌이었다. 그는 그녀를 잃을 수 없었다. 그래서 눈물이 솟구쳐 올랐다. 제어할 수 없는 홍수처럼 끊임없이 흘러내리는 눈물.

눈물을 흘리면서 그는 자신의 두려움을 설명하려 했다. 그건 솔직했고, 그녀의 감정을 누그러뜨릴 만큼 감동적이었다. "나는 당신 없이는 살 수 없어. 당신은 내 인생의 전부야. 내가 이성을 잃고 날뛴 건 당신을 잃을지도 모른다는 두려움 때문이었어. 제발, 날 용서해줘……." 그녀는 자기가 사랑했던 남자를 되찾은 것 같은 기분이었다. 그랬다. 그녀는 잃어버린 낙원이 되어버린 그 감성을 마주하고 있었다.

그녀가 그의 손을 잡았고, 그는 그녀를 이끌고 침대로 갔다.

그들은 밤새도록 서로 끌어안은 채 잠을 잤다.

새로 태어난 관계에 깜짝 놀라 넋이 나간 채.

자신들 사이에 다시 한번 불꽃이 일어나기를 꿈꾸면서.

66

한순간 나는 그토록 엄청난 응어리와 싸늘히 식어버린 마음까지도 눈물 몇 방울에 녹아내릴 수 있다는 것이 기이하게 느껴졌다. 거기에 파트릭의 말, 마치 사형수들이 죽기 전에 마지막으로 내뱉는 독백 같은 그의 말을 덧붙여야 했다. 발레리가 주장했던 그 모든 것에도 불구하고, 그녀가 기다리고 있었던 것은 바로 그거였다. 남편의 반응. 허울뿐인 관계로 함께 살아가는 건 죽도록 괴로운 일이다. 그녀는 그의 혼란과 고통을 이해했다. 그리고 속마음을 털어놓고 눈물을 흘리는 것은 두 사람 모두에게 도움이 되었다(그녀도 결국 울고 말았다). 아주 오랫동안 함구하고 있던 모든 것을 털어놓는 눈물의 대화. 그렇게 화해한 두 사람은 자신들이 마음의 문을 닫아걸고 서로를 외면하며 살아온 지가 벌써 몇 년이나 되었다는 사실에 사뭇 놀랐다. 파트릭은 나에게 사과의 메시지를 보내고 싶어 했지만, 발레리는 자기가 대신 보내겠다고 말했다. 그렇게 해서 나는 '모든 게 제자리로 돌아왔어요'라는 메시지를 받게 된 거였다.

서로에 대한 사랑으로 가득 찬 그 밤(그들은 섹스를 나누지는 않았다), 그들은 몽롱한 상태에 빠져들었다. 옛날부터 알고 있던 사람을 새로 발견하는 것에는 숭고한 뭔가가 있었다. 파트릭은 일어나 아침 식사를 준비하러 갔다. 그들의 몸짓 하나하나는 새로운 날들에 대한 기대와 가능성으로 충만해 있었다. 그는 아이들을 깨우러 갔다. 먼저 롤라, 그다음은 제레미. 그리고 아이들에게 사과하면서 최근 직장에서 일어난 갑작스러운 변화 때문에 신경이 날카로워져 있었다고 설명했다. 완전히 잠을 깬 아이들은 너그러운 태도를 보여주었다. 그는 이제 깨달았다. 그동안 그는 자기가 겪고 있는 일들을 가족에게 솔직하게 털어놓지 않았다. 그는 자신의 두려움과 의혹을 아파트 입구에 내려놓고 집으로 들어가곤 했다. 그건 바보 같은 짓이었다. 뭐든 말을 했어야 했다. 단지 약간의 격려를 받을 뿐이라해도. 그는 "다 잘 될 거예요, 아빠"라는 말을 두 번 들었고, 그래서 다시 한번 울고 싶어졌다. 그의 방어막이 무너져내렸다. 그것은 그에게 일어날 수 있는 최고의 사건이었다.

67

그는 새로운 에너지로 무장한 채 사무실에 도착했다. 소중한 것을 되찾았을 때, 더 이상 두려울 건 아무것도 없다. 그는 자기가 왜 불안의 소용돌이에 그처럼 휘말려 있었는지 의

아했다. 물론 그는 직장을 잃을까 봐 두려워했다. 하지만 그게 그렇게 대단한 일일까? 어차피 실업수당을 받을 것이고, 가족과 더 많은 시간을 함께 보내면서 삶을 즐길 수도 있을 것이다. 그리고 그 정도의 경력이라면 다른 직장을 구할 수 있을 것이다. 직장 내 괴롭힘으로부터 벗어날 가능성이라고는 눈곱만큼도 없는 상태에서 어쩔 수 없이 당하고 있을 수밖에 없는 다른 사람들과는 달리, 그는 자신의 운명을 스스로 개척해나갈 힘이 자기한테 있다는 것을 알게 되었다. 그는 바로 오늘 사장과 만나기로 되어 있었고, 그래서 회사에서 쫓겨날 마음의 준비를 하고 있었다. 그는 데주와요의 시선에서 번득이는 사악함을 분명히 보게 될 터였다. 사흘씩이나 애가 타게 해놓고 단숨에 목을 날려버리는 그 사악함. 어떤 면에서는 은밀하게 서서히 진행되어온 사형집행. 파트릭은 헛된 희망 따위는 조금도 갖고 있지 않았다. 그는 이제 곧 자신의 개인물품들을 종이상자에 챙겨 넣게 될 터였다.

오후가 막 시작될 무렵, 파트릭은 발레리의 메시지를 받았다. 메시지 내용은 간단했다. '사장과의 면담 때문에 너무 걱정되네요.' 그 문장은 그에게 아주 각별하게 느껴졌다. 그들은 언제부터 서로를 염려하고 아끼는 그런 애정 어린 메시지를 더 이상 주고받지 않았을까? 그는 자기 부부가 나누었던 대화의 흐름을 거슬러 올라가면서, '집에 오는 길에 바게트 하나만 사다 줘요'라거나 '제레미에게 줄 파일북 가져오는 거,

잊지 마요' 같은 말들을 떠올렸다. 명령조의 메시지들. 의례적인 기념일 축하 메시지들. 사랑의 어휘들은 언제부터 사라졌던 걸까? 2년? 5년? 10년? 문자 메시지들이 낭만적인 표현 수단일 뿐이었던 시절은 잊히고, 이제는 단지 요점을 전달하는 실용적인 수단으로 전락하고 말았다.

그는 그 메시지를 여러 번 되뇌었다. 단순히 '고마워'라고 답하고 싶지 않았다. 마침내 그는 당신이 그렇게 걱정해주니 정말 큰 힘이 된다고 문자를 보냈다. 그건 약간 과장된 문장이었다. 어쩌면 상투적인 문장. 하지만 그는 지금 자기가 느끼고 있는 감정을 표현하고 싶었다. 그 감정들을 있는 그대로. 서투른 '당신을 사랑해'가 미사여구로 가득 찬 인사치레보다 항상 더 강력한 법이다. 발레리는 그 회신, 자신들의 관계를 되살아나게 해주는 그 메시지를 받고 기뻐했다. 그들은 서로를 재발견하고 있었다.

68

파트릭은 휴대전화의 화면을 들여다봤다. 약속 시각이었다. 드디어 그는 자기를 괴롭히는 사람과 마주하게 될 것이었다. 물론 그 견딜 수 없는 기다림은 그리 쉽게 끝날 것 같지 않았다. 여비서가 사장님이 지금 전화 통화 중이라서 몇 분 더 기다려야 할 거라고 말했다. 그래서 그는 사장실 밖 복도에 놓여 있는 의자에 앉았다(꼭 병원에 와 있는 것 같았다). 그는 태연한 척하려고 휴대전화를 꺼내 인터넷을 훑어보기 시작했다. 트위터는 긴장될 때 담배를 피우는 것만큼 마음을 가라앉혀주는 효과가 있다. 그는 여러 트위터 중에서 오노 요코의 계정을 팔로우했다. 그녀는 세계 평화에 관한 문장이나 영혼의 안정에 관한 신비주의적인 문장을 방금 막 올려놓았다. 요컨대 그에게 도움이 될 만한 문장이었다. 하지만 오노 요코가 직장생활에 대해 뭘 얼마나 알까? 그래도 그는 그녀를 아주 좋아했기 때문에 그건 문제가 되지 않았다. 인생의 아름다움, 그리고 우리가 살아가는 하루하루가 붙잡아야 할 하나의 기회라는 사실을 믿으며 만트라를 노래하는 건 전혀 어려운 일이 아니었다. 데주와요와의 약속만 없었더라면.

그 우라질 인간은 계속 그를 기다리게 했다. 기다림은 영원히 계속될 것 같았다. 한순간, 파트릭은 자리를 박차고 일어나 그곳에서 나가버리고 싶었다(그건 사직서를 내는 것이나 다름없는 위험한 행동이었다). 하지만 데주와요가 자기를 왜 불렀는지 영문도 모른 채 가버릴 수는 없었다. 그는 자기가 불려온 이유를 알고 싶었다. 도대체 뭘 어떻게 했기에? 어쩌면 어떤 서류를 잘못 처리한 것 때문일 수도 있다. 하지만 그는 그게 정확하게 어떤 서류인지 도무지 알 길이 없었다. 사실 누가 봐도 그는 유능한 직원이었다. 그에 대해 이제까지 그 누구도 불평한 적이 없었고, 그가 관리하는 모든 고객도 그의 업무능력에 만족해하면서 변함없이 그를 믿고 모든 걸 맡겼다. 그렇다면 도대체 뭘까? 불경기로 인한 인원 감축? 그것 말고는 다른 이유가 떠오르지 않았다. 곧 있을 합병 전에 미리 기름기를 걷어낼 필요가 있었다. 하지만 파트릭의 봉급은 그룹의 재정 안정에 영향을 미칠 만큼 대단할 게 못 되었다. 그를 자른다고 해도 회사에 별 이득이 되지 않을 뿐더러 오히려 어떤 서류들을 해결하지 못해 그에게 다시 연락해 도움을 받아야 하는 일이 생길 게 분명했다. 하지만 뭐 그의 동료 랑베르도 관리고객들이 많았는데도 데주와요는 끝내 그를 잘라버렸다. 그리고 랑베르가 관리하던 고객들을 다른 직원들에게 나누어 떠맡겼다. 직원들은 늘어난 업무량을 불평 없이 받아들여야 했다. 만약 그 업무량이 지옥처럼 끔찍하게 느껴진다면 사표를 쓰고 나가면 될 거 아니냐는 식이었다. 그들의 자리를 열망하는 수천 명이 넘는 의욕적인 젊은이가 줄을 서서 대기하고 있었다. 정말로 그런 건지 꾸며낸 건지 알 수 없지만, 어쨌든 사장은 툭하면 그 엄청난 경쟁 얘기를 들먹이곤 했다.

시간이 흐를수록 파트릭의 마음은 더욱더 굳혀져 갔다. 그는 더 이상 자기 자리를 지키기 위해 과로로 쓰러지고 싶지 않았고, 한 남자의 뜻에 굴복하고 싶지도 않았다. 한 시간을 기다린 뒤, 그는 거기서 나가기로 결심했다. 그런데 바로 그 순간, 마침내 그의 이름이 불렸다. 그는 거의 군주처럼 당당하고 침착한 걸음걸이로 데주와요의 사무실 안으로 들어갔다. 데주와요는 그를 쳐다보지도 않고 약속 시간보다 늦게 부른 것에 대해 사과도 하지 않으면서 앉으라는 말만 했다. 경멸의 왕국에서 그 정도는 지극히 당연한 거였다. 그런데 웬일인지 데주와요는 오히려 호의적인 표정을 짓고 있었다. 그의 몸은 바짝 마르고 길쭉한 반면, 머리통은 공처럼 완전히 동그랬다. 근엄한 받침돌 위에 마치 실수로 올려놓은 것 같은 쾌활한 표정의 얼굴. 그의 지시에 따라, 절대로 그에게 먼저 말을 걸어서는 안 되었다. 파트릭은 자신의 주인이 고개를 들어주기를 묵묵히 기다렸다. 그렇게 해서 권력의 코미디가 시작될 수 있었다.

직장 내 괴롭힘에 대해서는 대부분 피해자의 관점에서 말한다. 그런데 괴롭히는 가해자의 심리는 어떤 것일까? 밤마다 어둠 속에 있을 때 어떤 기분일까? 그는 양심의 가책이라고는 조금도 느끼지 않고 자신의 권력을 휘두르며 즐기는 걸까? 어린 시절 사랑을 받지 못하고 자란 것을 복수하는 것일까? 데주와요는 굉장히 중요한 등장인물일 것이다. 나는 그의 사생활, 성생활이 무척 궁금했고, 그에게 자식들이 있는지 알고 싶었다. 그는 독서를 좋아할까? 만약 그렇다면 프루스트를 좋아할까, 아니면 셀린 쪽을 좋아할까? 카뮈를 좋아할까, 아니면 사르트르를 좋아할까? 그것 역시 실제 이야기가 가지고 있는 난점이다. 현실 속 이야기에서 나는 전지전능하지 않다. 소설이 출간되면 그는 자기가 그 소설에 등장한다는 사실을 자연스레 알 것이다. 그는 소설 속에서 내가 묘사한 자신의 초상을 바로잡고 싶어 할까? 나의 몇몇 등장인물들이 소설 속에 묘사된 내용에 관해 자신들의 관점이나 해석을 나중에 들려주는 것도 나쁘지 않을 것 같았다.

"마르탱, 잘 지내시죠?" 데주와요가 마침내 물었다.

"잘 지냅니다. 고맙습니다."

"스트레스 받을 일은 없나요?"

"네, 없습니다."

"나한테는 솔직하게 다 말해도 됩니다. 아시죠?"

"네."

"정말로 스트레스가 없어요?"

"업무량이 많긴 하지만, 뭐 괜찮습니다."

"아, 괜찮다고 하시니까 하는 말인데, 그러면 신규고객들을 맡겨도 될까요?"

"……."

"아무 말도 안 하시는군요?"

"생각을 좀 해보느라고요. 결정은 사장님이 하시는 거지만, 저는 안 그래도 이미 업무량이 아주 많다고 생각합니다. 게다가 랑베르가 떠난 뒤로 일이 훨씬 더 많아졌습니다."

"그를 해고한 게 잘못이다, 이 말인가요?"

"그는 일을 잘하고 있었습니다."

"당신보다 잘하진 못했죠."

"……."

"그리고 마르티네즈는? 마르티네즈에 대해서는 어떻게 생각합니까? 그가 회사에 꼭 필요한 사람이라고 생각합니까?"

"예, 물론입니다."

"당신 눈에는 '세상 모든 사람이 다 아름답고, 다 좋은 사람들이다'[44] 이건가요?"

"아니…… 아닙니다." 파트릭은 점점 더 난처해하면서 대답했다. "하지만 사장님은 저에게 제 동료들에 대해 물으셨고, 그래서 제가 아는 대로 그들이 일을 아주 잘하고 있다고 대답했을 뿐입니다."

"그런데 만약 당신이 내 입장이 되어 누군가를 해고해야 한다면, 누굴 해고하겠어요?"

"네?"

"만약 당신이 해고할 사람을 한 명 선택해야 한다면 그게 누구냐 말입니다."

"대답할 수 없습니다. 사실 잘 모르겠습니다……."

"이봐요, 마르탱. 당신은 똑똑하고, 실무 경험도 풍부하고, 다른 누구보다 회사 사정에 밝아요. 그래서 솔직히 말하는

---

44   〈Tout le monde il est beau, tout le monde il est gentil〉는 1972년 개봉한 장 얀 감독의 풍자 코미디 영화 제목이다.

데, 평균 이하인 사람이 분명히 있어요. 나도 나름대로 생각해 둔 사람이 있습니다. 하지만 당신 의견을 듣고 싶군요. 비교해 보고 싶으니까."

"이런 말씀을 드려도 될지 모르겠지만, 사장님은 제 입장을 정말 곤란하게 만드시는군요. 다 똑같은 동료인데 누구 한 사람을 찍어 말할 순 없습니다."

"뭐, 그렇다면 할 수 없죠. 우리 회사에서 현재 위치까지 올라올 만큼 당신이 유능한 인재라는 걸 잘 알고 있습니다. 그러니 전혀 위험할 건 없습니다. 이건 선택입니다, 마르탱. 그냥 선택일 뿐이에요. 하지만 난 실망했습니다. 당신이 회사의 조직 개편에 훨씬 더 협조적이길 기대했는데."

"제가 동료들을 밀고하기를 바라시는 겁니까?"

"천만에, 전혀 그렇지 않아요! 당치도 않은 소리! 나는 그저 당신과 얘기를 나누고 싶어요. 당신 의견을 듣고 싶을 뿐입니다. 내가 당신을 만나고 싶어 한 것도 그래서고요."

"제 의견을 듣고 싶다고요?"

"그래요. 당신은 이 방 안에서 아무것도 알아차리지 못했습니까?"

"네." 파트릭은 실내를 눈으로 훑어본 다음 그렇게 대답했다.

"확실합니까?"

"네. 아니, 저는 잘 모르겠습니다. 이곳에 자주 들어오지 않으니까요."

"커튼."

"커튼이 왜요?"

"이 방의 커튼을 바꿨어요."

"아……."

"난 당신 의견을 듣고 싶었습니다."

"무엇에 관해서요? 커튼에 관해서 말입니까?"

"그래요, 바로 그겁니다."

"커튼……에 관해 제 의견이 듣고 싶었다고요?"

"그 말을 몇 번이나 되풀이할 겁니까? 이게 뭐 그렇게 놀랄 일이라고요. 나는 새로 바꾼 커튼에 대해 당신 의견을 듣고 싶었습니다."

"저를 부르신 게 이것 때문이라고요?"

"그렇습니다."

"명령조로? 사흘 전부터?"

"네, 나는 사실 나의 선택을 더 이상 믿지 못하게 되었거든요. 그래서 생각했죠. '그래, 마르탱이라면 분명히 이것에 관해 높은 안목을 갖고 있을 거야'라고요."

"제가요?"

"그래요, 난 직감적으로 그렇게 느꼈어요. 그래서, 어때요? 이 밤색, 괜찮습니까?"

"글쎄요. 아주 좋군요." 파트릭은 완전히 얼이 빠진 채 대답했다. 도저히 생각도 할 수 없었던 대화 내용에 그는 어안이 벙벙했고, 충격에 사로잡혀 대답도 제대로 할 수 없었다.

"아주 좋다, 그것 말고 더 하실 말씀은 없습니까?"

"……."

"특별히 거슬리는 게 전혀 없어요? 마름모꼴들이 신경에 거슬린다거나 하진 않나요?"

"아니요."

"좋아요, 당신을 믿습니다."

"절 부르신 게 이것 때문이었다면…… 이제 그만…… 가 봐도 되겠습니까?"

"네, 물론이죠, 마르탱. 가 보셔도 됩니다. 당신과 대화를 나누는 건 언제나 즐거운 일이에요."

"……."

파트릭은 끝마쳐야 할 대화를 공백 속에 남겨둔 채 데주와요의 방에서 나왔다. 엘리베이터까지 걸어가야 하는 복도가 믿을 수 없을 정도로 길어 보였다. 걸음을 뗄 때마다 노력이 필요했다. 그는 결국 목이 말라 커피머신 앞에 멈춰 섰다. 하지만 자기가 뭘 마시고 싶은지도 몰랐다. 한 동료 직원이 곁에 다가와 멈춰 섰다. "괜찮으세요?" 그녀가 물었다. 그러고 나서 이렇게 덧붙였다. "얼굴이 아주 창백해요." 그는 그녀를 안심시키기 위해 괜찮다고 대답했다. 하지만 그녀는 그의 곁에 좀 더 머물러 있기로 했다. 소피, 그게 그녀의 이름이었다. 그녀는 결국 파트릭에게 자기 사무실에 들러 잠시 쉬었다 가라고 권했다. 그들은 함께 몇 발자국을 걸어갔고, 그는 마침내 사람들의 시선을 피해 자리에 앉을 수 있었다. 그녀는 그에게 물을 한 잔 가져다주고, 얼굴을 닦을 수 있도록 손수건을 건넸다. 그는 유행성 감기가 갖는 모든 증상을 보이고 있었다.

거의 잘 모르는 여자 동료의 사무실에 앉게 된 그는 그 여직원에 관해 사람들이 들려준 얘기가 떠올랐다. 그게 뜬소문인지 아닌지는 알 수 없었지만, 어쨌든 파트릭은 소피에 관한 어떤 이야기를 여러 번 들었다. 그녀가 자기 파트너의 자살을 목격했다는 소문이었다. 전에 일했던 회사에서 그녀는 몇 년 동안 어떤 남자 직원과 사무실을 함께 썼다. 어느 날 그들이 어떤 영화에 관해 시시한 대화를 나누고 났을 때, 그 남자가 갑자기 벌떡 일어나 창 너머로 뛰어내렸다. 그렇다. 파트릭은 그녀가 누구인지 이제 확실히 기억났다. 그녀는 '자살남의 여자'였다. 그게 사람들이 그녀를 부르는 호칭이었다. 파트릭은 거기서 어떤 결론을 끌어내야 할지 알 수 없었다. 하지만 그가 금방이라도 기절할 것 같았던 그 순간에 그녀는 그에게 사려 깊은 관심을 보여주었다. 그가 물을 세 번째 잔째 마시고 있는 동안, 그녀는 그에게 환한 미소를 보냈다.

파트릭은 눈앞의 모든 것이 왜곡되어 보이는 것 같은 느낌이 들었다. 그는 마치 정교한 사진기의 초점을 맞추듯이 잠시 시력을 조절했다. 그리고 자리에서 일어나 소피에게 도와줘서 고맙다고 인사했다. 과도한 업무 때문에 갑자기 피로가 몰려와서 그런 것 같다고 그는 더듬거리며 말했다. "아무래도 휴가를 내야 할 것 같아요!" 마침내 그는 거의 믿을 수 없을 정도로 편안한 투로 말했다. 소피는 내심 불안한 마음을 숨기면서, 뭐든 필요한 일이 생기면 언제라도 자기를 찾아오라는 말만 했다. 그녀는 목격자들에게 내려지는 죄책감이라는 그 종신형에 시달리고 있는 게 분명했다.

자기 사무실로 되돌아오면서 그는 묵직했던 마음의 짐이 몸에서 점차 빠져나가는 것을 느꼈다. 지난 며칠 동안 그를 짓누르던 긴장이 사라지고 있었다. 그는 직장을 잃지 않을 것이다. 하지만 그 면담은 회사의 향방이 한 냉소적인 괴물의 손아귀에 떨어졌다는 것을 그 어느 때보다 분명하게 확인시켜주었다. 그는 그 사실을 웃어넘기고 싶었을 것이고, 정말로 웃어넘길 수도 있었을 것이다. 하지만 그의 몸은 그것에 대해 다른 결론을 내렸다. 그리고 결정을 내리는 건 언제나 몸이다. 그는 가슴으로, 또는 살과 심장으로 동요하고 있었다. 쉴 사이 없이 일하며 회사를 위해 분투했던 세월. 그런데 결국 그 끝은 비참한 모욕이었다. 그렇게 표현하는 것 말고는 다른 말을 찾을 수 없었다. 그는 방금 철저히 모욕을 당했다.

69

그는 모든 게 잘 해결되었고 일상적인 업무들도 잘 끝냈다고, 아내에게 메시지를 보냈다. 그리고는 갑작스럽게 몸에 열이 난다고 핑계를 대면서 댁으로 방문하기로 한 고객과의 약속을 취소했다. 그는 생명보험에 들라고 떠들며 파리 시내를 돌아다닐 용기가 나지 않았다. 그는 생각했다. 이번 한 번만큼은 영화관에 가도 될 거라고. 그의 스케줄을 감시할 사람은 아무도 없었다. 물론 그는 일을 지나치게 잘하고 있었다. 그래서 이런 생각도 했다. 오늘 하루 날을 잡아 오후 근무를 빼먹고 어두운 영화관으로 들어가는 거다. 어떤 영화든 상관없이 그렇게 영화를 관람하자. 그가 마지막으로 영화관에 가본 게 언제였던가? 기억이 나지 않았다. 아마 아들과 함께 액션 영화를 본 게 마지막이었던 것 같았다. 정확히 〈미션 임파서블4〉. 그래, 그 영화였다. 세계에서 제일 높은 두바이의 빌딩 꼭대기에 있던 톰 크루즈가 눈앞에 떠올랐다. 파트릭은 사무실에 앉아 자기가 붙여 놓은 포스트잇들 앞에서 영화 주인공의 순수한 영웅적 행동들을 되살려내고 있었다. 톰 크루즈라면 데주와요와의 면담에서 어떻게 행동했을지 슬그머니 궁금해졌다. 그는 어떤 식으로 용기를 보여주었을까?

결국 파트릭은 그날 영화관에 가지 않았다. 대신 긴 산책을 하기로 했다. 하지만 그가 마지막으로 산책을 한 것도 아주 오래전이었다. 그래서 화요일 오후의 산책이 어떤 것인지 조차 이제는 기억에 가물가물했다. 그는 휴대전화에 응답하지 않고 헤매다녔다. 그 시각에 중심업무지구는 텅 비어 있었다. 그곳의 남자들과 여자들은 자신들의 작은 칸막이 안에 얌전하게 들어앉아 열심히 일하고 있었다. 주위 빌딩들이 인간 서랍들이 빼곡하게 들어찬 가구 같다는 생각이 들었다. 그에게는 모든 게 우스꽝스러워 보였다. 그는 마침내 PMU 바[45]에 들어가 자리를 잡고 앉아 맥주를 마시면서 경마를 구경했다. 한 시간 동안 그의 머릿속으로 얼핏 이런 게 행복이 아닐까 하는 생각이 스쳐 지나가는 듯했다. 이렇게 말해도 된다면, 그는 모종의 행복감을 억누르려 하기까지 했다. 그는 '부재중 전화'들을 확인하고는 휴대전화가 없던 시대를 생각했다. 누구의 방해도 받지 않고 마음껏 방황할 수 있었던 그 시절을.

70

회사원들이 빌딩들에서 쏟아져 나와 지하철역으로 몰려드는 시각에 파트릭은 역방향으로 걸어 사무실로 돌아갔다. 그는 끝마쳐야 할 서류가 있다는 핑계를 대면서 좀 늦게 퇴근할 거라고 발레리에게 알렸다. 그녀는 자기 부부가 다시 태어

---

45   프랑스 내 장외마권판매소 겸 바.

난 오늘 같은 날 남편이 집에 일찍 들어오려 노력하지 않는 것이 실망스럽긴 했지만, 그로서도 달리 어쩔 도리가 없는 것이라 생각했다. 사실 파트릭은 사무실에 쌓인 서류들을 전혀 펼쳐보지 않았고, 누구에겐가 전화를 걸지도 않았다. 고객들의 문제는 더 이상 그의 관심사가 아니었다. 홍수, 지진, 온갖 종류의 사고들, 이제 그 무엇도 그를 붙잡지 못했다.

그의 부서는 텅 비어 있었다. 그는 자기 부서에서 나와 엘리베이터를 타고 데주와요의 사무실이 있는 층까지 올라갔다. 그리고 몇 시간 전에 걸어갔던 그 긴 복도를 다시 걸었다. 하지만 이번에는 그 복도가 전보다 덜 길게 느껴졌다. 물리적 거리는 언제나 우리의 정신상태에 영향을 받는다. 그는 어떤 사무실 안에서 일하고 있는 청소부를 보고, 그 여자에게 들키지 않으려고 요령껏 행동했다. 그건 어려운 일이 아니었다. 그 여자는 주위에서 무슨 일이 일어나고 있든 전혀 신경 쓰지 않고 기계적으로 자기 일에 집중하고 있는 것 같았다. 매일 저녁 피로와 싸우면서 반복하는 동작들. 여자 톰 크루즈야, 파트릭은 생각했다. 그러고 나서 그는 계속 가던 길을 갔다. 하지만 데주와요의 사무실에 다다르기 전에 갑자기 방향을 틀어 비상계단 쪽으로 가서 소화기를 집어 들었다. 그런 다음 걸음을 되돌려 그 모욕의 장소에 다다랐다.

문은 잠겨 있지 않았다. 그는 잠시 데주와요의 의자에 앉앉다. 하지만 이내 방향을 돌려 커튼을 살펴보기 시작했다. 새 커튼. 바로 그 커튼. 이른 오후 PMU 바에 들렀을 때 파트릭은 거기서 지포 라이터를 구입했다. 그는 엄지손가락으로 라이터 뚜껑을 열었다. 어떤 남자라도 멋져 보이게 해주는 그 동작. 게다가 그건 내 소설의 주인공에게 딱 어울리는 동작이었다. 어떤 이들은 신비로운 계시처럼 불현듯 은총을 입는다. 파트릭은 무사태평함을 갑자기 이식받은 것 같았다. 무분별한 위험한 짓을 감행하고 있음에도(야간 경비원이나 목격자가 언제라도 지나갈 수 있었다), 그는 지극히 태연했다. 그는 더 이상 잃을 게 아무것도 없는 사람처럼 행동하고 있었다.

그는 데주와요의 새 커튼에 불을 붙였다.

71

커튼이 타들어 가는 동안 그는 불길이 다른 곳으로 번지지 않도록 소화기로 불을 껐다. 그리고는 침착하게 그곳에서 나왔고, 30분 뒤 자기 집에 돌아와 있었다. 발레리는 침대에서 책을 읽으며 그를 기다리고 있었다. 그는 아내 곁에 누워 그녀를 끌어안았다. 아이들은 이미 자기들 방에 있었다. 발레리는 그에게 배가 고픈지 물었다. 그는 자기가 먹을 걸 준비하겠다고 대답했다. 그들은 함께 부엌으로 갔고, 그가 치즈 오믈렛을 만들었다. 그 평범한 저녁 시간은 그들이 처음 만난 그때처럼 달콤했다.

그들이 낮에 있었던 일들을 서로 이야기하는 동안, 파트릭은 조용한 어조로 말했다. "그가 날 부른 건 자기 방에 새로 단 커튼에 관해 내 의견을 묻고 싶어서라는 거야. 상상이 가? 그래서 저녁에 그의 사무실로 다시 가서 그 커튼을 불태워버렸어."

그녀는 그에게 그 얘기를 여러 번 되풀이해 달라고 했다. 물론 그녀가 잘못 들어서 다시 말해달라고 한 건 아니었다. 처음에 그녀는 "당신 미쳤어!"라고 소리치고 싶었지만, "당신 정말 천재야"* 쪽으로 방향을 틀었다. 남편이 어떤 사람인지 잘 아는 그녀는 그가 얼마나 참을 수 없을 정도로 힘든 지경에 이르렀으면 절망과 용기 사이 어딘가를 떠도는 그런 행동을 저질렀을지 충분히 가늠할 수 있었다. 그는 전날 함께 나눈 대화 덕분에 그렇게 행동할 용기를 얻은 거라고 낮은 목소리로 그녀에게 말했다. 그는 더 이상 복종하고 싶지 않았다. 물론 그 행동에 따른 결과들이 있을 것이다(대주와요는 당연히 그를 범인으로 지목할 것이다). 하지만 그런 건 이제 아무래도 상관없었다.

* 물론 천재성과 광기가 종이 한 장 차이라는 건 위인전을 몇 권 펼치기만 해도 충분히 알 수 있다.

그들은 갑자기 폭소를 터뜨리기 시작했다. 결국 세상 그 누구보다 그를 가장 잘 이해할 수 있는 사람은 그녀였다. 그녀가 직장 내 괴롭힘을 당한 건 아니었지만, 남편의 행동은 그녀 자신의 무미건조한 삶에 대해 다시 생각하게 해주었다. 그녀는 그 무엇에도 의욕을 느끼지 못했다. 그런데 그 해결책이 뭔가를 파괴하는 것이라면? 물론 발레리는 자신이 학교 도서관을 날려버리지는 않을 거라는 걸 알았다. 하지만 이번에는 예의 따위는 걷어치우고 미래에 과감히 맞서야 하지 않을까? 전날 같았으면 그녀는 그나마 간신히 이어오던 자신들의 관계마저 망가뜨리고, 결과를 생각하지도 않은 채 막무가내로 행동한 남편을 원망했을 것이다. 하지만 오늘은 모든 게 달라져 있었다. 그녀는 그의 행동에 박수를 보냈다. 그리고 남편에게 감탄하는 것은 참으로 기분 좋은 일이었다.

그들은 침실로 들어가 사랑을 나눴다. 파트릭은 최근에 자신을 덮친 감정의 소용돌이 때문에 지쳐서 잠이 들었다. 발레리는 다시 부엌으로 나와 나에게 전화를 걸었다. 그 모든 게 너무 소설 같아서 혼자 가슴에 담아둘 수가 없었다.

72

나는 파트릭이 그런 행동을 할 거라고는 상상도 하지 못했다. 내가 그 가족들 사이에 억지로 끼어든 것이 일종의 기폭제 역할을 한 게 분명했다. 뭔가 삐거덕거리는 모든 집단에는 작가를 한 명씩 투입할 필요가 있을 듯하다. 사실 내 생각에는 그 상황을 좀 다른 시각으로 바라보는 게 더 맞을 것 같았다. 그렇다. 나는 지금 확신이 들었다. 책에 등장하는 사람이라면 누구라도 소설적인 인물이 된다.

73

나의 등장인물들에 대해
내가 알고 있는 것들 (4)

마들렌 트리코. 새로운 건 전혀 없다. 그녀는 분명히 여행 가방을 꾸렸을 것이다. 이틀 뒤, 우리는 로스앤젤레스로 떠난다.

파트릭 마르탱. 그의 하루만 가지고도 소설 한 권을 너끈히 쓸 수 있을 듯하다. 그는 아주 오랜만에 눈물을 흘렸다. 눈물에 의한 부활. 나는 그 커튼 사건을 전혀 예상하지 못했다. 데주와요라는 사람은 정말로 사이코패스다. 내 소설에 등장시키기에 완벽한 인물. 어떤 이야기든지 이야기에는 항상 악인이 필요하다. 그리고 파트릭의 광기 어린 반응. 내 등장인물에 나는 자부심을 느낀다. 그는 틀림없이 중과실을 사유로 징계

성 해고를 당할 것이다. 어쩌면 법정에 설 수도 있다. 고소당할 게 분명하니까. 발레리에게는 이런 측면을 전혀 언급하지 않았다. 그녀는 새롭게 활력을 되찾아 붕 떠 있다. 나는 현실이 그녀를 다시 집어삼킬까 봐 두렵다.

발레리 마르탱. 상황의 역전. 곧 이혼할 거라고 말한 이후 그녀는 남편과 다시 사랑에 빠진 것 같다. 그녀가 일상적인 일들을 제대로 해내지 못하는 남편을 원망하고 있었다고 생각할 수 있다. 하지만 분명한 건, 그녀가 그를 계속 사랑하고 있었다는 것이다. 불행을 예언하고 싶지는 않지만, 그럼에도 나는 지금 그녀를 휘감고 있는 행복함이 덧없이 날아가 버릴 수 있다는 느낌이 든다. 그녀가 최근에 나에게 고백했던 그 무관심이 그렇게 쉽게 사라져버린 것처럼.

제레미 마르탱. 새로운 건 아무것도 없다. 나는 적어도 이 아이가 내 도움으로 좋은 성적을 받기를 바란다.

롤라 마르탱. 아직 우리 관계가 더 악화할 소지가 있는지 모르겠다. 이 아이는 나를 멍청이 취급했다. 나는 그게 부당하다고 생각한다. 나는 단지 이 아이가 부탁한 대로 했을 뿐이다. 신경질적인 반응을 보이는 클레망과의 만남. 나는 그를 이해할 수 있다. 그는 자기가 롤라와 데이트를 하겠다는데 왜 내 허락을 구해야 하는지 납득할 수 없어 짜증을 냈다. 그 결과, 그는 롤라와 그날로 헤어졌다. 그건 어쩌면 비극일 수도 있지만, 또 어찌 보면 기회일 수도 있을 것이다. 누가 알겠는가?

74

다음날은 아주 특별한 하루였다. 마치 나의 등장인물들이 나에게 작별을 고하는 것 같았다. 소식을 기다렸지만 허사였다. 결국 내가 발레리에게 메시지를 보냈다. 그녀는 짧게 답을 보냈다. '나중에 전부 말해드릴게요.' 나는 한 가지 사실을 분명히 인정해야 한다. 행위를 위한 때가 있고, 서술을 위한 때가 있다. 나는 마르탱 가족을 소설의 챕터들로 변환시키기 전에 그들이 자기 인생을 살아가게 내버려 둘 필요가 있었다.

이제 뭘 어떻게 해야 할지 몰라(그들을 내버려 두고 나니 다른 할 일이 아무것도 없었다), 마들렌을 찾아갔다. 그녀는 우리의 여행 준비에 온통 정신이 팔려있었다.* 그녀는 한 가지도 빼 먹지 않고 싶어 했다. 그러다가 그녀가 문득 고개를 들고 내게 말했다. "이건 분명히 내 인생의 마지막 여행 가방이 될 거야." 대수롭지 않은 듯한 그 말이 그녀보다 나를 더 뒤흔들어놓은 것 같다. 그러니까 아무리 하찮은 행동이라 해도 어떤 행동을 할 때마다 이게 마지막일 거야, 라고 생각하게 되는 그런 나이가 있다. 모든 것은 잠재적으로 마지막이다.

* 어떤 사람들은 여행 자체보다 여행 짐을 꾸리는 데 더 많은 시간을 들인다.

　나는 그녀에게 내가 항상 옆에 따라다니며 짐을 들고 다닐 테니까 일부러 짐을 줄이려 애쓰지 않아도 된다고 말했다. 사실 나는 그녀가 실속 없이 부산만 떨고 있다는 것을 알았다. 그녀는 벽장에서 옷들을 꺼냈다가 5분 뒤에 다시 제자리에 갖다 놓기를 되풀이했다. 마들렌은 앞으로 자신에게 닥칠 일에 대해 마음의 준비가 되어 있긴 했지만, 그런데도 불안에 사로잡혀 있는 것 같았다. 여행 날짜가 가까이 다가오자 처음의 그 감동은 뒤바뀌어버렸다. 불안과 두려움, 그리고 눈사태처럼 쏟아지는 의문점들만 남아 있었다. 그중에서도 특히 50년 만에 자신의 첫사랑을 다시 만날 때는 무슨 옷을 입어야 하나, 라는 의문. 그는 분명 그녀가 늙고 쭈글쭈글해졌다고 생각할 것이다. 그녀는 그도 자신과 똑같은 불안을 느낄 수 있으리라고는 한순간도 생각하지 못했다.

　다시 한번 나는 마들렌의 상황에서 내 상황을 보면서 그녀의 불안과 두려움을 이해할 수 있었다. 마리와 재회하는 날, 나는 어떻게 입고 가야 할까? 긴장한 것처럼 보이지 않게 심플하면서도 편안한 느낌으로. 하지만 그건 그 순간의 중요성에 비추어 볼 때 경망스러워 보일 수도 있다. 그렇다면 좀 더 시크하게 입어야 할까? 재킷과 셔츠. 약간 멋을 부렸다는 인상을 줄 수도 있겠지만. 사실 이럴까 저럴까 망설이기 시작하는 건 결코 좋은 징조가 아니다. 그냥 내 직감에 맡겨야 했다. 게다가 그 만남, 내가 정말로 그녀와 만날 수 있기는 한 걸까? 그녀가 나에게 메시지를 보낼 거라 확신할 수도 없었다. 우리가 밤에 나눈 대화는 신기루에 지나지 않았는지도 몰랐다.

75

그날 저녁, 나의 등장인물들에 대해 더 메모할 게 하나도 없었다. 발레리는 예상대로 나에게 연락을 주지 않았다. 커튼을 불태운 사건 이후로 분명 무슨 일이 일어난 것 같았다. 하지만 그게 뭘까? 나는 시리즈물의 시즌1이 끝나고 다음 이야기를 알려면 몇 주일을 기다려야 하는 그런 기분이었다. 그건 결국 우리 시대의 역설이다. 우리는 원하는 것을 즉시 가질 수 있는 시스템에 길들어 있다(오늘날에는 욕구와 그 욕구의 실현 사이에 간극이 조금도 없다). 그래서 오늘날 기업들은 소비자들의 욕구를 단번에 충족시켜주지 않고 감질나게 하는 마케팅 기법을 역으로 이용한다. 그럴 경우 소비자들은 분명히 안달이 난다. 채워지지 않는 갈증처럼 뭔가 부족한 느낌. 그런데 나 역시 그와 같은 결론에 도달하지 않을 수 없게 되었다. 아직 마르탱네 이야기를 충분히 채우지 못했다는 느낌.

76

다음날, 나는 마들렌을 데리러 갔다. 그리고 우리는 공항으로 가기 위해 택시를 탔다. 택시에서 내리기 직전, 나는 발레리에게 아무 걱정하지 말라는 메시지를 보냈다. 하지만 그녀는 반응이 없었다. 자기 어머니에게 여행을 잘 다녀오라는 인사말조차 보내지 않았다. 그녀의 침묵에 몹시 불안한 느낌이 들기 시작했다.

77

일단 구름 위로 올라온 뒤, 우리는 샴페인을 한 잔씩 주문했다. 마들렌은 이번 여행이 잊을 수 없는 여정이 되기를 바라고 있었다. 이것이 잊을 수 없는 여행이 아니면 달리 어떤 여행이 될 수 있을까? 우리가 체험하는 모든 것은 기억상실의 치유책이었다. 술기운이 빠르게 돌아서 한결 도움이 되었다. 나는 여행을 아주 좋아하긴 하지만, 비행기를 타면 약간 스트레스를 받았다. 나는 기차를 더 좋아한다. 하늘에 기차 레일이 깔려 있다면 더할 나위 없이 좋을 텐데.

그때 스튜어디스가 나에게 다가와 물었다. "새 책을 쓰고 계시나요?" 나는 그녀에게 대답하기 전에 잠시 멈칫했다. 사람들이 나를 알아보는 게 항상 이상하게 느껴졌다. 내 책들 가운데 성공한 책이 몇 권 있긴 했지만, 그래도 누군가가 나를 알아본다는 건 아직도 내게 있을 수 없는 일처럼 여겨졌다. 나는 그녀에게 이렇게 대답하고 싶었다. "네, 그 책이 지금 내 옆에 앉아 있어요." 하지만 현재의 프로젝트에 대해 아무것도 누설하고 싶지 않았다. 대체로 나는 창작 중인 작품에 관해 누군가에게 말하면 부정을 탈 것 같다는 생각이 들었다. 책을 쓸 때마다 몇 달이고 그것에 관해 아무에게도 말하지 않았다. 그래서 결국 스튜어디스에게 당분간 쉬고 있다고 답했다. 그러자 그녀는 인생을 즐기는 건 아주 잘하는 일이라고 내게 말했다.

구상 중인 소설이 있으면 인생을 훨씬 더 즐길 수 있을 거라는 내 대답을 듣지 못한 채 그녀는 다른 좌석들 쪽으로 자신의 쾌활한 기운을 퍼뜨리러 갔다. 마들렌은 기내식으로 뭘 선택할 건지 내게 물으면서 나의 실존적인 사색을 중단시켰다. 나는 그때까지도 메뉴판을 열어보지 않았다.* 그제야 메뉴를 훑어보면서 채식 식단을 선택했다. 마들렌은 자기도 그걸 골랐다고 말하면서 아주 만족스러워하는 눈치였다. 마치 같은 메뉴를 골랐다는 사실이 같은 인생관을 가진 것이나 마찬가지라는 듯이.

* 내 생각에는 기내식의 경우 육류든 생선이든 맛이 똑같은 것 같다.

78

지금까지 마들렌은 이브가 떠난 비극과 너무도 강렬한 사랑의 무시무시한 공포에 대해 들려주었다. 하지만 나는 그 것에 관해 별로 아는 게 없었다. 두 사람이 다시 만나기 전에 나는 더 많은 자료가 필요했다. 그래서 우리는 대서양 상공에서 과거를 향해 다시 떠났다.

모든 건 어느 작은 재즈클럽에서 시작되었다. 하지만 그녀는 그곳이 어디인지 전혀 기억하지 못했다. 나는 그녀에게 몇 군데 전설적인 장소들을 들먹였다. '르 카보 드 라 위셰트'나 '르 뒤크 데 롱바르' 같은 곳들[46]. 하지만 그 어떤 클럽도 그녀에게 익숙지 않은 듯했다. 그녀는 자신이 드나들기 약 15년 전부터 줄리에트 그레코를 따라 마일즈 데이비스가 종종 그 재즈클럽에 들러 연주를 했다는 것만 기억했다. 그 정도로는 별 도움이 되지 않았다. 그 유명한 커플은 장소를 가리지 않고 어디서든 연주를 했기 때문이다.

어쨌든 마들렌은 그 순간을 결코 잊지 못할 것이다. 클럽에서 연주를 듣는 동안 그녀는 왠지 모르게 뒤를 돌아봤다. 우

---

46   파리 라틴 지구에 있는 유명한 재즈클럽들. 각각 1949년과 1984년에 개장해서 현재까지 운영 중이다.

리는 마음을 뒤흔들어놓을 어떤 사람을 보기도 전에 그 사람의 파동을 느낄 수 있는 걸까? 마치 몸에 감정적인 전조를 느낄 수 있는 장치가 되어 있는 것처럼. 그녀는 연기로 자욱한 지하 공간 한구석에서 어떤 남자의 어렴풋한 형체를 알아보았다. 그 남자에게서 볼 수 있는 것이라곤 실루엣뿐이었다. 그는 조용히 고개를 끄덕거리며 담배를 피우고 있었다.

마들렌은 그 신비로운 남자의 실루엣에 다시 한번 어찌할 수 없을 정도로 끌리는 것을 느꼈다. 그녀는 관객들 사이를 헤집으며 그에게로 다가갔다. 미친 듯한 비밥 리듬이 그곳을 열병에 걸린 것 같은 분위기로 만들어주고 있었다. 남자를 향해 나아갈수록 그녀는 그의 얼굴을 자세히 볼 수 있었다. 그리고 그의 매력에 넋을 잃었다. 이브는 조심성이라고는 전혀 없이 노골적으로 자기를 살펴보고 있는 젊은 여자를 알아차리지 않을 수 없었다. 그들은 마침내 서로에게 미소를 지었다. 마들렌은 자기 행동을 정당화하기 위해 핑계를 댔다. "여긴 아주 덥네요. 숨이 막힐 것 같아 한숨 돌릴 곳이 필요했어요." 하지만 이 세상에 그녀가 숨이 막힐 것 같은 장소라는 게 정말로 있다면, 그건 바로 그 남자 앞이었다. 그녀는 순간 거기서 멈춰서기 위해 평생을 달려온 것 같았다.

그들의 첫 순간은 어떤 착각으로 시작되었다. 이브는 마들렌에게 바깥 공기를 쐬러 나가자고 했다. 그녀는 그 말을 둘이서만 함께 있기 위해 그곳에서 나가자는 뜻으로 받아들였다. 하지만 그는 단순히 숨이 막힐 것 같다고 말하는 여인이 걱정되었던 것뿐이다. 그녀는 그때 그와 서로 뜻이 잘 맞는 것 같은 주제들로 대화가 술술 풀려나갔던 것을 기억했다. 두 사람은 결국 클럽으로 돌아가지 않고, 근처 술집에서 술을 마시기로 했다. 분위기에 취한 마들렌은 재즈클럽에 같이 온 여자 친구에게 자기가 다른 사람과 함께 다른 데로 간다는 걸 알려주는 것도 잊어버렸다. 이브는 혼자 와서 재즈를 듣고 있었는데, 마들렌은 그게 그에게 아주 잘 어울린다고 생각했다.

그 커플은 빠르게 서로에게 빠져들었고, 떼려야 뗄 수 없는 사이가 되었다. 이브는 마들렌의 생기발랄함, 삶을 더 강렬하게 만드는 그녀의 능력에 매혹되었다. 그는 그녀를 그렇게 만드는 게 그 자신이라는 사실을 짐작도 하지 못했다. 그 남자를 만난 후로 마들렌은 자기가 이제껏 살아오면서 최고로 멋진 모습이 된 것 같았다. 그는 서로 몸을 기댄 채 침대에서 보내는 오후를 아주 좋아했다. 손으로 그녀의 머릿결을 쓸어내리면서 그는 마침내 제자리를 찾은 것 같은 기분이 들었다. 지상에서의 방황은 한 여인의 목덜미에서 끝이 났다.

평소에 자기 이야기를 거의 하지 않던 이브는 마들렌에게 많은 것을 털어놓았다. 그는 자기가 왠지 수다스러워진 것 같다고 느꼈다. 소박한 즐거움들 덕분에 그의 불안, 아니 그의 우울은 점점 사라져갔다. 카페 드 플로르[47]에서 핫초코를 마시는 즐거움 속에서 평생을 보낼 수도 있다, 라고 그는 생각했다. 물론 그런 달콤한 시간은 언젠가 끝날 것이라는 생각이 이따금 스쳐 지나갔지만.

마들렌은 그때 이미 의상실에서 일하고 있었다. 저녁마다 이브가 그녀를 데리러 그곳으로 올 때면 가슴이 두근거렸다. 그녀는 이제 자신들이 모든 것을 함께하게 될 순간만을 기다리며 살아가고 있었다. 그들은 함께 영화관에 가거나 산책을 했다. 그리고 시간은 빠르게 흘러갔다. 얼마 전 부친으로부터 상속을 받은 이브는 글을 쓰고 싶어 했다. 그는 시, 소설, 희곡, 심지어 작사까지 시도해보다가, 마침내 시나리오를 선택했다. 그는 필름누아르 영화를 탄생시키려 애쓰고 있었다. 그가 재즈클럽들을 돌아다닌 것도 바로 그 때문이었다. 재즈클럽에서 영감을 얻거나 그게 아니면 적어도 어떤 분위기를 발견할 수 있으리라는 희망을 품고. 그는 항상 무대를 광각으로 관찰하기 위해 홀 맨 안쪽에 자리를 잡았다. 그러다가 마침내 그는 자신에게 재능이 전혀 없다는 걸 느끼고 기가 꺾여버렸다. 날이 갈수록 그는 혼자 있는 걸 더 좋아하게 되었다. 마들렌은 사랑하는 남자의 부족한 영감과 자기가 경쟁을 벌여야

47　카페 드 플로르(Caf de flore)는 파리 6구 생제르맹 데프레에 위치한 유서 깊은 카페다. 문학가와 예술가, 철학가 들이 드나들던 카페.

하는 상황에 놓이자 거의 미칠 지경이 되었다. 그녀는 멋진 대사나 가슴 설레는 장면 같은 것을 찾아내기 위해 머리를 쥐어짜면서 온갖 방법을 동원해 그를 도우려 했다.

이브와의 연애 시절, 마들렌은 종종 이상한 느낌을 받았다. 이브가 창작에 대한 고뇌를 그녀를 만나지 않기 위한 알리바이처럼 이용하고 있다는 느낌.

이브는 다정다감하고 사려가 깊었다. 하지만 그는 절대로 바캉스를 떠나고 싶어 하지 않았고, 가족끼리 만나 식사를 하자는 얘기만 나와도 손사래를 치며 싫어했다. 그뿐 아니라 둘이 함께 살게 되면 순수한 사랑은 그걸로 끝날 거라고 생각했다. 미칠 듯한 사랑에 빠진 마들렌은 자기가 그를 사랑하는 것만큼 그도 자신을 확실하게 사랑한다는 것을 보여주는 한, 그의 예술가로서의 욕망을 받아들이기로 했다. 물론 그녀는 그가 자신을 사랑한다는 것에 한 점의 의심도 하지 않았다. 이브는 분명히 마들렌을 사랑하고 있었다. 그건 스스로도 깜짝 놀라게 만드는 사랑이었고, 그를 불안하게 만드는 동시에 심지어 그에게 방해가 되는 그런 사랑이었다.

그렇게 2년, 3년이 흘러갔다. 마들렌은 평범하게 가정을 이루고 사는 삶을 점점 더 간절히 원했다. 그녀는 자기가 두 사람 사이에서 태어날 아이들의 이름까지 미리 지어놨다는 사실을 감히 고백하지 못했다. 이브는 항상 그런 현실적인 대화들을 교묘하게 피했다. 그런 그가 어느 날, 자기도 결혼에 반대하지는 않는다는 말을 했다. 아주 로맨틱한 고백은 아니었지만, 자기 남자가 어떤 사람인지 잘 알고 있던 마들렌은 기뻐서 어쩔 줄을 몰랐다. 그녀를 품에 꼭 끌어안고 있는 동안, 그는 결혼 생각을 거의 굳혔다. 그래, 나도 다른 사람들 같은 인생을 살아갈 수 있을 거야. 그는 항상 자신에게는 혼자 있는 시간이 필요하다고 말했다. 하지만 그에게 정말로 예술적 재능이 있긴 한 걸까? 시나리오는 마음먹은 대로 써지지 않았고, 공동으로 진행하던 작업들도 전혀 결실을 맺지 못했다. 두 사람의 행복한 나날이 창작활동을 방해하고 있는 건 분명했다. 물론 또 다른 한 가지 요소를 떼어놓아서는 안 되었다. 그가 마들렌을 행복하게 해주고 싶어 한다는 것. 그녀의 심장이 뛰는 소리를 들을 때 그의 심장도 덩달아 뛰곤 했다.

하지만 상황이 복잡해졌다. 결혼식 날짜가 다가옴에 따라 이브는 점점 더 자주 이런 생각을 하게 되었다. "난 할 수 없다, 난 할 수 없어." 그리고 마침내 그는 그 말을 마들렌에게 내뱉었다. 그녀는 다시 한번 이성적으로 생각해보라고 말하며 그를 설득하기도 하고, 그를 이해해보려고 노력했다. 하지만 아무 소용이 없었다. 그녀는 사랑하는 남자의 태도를 도무지 이해할 수 없었다. 분명히 이브는 성도착자도, 노름꾼도 아니었다. 그는 자기가 그녀를 고통스럽게 한다는 사실에 고통스러위했다. 그리고 그녀는 자신의 고통을 그에게 짊어지우는 것 같아 고통스러웠다. 그것은 악순환되는 사랑의 고통이었다.

막연한 불편함, 반드시 달아나야 한다는 강박감 같은 것 이외에 구체적인 설명은 조금도 하지 않고서 그는 미국으로 떠날 결심을 했다. 그녀 없이 혼자. 그 잔인한 대단원을 나에게 들려주면서 마들렌은 딸꾹질을 하기 시작했다. 그녀를 황폐하게 만든 그 이야기는 수십 년이 지난 지금까지도 변함없는 비극의 맛을 지니고 있었다. 자신의 존재 이유를 잃고 망연자실한 그 젊은 여자를 상상해볼 필요가 있다. 그녀는 미친 여자처럼 자신들의 만남의 장소였던 그 재즈클럽을 매일 저녁 찾아갔다. 나는 그녀가 왜 그 장소의 이름을 기억하지 못하는지 이유를 이제 분명히 알 것 같았다. 그건 나이나 병과는 아무런 상관이 없다. 그 기억상실은 불행으로 바뀌어버린 행복을 잊게 해주는 은총이었다.

그녀가 분명하게 말한 것은 아니지만, 나는 당시 그녀가 생을 마감하려는 시도까지 했다는 것을 알아차렸다. 그건 아무도 몰랐던 것 같다. 그녀는 그 일에 관해 누구에게도 말하지 않았다. 제3자인 내가 그 어두운 비밀로부터 마들렌을 해방시켜준 셈이다. 그녀가 지금 살아 있다 해도, 그녀의 일부분은 아마도 그 시절에 이미 죽었을 것이다. 세월이 흘렀지만, 고통은 여전히 지독하다. 고통과 불가해함. 이해할 수 없을 때 사람은 돌아버릴 수도 있다. 그녀는 자기가 그림자를 사랑한 거라고 생각했다(언제나 첫 등장을 조심해야 하는 법이다). 가까워졌다는 생각이 드는 순간 달아나는 사람. 그녀에게 약간의 통찰력이 있었더라면, 그가 달아난 건 그녀로부터가 아니라 바로 그 자신으로부터였다는 것을 이해했을 것이다. 세상 반대편으로 건너가 산다는 건 결코 쉬운 일이 아니다. 그것은 자신의 현재에서 지리적인 부분을 버리는 것이다. 이브는 아마도 모든 것을 버리고 떠나는 것 말고는 달리 선택의 여지가 없었던 듯했다. 갑자기 관계를 끊어버리는 것 말고는. 두 사람 모두를 고통스럽게 하는 그 불확실한 상황을 끝내기 위해. 하지만 그는 이유를 설명하지 않은 채 떠났다. 우리의 여행이 마침내 그 미완의 소설을 완성시켜 줄 것이다.

79

몇 년 뒤 그녀는 르네를 만났다. 그리고 그 만남은 열정이 아니라 이성적인 결정이었다. 여기서 그것에 대해 장황하게 이야기하지는 않겠다. 르네는 '붕대맨'[48]이라 부를 수 있는 모든 것을 갖추고 있었다. 게다가 마들렌은 아이들을 원하고

---

48   인터넷 만남 사이트에서 유래한 용어로, 결별의 상처를 회복할 수 있도록 도와주는 남자를 뜻한다.

있었다. 그녀는 마침내 나에게 이런 일화를 털어놓았다. "르네가 나에게 청혼했을 때 난 감기에 걸려 있었어요. 나는 힘이 하나도 없이 침대에 몸져누워 있었죠. 계속 구토도 났고. 그가 무릎을 꿇고 청혼을 한 건 바로 그때였어요.* 난 그게 그가 그때까지 보여준 장면 가운데 가장 로맨틱한 모습이라고 생각했어요." 나는 마들렌의 생각에 공감했다. 모두의 예상을 깨는 행동은 언제나 매력적이다. 르네는 끊임없이 나를 놀라게 했고, 그래서 그가 내 책에 다시 등장할 때마다 만족스러웠다.

* 그건 정확히 알프레드 히치콕이 써먹었던 것이다. 르네는 어쩌면 그에게서 영감을 받았는지도 모른다. 대서양의 거친 파도를 가르며 달리는 배 안에서 그 영화감독의 미래에 아내가 될 알마는 배멀미로 몸을 뒤틀고 있었다. 그는 그 틈을 이용해 그녀에게 청혼했다. "나와 결혼해주겠소?" 후일 그는 그녀에게 고백했다. "나는 당신이 도저히 거절할 수 없을 만큼 몸이 안 좋은 순간에 기습적으로 청혼을 해야 한다고 생각했소."

80

바로 그 순간, 스튜어디스가 우리에게 다가와 불편한 건 없는지, 뭔가 필요한 게 있는지 물었다. 그녀는 마지막에 덧붙였다. "저는 작가님의 두 폴란드인[49] 이야기를 아주 좋아해요. 그들이 하는 엉뚱한 생각들은 정말이지 너무 웃겨요!" 그러고 나서 그녀는 다른 승객들 쪽으로 향했다. 마들렌은 그것에 관해 더 알고 싶어 했다. 사실, 스튜어디스가 난데없이 던진 그 말에 마들렌은 내가 자기 친구가 아니라 프로젝트를 진행 중인 작가라는 사실을 새삼 떠올리게 되었다. 그녀는 내가 어떤 책들을 썼는지 거의 모른다고 고백하면서 미리 찾아보지 못한 게 후회된다고 했다. 나는 오히려 그게 더 좋았다. 그녀가 나에 관해 아무것도 모르는 게 나을 것 같았다. 그녀는 그 폴란드인들 이야기에 관해 물었고, 그래서 나는 그녀에게 그 이야기의 탄생 배경을 들려주었다.

사연인즉슨 이러했다. 여러 해 동안 나는 언젠가 내 책이 출간될 거라는 기대도 없이, 오직 쓰고 싶은 열정 때문에, 쓰지 않으면 안 되었기 때문에 글을 썼다. 출판사들에 숱하게 거절을 당했고, 내 생각에도 그건 지극히 당연해 보였다. 나는 내 영감이 나를 어디로 이끌고 갈지 알 수 없었다. 사실 평행세계를 다루는 건 나의 관심 영역이 아니었다. 하지만 두 폴란드인의 등장이 상황을 완전히 바꿔놓았다. 나는 그들의 이

---

49   데뷔작《백치의 반전 : 두 폴란드인의 영향을 받아서 씀(Inversion de i'idiotie : de i'influence de deux polonais)》이후로 다비드 포앙키노스의 거의 모든 작품에 등장하는 인물. 다비드 포앙키노스는 2002년 갈리마르 출판사에서 출간된 데뷔작으로 그해 프랑수아 모리악 상을 수상했다.

야기를 썼고, 여섯 달 후 권위 있는 출판사에서 책을 출간하게 되었다. 어떻게 된 일일까? 나는 그들이 나에게 행운을 안겨 주면서 내 운명을 크게 바꿔놓았다고 생각했다. 그 후로 나는 앞으로 쓰는 모든 책에 어떻게든 그들을 반드시 등장시키겠다고 결심했다. 마들렌은 미소를 지으며 말했다. "그 얘기를 들으니, 내가 패션계에서 보았던 엉뚱한 아이디어들이 생각나네요." 사실 나는 나의 폴란드인들을 '엉뚱한 아이디어'라고 생각하지 않았다. 그들은 나의 행운의 마스코트였다.

"그럼, 내가 등장하는 책에서는 그들이 언제쯤 나오나요?" 그때 마들렌이 물었다. 그 물음이 나를 얼떨떨하게 만들었다. 그건 생각하지 못했다. 나는 픽션을 쓰는 게 아니었기 때문에 이번만큼은 나의 폴란드인들을 포기하려 했다. 하지만 마들렌이 옳았다. 그들은 이 책에도 등장해야 했다. 항상 그래왔던 것처럼. 나는 당장 그 문제를 해결하고 싶었다. 하지만 하늘 위에서 두 폴란드인을 어떻게 찾을 수 있을까? 아무리 그래도 스튜어디스에게 방송을 부탁할 수는 없는 노릇이었다. 마치 비행 중에 환자가 발생했을 경우 탑승객들 가운데 의사가 있느냐고 방송하는 것처럼. "혹시 승객들 가운데 두 폴란드인이 있습니까? 혹시 계시다면 승무원에게 연락 바랍니다. 그리고 무엇보다 그분들은 두 사람입니다! 저희가 찾고 있는 건 무작위로 뽑은 두 사람이 아니라, 같은 일행이어야 합니다!" 나는 마침내 마들렌에게 이렇게 말했다. "만약 제가 우리

옆 좌석에 두 폴란드인이 있었다고 쓴다면 곤란하시겠어요?
아무도 확인하진 않을 겁니다."

"아뇨, 천만에요."

"그럼 됐어요."

그렇게 해서 우리는 두 폴란드인 옆에 앉아 로스앤젤레
스를 향해 날아갔다. 여행하는 동안 어떤 이유에선지 그들과
몇 마디 말을 나눴다. 그들은 2인조 영화감독이었다. 그들은
그 유명한 우츠[50]에서 공부했고, 지금은 시나리오를 팔겠다는
희망을 안고 할리우드로 가는 중이었다. 둘 중 한 사람이 나에
게 영어로 말했다. "이건 굉장한 이야기입니다. 정말로 굉장해
요. 우리는 이게 엄청난 영화가 될 거라고 확신합니다." 나는
당연히 구미가 당겼다(내가 영감이 고갈된 작가라는 사실을 잊지 말자). 하지
만 그들은 나에게 아무것도 말해주지 않으려 했다. 내가 이 허
무맹랑한 거짓말을 늘어놓고 있는 시간에, 할리우드가 그들의
시나리오를 채택해 주었기를, 그리고 어떤 위대한 영화감독이
그 시나리오를 영화화할 것을 결정하기를 그들을 위해 진심으
로 바란다.

---

50   폴란드의 영화 도시 우츠에 소재한 폴란드 국립영화학교.

81

착륙하기 두 시간 전에 마들렌은 잠들었다. 어떤 소란스러움도 방해하지 못하는 아주 깊은 잠. 비행기에서 내려야 할 시각에도 계속 잠에 취해 있는 건 아닐까 걱정될 정도였다. 하지만 그녀는 즉시 정신을 차리고 비행기 창으로 내다본 광경에 감탄했다. 뉴욕이 서 있는 도시라면, 로스앤젤레스는 누워 있는 모습을 보여주고 있었다.* 그것은 마법 같은 광경이었다.

* '데크 의자 위에 누워 있는 도시'라고도 말할 수 있을 것이다.

세관의 수속 절차는 아주 빠르게 진행되었다. 미국인은 관광객들을 어떻게 다뤄야 하는지 잘 알고 있다. 그들은 관광객들을 마치 놀이공원의 행렬처럼 길게 줄을 세워놓는다. 사람들은 마침내 자기 차례가 왔을 때 여권에 단지 스탬프만 찍어주고 마는 것에 실망한다. 왜냐하면 그들은 대관람차나 유령의 집 같은 것이 기다리고 있을 거라고 상상하고 있기 때문이다. 미국은 현실과 오락이 뒤섞이는 것을 볼 수 있는 나라다. 미국의 어떤 곳들에서는 사람들이 실제적인 삶을 살아가고 있는 것인지 아니면 누군가가 외치는 "액션!"에 따라 움직이는 것인지 더 이상 알 수가 없다.

우리는 산타모니카에 예약해둔 호텔로 가기 위해 택시를

탔다. 대로들은 끝없이 뻗어 있었다. 이곳은 실제로 핸들을 꺾을 필요가 없는 도시였다. 물론 나는 바다와 가깝다는 이유로 이곳을 선택했다. 하지만 우리가 다음날 아침에 이브를 만나야 하는 곳이 바로 이곳이기 때문이기도 했다. 우리가 묵을 호텔은 약간 낡긴 했지만 매력적이었다. 이 대목에서 '도어즈'의 노래를 사운드트랙으로 넣었으면 좋겠지만, 아쉽게도 문학에는 소리가 없다.

우리는 각자 자기 방으로 들어갔다. 마들렌은 곧바로 잠자리에 들고 싶어 했다. 오후 여섯 시였다. 나는 시차를 이겨내기 위해 잠과 싸우고 싶었다. 그래서 산책을 하기로 했다. 공기는 아주 포근했다. 나는 마들렌과 내가 거의 눈 깜짝할 사이에 이곳에 와 있다는 사실에 어안이 벙벙했다. 입 안에는 아직도 파리의 맛이 남아 있는데, 눈은 태평양으로 잠기는 거대한 붉은 태양을 마주하고 있었다.

82

시간이 좀 더 지날 때까지 나는 침대에 누워 있었다. 피로에 지쳐 눈이 저절로 감기는 건 얼마나 기분 좋은 일인지! 불면증 환자라면 이렇게 시차를 오가는 생활을 하기만 하면 문제가 간단히 해결될 것이다. 눈꺼풀이 감기려 하는 순간, 휴대전화가 울렸다. 나는 물론 발레리에게 모든 게 순조롭게 진행되고 있다는 메시지를 보냈었다. 하지만 그녀가 이렇게 이른 시간에 전화를 걸어올 것이라고는 예상하지 못했다(지금 프랑스는 오전 여섯 시였다).

그녀는 이 여행에 대해 하나도 빠짐없이 세세하게 알고 싶어 했다. 호텔과 분위기, 나와 자기 어머니의 대화 내용⋯⋯ 하지만 지금은 그런 얘기들을 시시콜콜 늘어놓기에 적절한 때가 아니었다. 피곤해 쓰러지기 일보 직전인 상태에서 깨어 있어야 하는 건 너무도 고통스러운 고문이었다. 그렇지만 한편으로는 그녀가 마침내 나에게 전화를 걸어줘서 마음이 놓였다. 그리고 무엇보다 파트릭의 일이 어떻게 되었는지 궁금했다. 나는 이틀 전부터 계속 그 생각에 골몰해 있었다. 불에 타버린 커튼을 발견한 데주와요는 어떤 반응을 보였을까? 발레리가 내게 들려준 바로는 그는 얼이 빠진 사람 같았단다. 몇 분 동안 한마디 말도 못한 채 멍해 있는 그의 모습을 여러 사람이 분명히 목격했다. 그것은 실내장식을 훼손한 것 이상의 사건이었다. 그는 그것을 소름 끼치도록 끔찍한 폭력, 자신을 살해하려 한 것이나 진배없는 일로 받아들였다.

데주와요는 그 음모의 사악한 의도를 완전히 꿰뚫어 보았다. 하지만 그렇다고 해도 그런 행위가 실제로 일어나리라고는 상상도 못했을 것이다. 그 누구도 감히 그에게 말대꾸하지 못했고, 그의 도발적인 폭언에도 반응하지 않았다. 직장을 잃을 수도 있다는 두려움 때문에 그의 피해자들은 늘 납작 엎드리며 입을 다물었다. 그런데 이번에는 달랐다. 한 남자가 인생에서 최악의 순간에 놓여 있었다. 반격하는 것 말고는 달리 선택의 여지가 없는 최악의 상황에 처한 남자. 파트릭은 새로운 에너지로 무장한 채 고개를 당당하게 들고, 자신의 행동이 불러올 결과 따위는 두려워하지 않고 반격을 단행했다. 그는 어떤 일이 벌어질지 이미 알고 있었다. 데주와요는 1초의 망설임도 없이 범인이 누구인지 단번에 알 수 있었다. 그건 마르탱이었다. 마르탱일 수밖에 없었다.

데주와요는 마침내 정신을 차리고, 겁 없이 자신에게 도전한 그 직원을 호출했다. 하지만 몇 분이 지나도 파트릭은 나타나지 않았다. 데주와요는 비서에게 당장 그에게 전화를 걸라고 소리쳤다(그렇게 이성을 잃고 화를 터뜨리는 모습은 그에게서 좀처럼 볼 수 없는 것이었다). 전화기 너머로 여비서는 한 남자가 이렇게 말하는 소리를 들었다. "할 말이 있는 사람이 와서 얘기하라고 하세요……." 여비서 오딜은 파트릭에게 다시 말해달라고 했다. 그래서 그는 그 대담한 후렴구를 되풀이했다. "할 말이 있는 사람이 와서 얘기하라고 하세요……." 오딜은 사장에게 그런 무모한 대답을 그대로 전할 순 없다고 파트릭에게 말했다. 데주와요가 그녀 앞에 우뚝 버티고 서서 자신을 공격한 자가 곧 도착할 거라는 말을 기다리고 있는 이상.

하지만 마르탱이 전화를 끊어버렸기 때문에 오딜은 자기가 들은 대로 말하는 수밖에 다른 방도가 없었다. 물론 그녀의 입에서는 어떤 소리도 나오지 않았다. 어떤 문장들은 반응을 두려워한 나머지, 소리 없이 그 내용을 알리는 편을 택하게 만든다. 오딜은 몇 번을 반복해 시도했고, 그렇게 해서 마침내 데주와요는 그게 이런 말이란 걸 간신히 알아차릴 수 있었다. "하실 말씀이 있으면 사장님이 자기한테 직접 와서 얘기하시라는데요⋯⋯." 그러고 나서 그녀는 마치 자기한테 권총을 겨누고 있는 남자를 마주한 것처럼 고개를 털썩 떨구었다.

데주와요는 마침내 단단히 마음을 먹고 마르탱의 사무실을 찾아 나섰다. 그가 어디에 있는지도 모르는 데주와요는 누구에게도 말은커녕 눈길조차 주지 않으면서 건물 복도를 따라 1킬로미터 가까이 걸어갔다. 그가 지나가는 길에 모두가 그를 쳐다보았다. 그리고 그는 여기저기서 들려오는, 사실 은밀하지도 않은 속삭임들에서 '커튼'이라는 단어가 들리는 것 같았다. 어쩌면 그건 그의 상상이었을지 모른다. 뭔가 찔리는 게 있을 때, 우리의 정신은 비난의 목소리가 들린다고 생각한다. 그는 커튼의 라스콜리니코프였다. 마침내 그는 마르탱의 사무실에 도착했다. 마르탱이 먼저 그에게 인사를 했다. 그 뻔뻔스러운 인사가 이번 사건의 정점을 찍었다. 완전히 머리가 돌아버린 데주와요는 땀을 줄줄 흘리며 고래고래 고함을 질렀다.

"당신이 무슨 짓을 했는지 알아?"

"무슨 말씀이신지?"

"모르는 척하지 마. 그건 당신 짓일 수밖에 없어. 커튼 말이야!"

"그게 왜요?"

"어제 오후에 당신과 그 얘기를 나눴으니까, 그리고⋯⋯ 그런데 왜 내가 지금 당신한테 이런 얘기를 하는 거지? 변명해야 할 사람은 내가 아니라 당신이잖아! 나는 당신이 중과실을 사유로 징계해고되었다는 사실을 알려주러 왔을 뿐이야. 당신은 아주 중대한 과실을 저질렀어."

"그럼 제 고객들은요? 어떻게 할까요?"

"상관없어, 다른 사람한테 넘기면 되니까. 어쨌든 이러거나 저러거나 그들은 별 차이를 못 느낄 거야. 아, 경리부에도 마르탱이 있지. 그 사람을 당신 자리에 앉히면 되겠군. 그러면 고객들에게도 달라진 게 전혀 없을 거야!"

"그럼 저는 언제 나가야 합니까?"

"지금, 이 머저리야. 지금 당장!"

"당신은 이십 년 동안 장기근속한 중견사원을 불러다 놓고 당신 방의 커튼이 어떠냐고 묻는 게 정상이라고 생각합니까? 사람을 불러다 놓고 아무런 설명도 없이 엄청난 스트레스를 주는 '명령조'의 말투로 사흘 뒤에 다시 오라고 했죠. 그게 정상적이라고 생각하세요?"

"관심 없어! 정상이 아닌 건, 내 방 커튼에 불을 지른 당신이야! 그러니 당장 꺼져!"

"좋습니다. 하지만 그거 시작일 뿐입니다."

"무슨 소리야? 지금 날 협박하는 거요, 마르탱? 날 협박하는 거냐구!"

"마음대로 생각하세요. 당신은 당신이 원하는 대로 듣고 보는 사람이니까."

"멍청한 인간. 한 시간 뒤에 다시 와 보겠어. 그때까지 당신 머리카락 한 올 남기지 말고 싹 치워요. 그리고 아무리 손이 발이 되게 빌어도 퇴직금은 한 푼도 만져보지 못할 거요. 어쨌든 나는 당신이 길거리에 나앉아 구걸하고 있는 모습을 보게 되길 바랄 뿐이야."

"그건 내 계획에 없는 이야기네요. 하지만 내 미래까지 걱정해주시다니 고마워서 어쩌나."

데주와요는 그 남자의 무모함에 잠시 그대로 아연실색해 있다가 그곳을 떠났다.

그 층의 동료 모두가 감탄하며 파트릭을 바라보았다. 그들은 경악을 금치 못했다. 그가 자신들이 알던 바로 그 사람이 맞는 걸까? 자기가 결심한 일을 끝까지 흔들리지 않고 실행해낸 것에 그는 어쨌든 만족감을 느끼고 있었다. 하지만 이제 그게 그에게 무슨 소용일까? 그는 주말이 아닌 주중 오전 열 시에, 그 오랜 세월 동안 일해온 직장의 기념품들로 가득 찬 종이상자 두 개를 들고 집으로 돌아갈 것이다. 사무실에서 물건을 챙기고 있는 동안, 사람들이 찾아와 그의 용기에 경의를 표했다. 하지만 그들이 이틀이나 열흘 뒤에도 그를 생각할까? 그럴 가능성은 거의 없다. 그가 사장을 향해 날린 그 폭발적인 한 방은 그들에게 위로가 되어주긴 했지만, 조금도 영향을 미치지는 못할 것이다.

그 덧없는 아우라는 일종의 막다른 골목이기도 했다. 그는 앞으로 어떻게 될 것인가? 소문은 아주 빠르게 모든 보험회사로 퍼져나갈 것이다. 전후 사정은 다 생략되고, 그가 중과실을 저질러 해고되었다는 사실만 알려질 것이다. 그래서 사람들은 그에 대해 이렇게 말할 것이다. "사장실 커튼에 불을 지른 놈이래." 이유가 뭐든 간에 그건 결코 잘한 짓이 아니야. 사람들은 그렇게 생각할 것이다. 만약 그가 직장 내 괴롭힘을 당하고 있었다면 고소를 했어야지. 미치지 않고서는 그런 식으로 복수할 순 없어. 그렇다. 분명한 사실은 불에 타버린 건 커튼이 아니라 바로 그 자신이라는 거였다. 그의 아내는 물론 그를 자랑스러워할 것이다. 그도 처음 얼마간은 멋진 남자가 된 것 같은 기분에 들떠 있을 수 있겠지만, 얼마 지나지 않아 현실에 부딪혀 깨어질 것이다. 그리고 우울한 일상이 그를 기다리고 있을 것이다. 행복함은 이제 날아가 버렸다. 그는 자기가 저지른 짓을 쓰디쓰게 후회하기 시작했다. 그는 그 훼손 행위에 대한 대가를 오랫동안 치를 것이었다.*

* 파트릭을 좋아하고 그의 광기 어린 용기를 사랑하는 독자들을 위해, 나는 지금 당장 여러분을 안심시켜줄 수 있다. 상황은 그가 예상한 대로 풀려나가지 않을 것이다.

83

발레리와의 오랜 대화 때문에 나는 결국 취침 시간을 늦출 수밖에 없었다. 그 뒤로 정신이 말똥말똥해져서 끝내 밤을 지새웠다. 나는 텔레비전을 보면서 시간을 보냈다. 특히 도전자들이 끊임없이 소리를 질러대는 퀴즈 쇼 재방송. 게임 쇼에 참여하려면 히스테리 학위가 절대적으로 필요하다. 내가 오전 여섯 시 무렵 아래층으로 내려갔을 때, 마들렌은 이미 아침 식사를 준비해놓은 홀에 앉아 있었다. 그녀도 거의 뜬눈으로 밤을 보낸 것 같았다. 우리는 오전 아홉 시에 이브를 만나기로 약속되어 있었기 때문에 그때까지 남은 시간이 한없이 길게 느껴졌다. 그녀는 극도로 흥분해 있는 게 분명했다. 자기가 이곳에 온 게 과연 잘한 것인지 의구심이 드는 듯했다. 이상하게도 남편이 생각난다고 그녀는 내게 털어놓았다. 남편 몰래 바람을 피우는 것 같은 기분이라고 말이다. 그녀의 머릿속에서 모든 게 뒤죽박죽 뒤섞이고 있었다.

나는 긴장도 풀 겸 해변을 따라 좀 걷자고 제안했다. 조깅하는 사람들 무리가 떠오르는 태양을 맞이하고 있었다. 인간적으로 어떻게 이토록 이른 시간에 운동을 할 수 있을까? 파리에서는 이 시각이면 오히려 유흥가에서 나오는 술 취한 사람들과 마주친다. 시차 때문에 혼란스러운 시간과 더불어 모든 것은 이 순간을 약간 초현실적으로 느껴지게 했다. 마들렌이 갑자기 나에게 물었다.

"그가 올 거라고 확신해요?"

"예, 어제 우리가 도착했다고 그분에게 연락을 해놨어요. 그분은 우리를 기다리고 계세요."

"그런데 그게 그 사람이 아니라면? 그를 닮은 다른 누군가라면."

"걱정 마세요, 그런 일은 절대로 없을 테니까."

"그런데 서로 만났는데 할 말이 전혀 없다면 어떡하죠?"

"말없이 서로 바라보고 있으면 되죠."

"그런데 흐릿하게 보이면?"

"……."

나는 이 마지막 질문이 일종의 유머였을 거라고 생각했지만, 사실은 전혀 그런 게 아니었다. 가벼운 유머로 치부하기에는 지나칠 정도로 진지했다. 그녀는 그를 만났을 때 자기가 당황할까 봐 진심으로 걱정하고 있었다. 무슨 말을 해야 할지 모르거나 선명하게 보이지 않을까 봐. 나는 그녀가 점점 더 경직되어가고 있는 것을 느꼈다. 그녀의 입이 끈적거리며 들러

붙은 것처럼 보이기까지 했다. 그녀는 촬영을 하거나 무대에 오르기 전에 겁을 집어먹는 배우들을 떠올리게 했다. 실제로 그건 내 눈앞에서 펼쳐질 그녀의 인생에 관한 영화였다. 전적으로 사랑에 관한 픽션.

그 영화는 너무도 강렬해서, 나는 의심이 들기 시작했다. 갑자기 내가 불청객이 되는 건 아닐까 걱정이 되었다. 나는 사생활을 훔치고 싶은 게 아니라 현실 세계의 이야기를 쓰고 싶었다. 일정 한계를 넘어서까지 제3자가 그 장면을 목격하는 건 용인할 수 없는 일이었다. 마들렌은 마음이 내킨다면 나중에 모든 걸 내게 말해줄 것이다. 그래, 그게 더 나았다. 나는 그녀를 약속 장소까지 안내해주고 그 자리를 떠날 것이다. 내 책에 그 장면에 대한 묘사가 없다고 해서 그게 그렇게 대수로운 일일까? 저마다 그 장면을 상상할 수 있을 것이다. 각자 나름대로 재회에 관한 소설을 써볼 수 있을 것이다. 내가 그런 확신에 빠져드는 순간, 마들렌이 내 손을 잡으며 말했다. "당신이 내 옆에 계속 있어 줬으면 좋겠어요. 난 당신이 필요해요."

84

우리는 약속 장소에 한 시간 일찍 도착했다. 대형판유리로 공간을 둘로 나누어놓은 커다란 카페였다. 이브는 벌써 와 있었다. 그가 등장하는 장면을 쓸 수 없어서 유감이었다. 그를 보는 순간 기품이 넘치는 우아한 신사라는 걸 알 수 있었다. 린넨 양복을 입고 중절모를 쓴 그는 피츠제럴드 소설의 등장 인물 같았다. 그는 이 재회를 마련해준 것에 대해 나에게 고맙다는 인사를 빠르게 했다. 어서 빨리 본론에 집중하기 위해 순식간에 스쳐 가는 말. 그래서 나는 결코 잊을 수 없는 그 순간을 그 두 사람이 만끽할 수 있도록 몇 발자국 뒤로 물러났다.

며칠 전부터 나는 마들렌과 특별한 인연을 맺었다. 우리는 내 프로젝트에 의해 서로 연결되어 있었다. 그리고 나는 이제 그녀의 감동을 관람하기 위해 로열박스에 앉아 있었다. 그 여인과 그 남자는 도저히 믿기지 않는다는 듯이 서로를 바라보고 있었다. 축축하게 젖은 눈, 하지만 커다란 미소가 번지는 얼굴. 몇 초 동안 그들은 서로의 손끝 하나도 건드리지 못했다. 나를 감동시킨 건 바로 그것이었던 것 같다. 그렇게 서로 얼굴을 마주한 채 얼이 빠져 굳어 있는 그들의 모습.

그들은 마침내 뜨겁게 서로를 껴안으며 몇 마디 인사말을 주고받았다. 이브는 여행이 너무 힘들지 않았는지 걱정했고, 마들렌은 그를 안심시켰다. 그녀는 분명히 나중에 기진맥진하겠지만, 지금은 아드레날린이 모든 걸 날려버리고 있었다. 이윽고 그들이 나를 돌아보았다. 마치 자신들과 함께 있는 어른에게 그다음에는 뭘 어떻게 할지 지시를 기다리는 아이들처럼. 하지만 그건 그들의 이야기였다. 나는 눈짓과 손짓으로 그저 근처에 조용히 앉아 있겠다는 뜻을 표했다. 마치 이브가 나를 위해 일부러 그 장소를 선택한 것 같았다. 나는 전면 통유리창 너머의 베란다에 자리를 잡고 앉아, 거기서 그들을 방해하지 않고 지켜볼 수 있었다.

85

믿기 힘들겠지만, 내가 자리를 잡고 앉으려는 바로 그 순간, 마리로부터 문자 메시지가 왔다. 마치 그녀가 지금 내가 보고 있는 장면을 따뜻한 시선으로 지켜보고 있는 것만 같았다. 내가 언제까지나 변함없는 사랑의 광경을 마주하고 있을 때 그녀의 메시지가 도착한 것이다. 이것을 하나의 좋은 징조로 받아들여도 될까? 당연히 나는 그걸 그녀와 내가 서로 마음이 통한다는 신호라고 생각할 수밖에 없었다.

마리는 단순히 내가 어떻게 지내는지 안부를 묻고 있었다. 나는 그녀에게 지금 내 눈앞에서 일어나고 있는 장면을 묘사해주었다. "정말 굉장한 이야기 같네. 그 두 사람이 재회하는 순간을 사진으로 찍을 수 있었더라면 정말 좋았겠다……." 그녀는 흥분해서 답을 보내왔다. 내가 전에 밝히지 않았지만, 마리는 사진가다. 게다가 우리가 만난 것도 그녀의 전시회 때였다. 나는 이 소설에서 나에 관한 이야기는 하고 싶지 않았다. 하지만 지금 나에게 선택의 여지가 있을까?

나는 그 베르니사주[51]에 가고 싶은 마음이 전혀 없었다.* 나는 내 소설을 영화로 각색해주기를 바라고 있던 어떤 영화감독을 마지못해 따라간 거였다. 그가 그 갤러리에 함께 가겠느냐고 제안했을 때, 나는 그게 그와 함께할 미래의 공동작업을 위해 서로 친분을 쌓는 데 도움이 될 거라고 생각했다. 하지만 내가 바라던 일은 전혀 일어나지 않았다. 우리가 그곳에 도착하자마자 그는 다른 지인들에게 붙들렸고, 나는 그를 시야에서 놓쳐버렸다. 그곳은 작은 방 여러 개로 나뉘어 있어서, 마치 한 누에고치에서 다른 누에고치로 옮겨 다니는 것 같은 느낌을 주었다. 상황이 그렇다 보니, 나는 예의상 전시된 사진들을 빠르게 훑어본 뒤 집으로 돌아갈 생각을 하고 있었다. 나는 그게 어떤 사람의 사진전인지도 몰랐고, 굳이 알고 싶지도 않았다. 나는 사진을 예술이라고 생각해 본 적이 없었기 때문에(물론 마리는 나의 그런 견해를 단번에 바꾸어놓았다), 약간 건성으로 사진과 사진 사이를 거닐고 있었다.

* 언제나 그런 식으로 사람들을 만나게 된다. 가고 싶지 않았던 장소에서.

---

51   전시회 전날 전시 관계자와 초대 손님들이 모여 치르는 행사.

뭔가 이상한 일이 천천히 일어났다. 사진을 한 점 한 점 보면서 나는 그 작가의 작품에 점점 더 빠져들어 가는 것을 느꼈다. 그러다 어느 한순간, 어떤 사진 앞에서 그대로 얼어붙어 버렸다. 그건 'Oui'[52]라는 단어를 찍은 작품이었다. 나는 무슨 이유에서인지 그걸 보는 순간 강렬한 충격을 받았다. 가장 순수한 진솔함의 표현에 감동한 것이었을까? 한참 동안 그 자리에 그대로 서서 그 단어를 읽고 또 읽고 있을 때, 누군가의 목소리가 등 뒤에서 들려왔다. "이렇게 와주시다니, 정말 놀라운데요." 나는 뒤를 돌아보았고, 거기서 마리를 발견했다. 내가 미처 대답하기도 전에, 그녀는 내 소설 중 하나를 아주 많이 좋아했다며 말을 이었다.

내가 그녀에게서 받은 첫인상은, 그 'Oui'의 인간 버전이 바로 그녀 같다는 거였다. 그녀가 행복으로 환히 빛나는 것 같다고 느꼈다. 전시회를 앞두고 불안해하는 예술가의 이미지와는 거리가 멀었다. 내가 그 얘기를 하자, 그녀는 대답했다. "아, 오늘 저녁엔 아무 문제가 없거든요! 모두들 저한테 와서 제 작품들이 굉장하다고 말하니까! 당신까지도…… 제 생각엔, 당신도 마음에 든 것 같은데요?" 그녀가 그 말에 얼마나 자조 어린 조롱기를 실었는지는 가늠하기 어려웠지만, 어쨌든 나는 겸손한 척하지 않는 그녀의 태도가 마음에 들었다. 그래

---

52   위(oui)는 'yes'를 뜻하는 프랑스어다.

서 나는 손가락으로 그녀의 사진 작품을 가리키면서 그 질문
에 대답했다.

Oui.

그랬다. 나는 그녀의 작품이 아주 마음에 들었다. 그리고
'Oui', 나는 그 여자를 다시 만나고 싶었다. 그건 분명한 사실
이었다. 평소 나는 세상에서 가장 적극적인 남자가 아니었지
만, 그럼에도 불구하고 그녀에게 다음 날 저녁에 함께 술을 마
실 시간이 있느냐고 물었다. 그녀는 아무 말 없이 나를 쳐다보
더니, 이번에는 자기가 'Oui' 쪽으로 손가락을 들어 올렸다.

86

마리와 마지막으로 메시지를 주고받을 때, 우리는 인사
말처럼 언제 한번 만나자고 했다. 각자 어떻게 지내는지에 대
해서는 별로 말하지 않았다. 그녀는 이틀 뒤에 자신의 사진전
이 열리는데, 그때 내가 와줬으면 좋겠다고 문자를 보내왔다.
'이틀 뒤', 나는 머릿속으로 그 말을 되뇌었다. 나는 전날 로스
앤젤레스에 도착했다. 그런데 그녀 말대로 하려면 다음날 날
이 밝자마자 다시 떠나야 했다. 그토록 짧은 체류를 위해 그토
록 긴 여행을 하다니, 그건 말도 안 되는 일이었다. 게다가 마

들렌을 이곳에 혼자 두고 떠날 수는 없었다. 그녀에 관해 써야할 이야기가 남아 있는 것은 둘째치고. 그런 문제들이 머릿속에서 서로 뒤얽히면서, 나는 잠시 혼란에 빠져들었다. 하지만 별로 오래 고민하지 않고 당연히 그러겠다는 회신을 보냈다. 내일 당장 돌아가서 그 중요한 날 기쁜 마음으로 곁에서 그녀를 응원하겠다고.

나는 방금 막 결정을 내렸다. 그리고 이브와 마들렌을 지켜보는 동안에도 그 결정 때문에 심장이 두근대고 있었다. 그들은 대화에 깊숙이 빠져들어 있었다. 마들렌은 자기가 듣고 있는 내용 때문에 동요한 듯했고, 두 사람 모두 얼굴이 약간 긴장한 것 같았다. 그가 그녀에게 뭐라고 말하고 있는지 나로서는 전혀 짐작이 가지 않았다. 두세 번, 마들렌이 내 쪽으로 고개를 돌렸다. 내가 여전히 그곳에 있는지 확인하려는 듯이. 나는 그녀에게 우정의 신호를 보냈다. 그들의 대화가 계속되고 있었기 때문에, 나는 〈USA 투데이〉를 읽기 시작했다. 기다리는 동안 몇 줄이라도 쓸 수 있게 컴퓨터를 챙겨오지 않은 게 후회되었다.

/

카를 라거펠트에 관한
가슴 두근거리는 일화들 (3)

아마도 인간은 다른 사람들에게 가장 최근의 모습으로 기억되는 듯하다. 라거펠트를 생각하면 그 호리호리한 몸매와 세련된 이미지가 즉각적으로 떠오른다. 크로키를 위한 완벽한 외모. 그 창작자가 몇 년 동안 과체중이었다는 사실은 전혀 생각나지도 않는다. 게다가 그 시절의 사진들을 보면 낯설기까지 하다. 겉으로 풍기는 외모(군살이라고는 하나도 없어 보이고, 심지어 기분조차 마음대로 삐져나오지 못하게 제어하는 것 같은 철저한 자기통제)를 보면, 이 남자가 그 멋진 경구를 만들어냈을 정도로 자신의 몸무게와 전쟁을 벌였다는 것을 오히려 상상하기 어렵다. "다이어트는 잃을 때 이기는 유일한 게임이다." 그러니까 그는 그것을 일종의 게임으로 생각했다. 하지만 게임 참여자들은 누구였을까?

마들렌이 내게 털어놓은 그의 인격에 비추어 볼 때, 나는 오히려 그건 그가 이러쿵저러쿵 떠들어대는 논객들에게 제공하는 일종의 쇼였을 거라는 생각이 든다. 그렇게 그는 눈길을 끄는 쇼 비즈니스 방식으로 몇 달 만에 42킬로그램을 감량했다. 그에게 일어나는 모든 일은 전설이 되었다. 그는 최소한의 평범함도 스스로에게 용납하지 않았다. 그는 마치 자신이 만든 다른 창작품들처럼 자신의 다이어트를 창조해낸 것 같았다. 모두가 그것에 대해 말해야 했다. 나는 심지어 그가 갈수록 살이 빠져가는 자신의 모습에 보내게 될 사람들의 시선을 즐기기 위해 일부러 체중을 불렸다는 생각까지 들었다. 그는 그 후 다이어트에 관한 책까지 출간했다. 마케팅의 천재인 그는 자신의 몸을 돈벌이가 되는 이미지로 만들었다. 결국에는 코카콜라 병에 그의 실루엣을 그려 넣기까지 하지 않았던가? 그게 라거펠트의 매력이다. 그는 스스로를 자신의 위대한 창작물로 만들었다.

/

마침내 그들이 자신들에게로 오라고 내게 신호를 보냈다. 이브는 즉시 이런 말로 나를 맞았다.

"그러니까 당신이 마들렌의 전기작가군요!"

"예. 저는 이분에 관한 소설을 쓰고 있습니다."

"쓰실 얘기가 아주 많을 것 같군요. 혹시라도 필요하다면, 저도 쓸 만한 일화를 몇 가지 들려드릴 수 있습니다."

"아니야, 그건 당신 혼자 간직해도 돼," 마들렌은 그렇게 말하면서 미소를 지으려 했지만 끝내 실패했다. 그녀는 이브에게서 들은 내용에 큰 충격을 받은 게 분명했다.

"우리 집에 가서 같이 점심을 하자고 했어요." 이브가 말을 이었다. "하지만 마들렌은 쉬고 싶어 하는군요. 피곤한 게 당연하죠. 나중에 언제든 오세요. 제 아파트는 가까운 곳에 있어요. 그리 크지는 않지만, 전망 하나는 아주 기가 막힙니다."

"예, 그렇게 하죠. 그럼, 저희는 호텔로 돌아가겠습니다. 그리고 곧 전화 드리겠습니다." 나는 패키지 여행 가이드처럼 그렇게 말했다.

그들은 마치 앞으로 다시 50년 동안 서로 만나지 못할까 봐 겁이 난다는 듯이 서로를 꽉 끌어안았다. 나는 택시를 타자고 제안했지만, 마들렌은 좀 걷고 싶어 했다. 나는 물론 그녀에게 물어보고 싶어 안달이 나 있었다. 하지만 지금은 그럴 때가 아니라는 게 느껴졌다. 평소에는 그렇게 수다스럽던 그녀가 왠지 말이 없었다. 그녀의 방 앞에서 돌아서기 직전에 나는 내일 날이 밝자마자 프랑스로 돌아가기 위해 항공권을 바꿀 거라고 알려주었다. 그녀는 나에게 무슨 문제라도 생긴 거냐고 물었다. 그래서 나는 아주 담담한 어조로 급히 해결해야 할 문제가 있다고 말했다. 그녀는 내가 그것에 관해 더 길게 말하고 싶어 하지 않는다는 것을 알아차리고 내 뜻을 존중해주었다. 그리고 여기서 자기 혼자 며칠 더 머문다는 생각에도 전혀 불안해하는 것 같지 않았다. 이브가 그녀를 돌봐줄 게 분명했다. 게다가 문학적인 보호자인 내가 없으면 오히려 상황이 더 잘 돌아갈 것 같았다.

87

나는 일단 내 방으로 돌아와 약간 휴식을 취했다. 잠에서 깨어났을 때는 한낮이었다. 프랑스는 지금 아주 늦은 시각이었다. 나는 발레리에게 전화를 걸어 소식을 전했다. 처음으로 그녀는 화난 모습을 보였다. 나는 모든 게 아주 잘 진행되고 있고, 이브는 완벽할 정도로 매력적이라고 말하면서 그녀를 안심시켰다. 하지만 그녀 말에 따르면 내 태도가 무책임하기 짝이 없다는 거였다. 자기 어머니를 세상 반대편 끝에 데려다 놓고 혼자만 돌아오겠다니. 더군다나 마들렌은 환자였다. 이 점에 관해 나는 반박할 수 있었다. 나는 마들렌이 몸이 아프거나 알츠하이머 증상을 보이는 걸 단 한 번도 본 적이 없다. 아니 오히려 그녀가 늘 정신이 또렷하고 활기가 넘친다고 생각했다.

발레리는 계속 나를 매도했다. "그곳에다 우리 엄마를 혼자 내팽개치고 오겠다니!" 그 순간, 발레리의 목소리 너머에서 또 다른 귀에 익은 목소리가 들려온 것 같았다. 파트릭의 목소리. 발레리는 그에게 방금 막 그가 한 말을 다시 해보라고 했고, 그래서 나는 그 말을 또렷이 들을 수 있었다. "우리가 그곳으로 가면 되잖아…… 우리가." 다음날이면 방학이 시작되었고, 그도 실직 상태였다. 그 두 사람이 함께 여행한 지도 아주 오래되었다. 마들렌을 데리러 오면서 그들은 서로를 훨씬 더 많이 이해하게 될 것이다. 발레리는 그 가능성을 생각해 보느라고 잠잠해졌다. 결국 내가 이곳을 떠날 거라는 사실을 알린 것은 어쩌면 하나의 신호일 수 있었다. 그들은 토요일 비행기 편을 찾아볼 수 있을 터였다. 그들에게는 저축해둔 돈도 얼마간 있었다. 지금이 바로 그걸 사용할 때였다. 그리고 아이들은 다 컸다. 그들은 아주 좋아라 하면서 집 걱정은 하지 말고 마음 편히 다녀오라고 할 것이다.

발레리는 10분 뒤, 자기 부부가 일요일 항공권을 구입했다는 메시지를 내게 보냈다. 나는 마들렌에게 그 사실을 미리 알려줄 수도 있었다. 일이 돌아가는 양상에 그녀는 아마도 몹시 놀랄지 모른다. 하지만 며칠 전부터 있을 법하지 않은 일들이 이미 너무 많이 일어나고 있었다. 발레리로서는 자기 어머니의 첫사랑을 만나는 건 분명히 감동적일 것이다. 그녀는 어쩌면 나처럼 그것을 《메디슨 카운티의 다리》의 성공적인 버전으로 생각할지도 몰랐다. 열정, 결별, 좌절, 하지만 마침내 재회. 베란다에서, 일종의 스크린일 수도 있을 그 커다란 통유리 너머에서, 오늘 아침 나는 메릴 스트립이 클린트 이스트우드를 다시 만났다고 생각하고 있었다.

나는 파리에 도착하는 대로 토요일에 그들 집에 들러 상세한 이야기를 전해주겠다고 했다. 그것은 아마도 마지막으로 마르탱네 사람들을 만나기 위한 나의 구실이었다. 나는 아이들도 그 자리에 있게 해달라고 발레리에게 부탁했다. 하지만 롤라가 나와의 만남을 받아들일지는 의문이었다. 나는 태평양(화해를 상징하는 명사!) 앞에서 찍은 마들렌의 사진을 롤라에게 메일로 보냈지만, 그 아이는 아무런 응답이 없었다. 나는 아마도 노인들과 더 잘 통하는 재주가 있는 듯했다. 그건 내가 항상 느껴왔던 어떤 느낌이기도 했다. 태어날 때부터 늙어 있었다는 느낌. 살아오는 동안 삶이 나에게 그것을 부단히 증명해 주었던 만큼, 그것은 사실상 느낌을 넘어선 무엇이었다. 십대 시절 나는 일반적으로 노년층만 걸린다고 알려진 심장질환에 걸렸었다. 의사들은 무슨 대단히 희귀한 의학적 표본이라도 된다는 듯이 나를 관찰하고 면밀히 분석했다. 내 혈관에는 '늙음'이 흐르고 있는 게 틀림없다. 하지만 그건 이 소설에서 다룰 내용이 아니다.

88

저녁 무렵, 마들렌이 내 호텔 방으로 전화를 걸었다. 그녀는 안내 데스크에서 나를 기다리고 있었다. 나는 즉시 그녀를 만나러 내려갔다. 그녀가 이브와 나눴던 대화를 말하기 전에, 나는 그녀의 딸이 일요일에 이곳으로 온다는 사실을 알려주었다. 그녀는 곧장 되받아쳤다. "난 혼자서도 아주 잘 지낼 수 있는데." 그녀를 보호한다는 명목으로 마치 릴레이를 하듯이 그녀를 이리 넘기고 저리 넘기려 하는 것 때문에 그녀는 짜증이 난 것 같았다. "파트릭과 발레리는 이 여행을 계기로 다시 사이가 좋아졌어요." 내가 설명했다. "아, 그래요? 사위도 같이 온대요?" 그녀가 놀라서 물었다. 오래전부터 그녀는 딸과 사위가 함께 있는 모습을 보지 못했다. 가족들의 생일을 제외하고는. 나는 커튼 화형 사건과 파트릭이 해고되었다는 얘기는 일부러 하지 않았다. 마들렌은 지난 몇 시간 동안 예기치 못한 일들을 이미 충분히 겪었다.

우리는 호텔에서 나와, 바다를 향하고 있는 벤치를 찾아 약간 거닐었다.

"이브에게 일요일 아침에 만나는 게 좋겠다고 미리 알려 뒀어요." 그녀가 말을 꺼냈다.

"아주 잘하셨어요."

"시차 때문에 난 정신이 그리 맑지 못해요. 그리고 그와 나 사이에 오간 이야기들을 되새겨볼 시간도 필요했고."

"그 얘기를 들려주시겠어요?"

"네, 그러죠."

하지만 그녀는 그 마지막 말을 마친 뒤, 우리가 속내를 털어놓기에 적당한 장소를 찾을 때까지 내내 입을 다물고 있었다.

몇 분 뒤, 우리는 마침내 벤치에 앉았다. 그녀는 자기가 알게 된 사실들을 이야기하기 시작했다. 그녀는 뜸 들이지 않고 단숨에 말했다. "그는 게이에요." 나는 잠시 멈칫했다. 안 그래도 혹시 그런 게 아닐까 하는 생각이 이미 내 머리를 스쳐 갔다. 이제 그건 분명한 사실인 듯했다. 마들렌은 자기가 정신이 맑지 못하다는 말을 여러 번 되풀이했다. 아마도 시대 탓이 아니었을까? 그녀에게 남자 경험이 전혀 없었던 것 말이다. 더욱이 그녀는 이브와 그러한 얘기를 한 번도 나눈 적이 없었다. 그들의 성생활은 그녀에게 만족감을 안겨주지 못했지만, 그녀는 비교할 방법이 전혀 없었다. 아니 남자를 이해할 방법이 전혀 없었다고나 해야 할까. 그녀의 불안과 불만은 바로 그거였다. 그는 마들렌과 함께 행복했지만, 자신을 기만하는 재주가 나날이 늘어가는 것을 직관하고 있었다.

이브는 최대한 솔직하게 모든 걸 털어놓았다. 자신의 치부가 완전히 드러날지도 모를 위험을 무릅쓰고. 그렇지만 마들렌과 사귀는 동안 자기가 남자들과 관계를 가졌다는 사실만큼은 그녀에게 말하지 않아도 되었을 것이다. 그들 대부분은 결혼한 남자들이었고, 한 집안의 가장들이었다. 그는 자기도 그들처럼 이중생활을 잘해나갈 수 있을 거라고 생각했다. 마들렌에게 깊은 애정을 갖고 있었으니까. 그는 평범한 결혼생활을 영위하면서 자신의 성적 취향도 병행해 나갈 수 있을 것 같았다. 그가 결혼할 생각을 한 것도 그래서였다. 하지만 뭔가가 그 길을 따라가지 못하게 그를 붙들었다. 그는 그만큼 자기 자신을 속일 수 없었고, 자기가 사랑하는 여자를 배신할 수 없었다. 그는 여러 번 그녀에게 진실을 말하려 했지만, 도저히 입이 떨어지지 않았다. 그들의 관계가 끝나갈 무렵, 그는 그것 때문에 앓아누웠다. 마들렌은 그 시절 전체를 달아나는 안개 속에 송두리째 처박고는 잊어버렸다. 하지만 이브는 온몸에 열이 펄펄 끓어오르는 채 몇 주일을 앓아누웠다. 그의 몸은 그가 말할 수 없는 것 때문에 고통받고 있었다.

그는 달아나야 했다. 물론 그는 자기도 그랬듯이 마들렌이 그 사실을 알면 끔찍한 고통에서 헤어 나오지 못할 거라고 판단했다. 그리고 그녀를 그런 불가해함 속에 내팽개쳐 두는 것이 자기한테도 얼마나 끔찍한 고통인지 너무도 잘 알았다. 하지만 진실을 고백해야 한다는 생각은 그의 마음속에 끈질기게 남아 있었다. 그는 자기가 고백한 뒤에 그녀가 자신들의 사랑을 위선적인 연극으로 치부해버리지나 않을까 두려웠다. 그래서 그는 자신들의 아름다운 관계를 마구 짓밟지 않기를 바라면서 침묵하고 말았다. 하지만 그녀를 그런 침묵의 쇼크 상태에 내버려 둠으로써 상황을 훨씬 더 나쁘게 만든 셈이었다. 그는 그녀가 죽고 싶다는 생각을 할 정도로 그녀의 마음속에 어떤 불안을 심어주었다. 이제서야 그는 그걸 모두 이해하고 있었다. 그는 그녀에게 당시 자기가 달리 어떻게 할 수 없었던 것을 이해해달라고 간청했다. 그래서 그들은 서로를 끌어안았다. 자기들한테로 오라는 신호를 나에게 보내기 직전에.

나는 그 이야기를 하는 마들렌의 담담한 태도에 당황했다. 그녀는 사는 동안 내내 의문을 풀지 못했던, 자기가 버림받은 이유를 마침내 알게 된 것에 만족해했다. 미국으로 느닷없이 떠난 지 몇 년 후 잠시 파리로 돌아온 이브는 그녀에게 모든 것을 털어놓으려 했다. 하지만 그녀는 그를 만나려 하지 않았고, 그래서 그는 해명할 기회를 놓쳤다. 지금 마들렌은 그 과거에 관해 새롭게 밝혀진 사실을 소화하기까지 시간이 좀 필요했다. 하지만 그들이 다시 만나 기뻤던 건 분명한 사실이 었다. 자신들을 여기까지 몰고 온 운명에 그들은 기쁜 동시에 어안이 벙벙했다.

89

이제는 이 얘기를 할 수 있다. 마들렌은 그 후로 로스앤 젤레스에서 한 달을 꼬박 머물렀다가 파리로 돌아왔다. 그리 고 그 이별의 기간은 길지 않을 것이다. 이브가 이번 여름에 파리로 그녀를 만나러 오기 때문이다. 우리는 셋이서 함께 저 녁 식사를 할 것이다. 그들은 계속 자신들의 옛이야기들을 내 게 들려줄 것이다. 하지만 그때쯤이면 나는 소설을 끝마쳤을 것이다. 마들렌은 아마도 점차 기억을 잃어갈 것이다. 하지만 지금까지 나는 그녀가 정신이 아주 또렷하고 격정으로 가득 차 있다고 생각했다. 그리고 이 모험이 그녀에게 지워져 있던 그에 관한 어떤 기억을 되살려냈다면? 그것을 문학의 힘이라 고 말할 수도 있을 것이다. 글쎄, 잘 모르겠다. 내가 아는 거라 고는, 우리가 함께 저녁 식사를 하는 자리에서 이브가 마들렌 에게 이런 말을 했다. 그녀가 그의 인생에서 가장 위대한 사랑 이었다고.

90

이른 아침, 내가 탄 비행기는 파리에 착륙했다. 나는 곧바로 택시를 타고 마르탱네 집으로 향했다. 어떤 일이 일어날 것인지, 누가 나를 맞이해줄지 전혀 짐작도 할 수 없었다. 그런데 아침 식사를 차려놓고 기다리는 가족 모두를 발견하고 나는 깜짝 놀랐다.

놀라서 멍해 있던 나에게 먼저 말을 건 이는 제레미였다. "아저씨가 우리 집에 온 뒤로 엄마아빠는 다시 사이가 좋아졌고, 누나는 우울증에 걸렸고, 할머니는 로스앤젤레스에 계시고, 나는 인기를 얻었어요. 아저씨의 프로젝트란 게 정확히 어떤 거죠?" 이 마지막 질문은 롤라의 질문과 비슷했지만, 훨씬 덜 공격적이었다. 그리고 나는 그게 굳이 대답을 원하는 질문이 아니라고 생각했다. 그처럼 확인된 사실들을 통해 내 프로젝트를 좀 더 이해하게 되었을 테니까. 그렇다 해도 어쨌든 나는 그가 인기를 얻었다는 게 무슨 소린지 이해가 가지 않았다. "정말 깜짝 놀랐어요……." 제레미가 자신의 휴대전화를 내게 보여주며 말했다. 나는 그가 올린 영상을 볼 수 있었다. 조회수가 무려 10만 회를 넘어서 있었다. 그렇다. 나는 그 숫자를 분명히 보았다. 그리고 발레리가 그 사실을 다시 한번 확인시켜주었다. "완전히 말도 안 되는 일이 일어나고 있어요……."

그동안 일어난 일들은 이러했다. 해고당한 날, 파트릭은 그동안 자신이 겪은 일을 아이들에게 이야기해주었다. 일종의 가족대책회의라고 할까. 그는 자기가 직장에서 받아온 심리적 폭력과 견뎌야 했던 모욕들을 상세하게 들려주었다. 그 모든 건 우리가 처음으로 함께 저녁 식사를 하던 날 이미 개괄적으로 묘사된 것이긴 했지만, 제레미와 롤라는 그때야 비로소 자신들의 부모가 왜 점점 더 감정을 드러내지 않게 되었는지 이해할 수 있겠다는 생각이 들었다. 어떤 혼란스러운 상황을 말로 표현하는 것은 그들 모두에게 도움이 되었다. 새로운 에너지를 얻은 파트릭은 자신의 행동을 순수한 영웅적 행위라고 생각하는 자녀들의 넋 나간 시선 앞에서 그 커튼 사건을 주저 없이 이야기했다. 결과는 별로 중요하지 않았다. 파트릭은 직장을 잃는 대신 아이들의 전면적인 찬사를 얻었다.

한 시간 뒤, 제레미는 직장 내 괴롭힘에 맞서 들고일어난 아버지를 자기가 얼마나 자랑스러워하는지 말하면서 소셜 네트워크에 동영상을 한 편 올렸다. 그 게시물에 해시태그 두 개를 덧붙여서. '#나는파트릭마르탱이다'와 '#당신의고용주를 고발하라'. 그것은 어떤 면에서 직장인 버전의 미투 운동이었다. 그 동영상은 아주 빠르게 많은 이에게 퍼져나가면서 엄청난 조회 수를 기록했다. 직장인들의 수많은 피해 사례가 댓글로 달리기 시작했다. 모두가 직장 내에서 당한 폭력을 이야기하고 있었다. 그들은 하나 된 기분을 느끼면서 모든 걸 폭로할

용기를 얻었다. 미디어에 그 내용이 기사화되자 직장인들은
이제 훨씬 더 마음 놓고 댓글을 달 수 있었다. 그곳은 어느덧
피고용자들을 위한 말의 해방구가 되어버렸다.

이틀이 채 지나지 않아서 그 놀라운 사건은 사람들의 입
에 오르내렸다. 기자 여러 명이 이 운동을 촉발한 십대 소년
뿐 아니라 그의 아버지와도 접촉하려 시도했다. 그리고 그것
은 거기서 멈추지 않을 것이다. 이 운동은 파트릭을 복직시키
는 것 말고는 그 보험회사로선 달리 선택의 여지가 없을 만큼
확산될 것이다. 그리고 그 여파로 파트릭 대신 데주와요가 쫓
겨날 것이다. 그러므로 현대성과 그 미디어들은 유익한 것일
수도 있었다. 하지만 한 가지 후유증이 있었다. 어떤 이야기가
유명세를 타면 그 이야기는 오랫동안 사람들의 몸에 배어 있
게 된다. 앞으로 몇 해 동안 파트릭이 고객의 집이나 사무실로
찾아갈 때면 그들은 보일 듯 말 듯한 미소를 지으며 한결같이
이렇게 물을 것이다. "그런데 우리 집 커튼은, 어떻게 생각하
세요?"

91

롤라는 가족 모임에 참석하는 건 받아들였으면서도 내
눈길을 계속 피했다. 하지만 나는 그 아이가 전보다 훨씬 덜

공격적이라고 느꼈다. 나에 대한 그 아이의 원한은 분명히 옅어졌다. 그 아이는 내가 클레망의 돌변에 책임이 없다는 것을 인정하고 있었다. 게다가 그 아이의 의혹은 증명되었다. 클레망은 곧 다른 여자애와 사귀기 시작했다. 롤라는 신뢰하기 힘든 한 청소년에게서 지뢰를 제거해달라고 나를 위험지대로 보냈다. 그건 가슴 설레는 이야기가 아니었고, 게다가 그 에피소드가 내 소설과 롤라의 유일한 연관성으로 남아 있다는 사실이 나를 슬프게 했다. 그건 나에게 커다란 회한으로 남을 것이다. 하지만 어쩌면 나는 언젠가 마르탱 가족에 관해 다시 글을 쓰기 위해 돌아올 것이고, 그때 롤라는 나의 우선순위가 될 것이다. 그 아이의 이야기는 어떻게 전개될까? 모든 미래는 써야 할 소설이다.

92

헤어져야 할 시간이었다. 나는 물론 그들의 삶을 계속 따라갈 수도 있다. 하지만 나는 300쪽이 넘는 책을 좋아하지 않는다. 그건 우리의 관계에 하나의 쉼표를 찍기 위한 충분한 이유였다. 우리는 오히려 화기애애하게 헤어졌다. 그리고 마지막으로 모두가 내게 고맙다고 말했다. 현관문을 나서다가, 나는 되돌아갔다. 이 순간을 사진으로 영원히 남기고 싶었다. 그들은 내 마지막 의지에 순순히 따라주었다. 거실 소파에 나란

히 앉아 자연스럽게 미소를 지으려 하는 그들 네 사람, 나는
나의 주인공들을 지켜보고 있었다.

마르탱네 사람들을.

에필로그

옮긴이의 글

에필로그

1

기력을 차리기 위해 오후에 잠을 좀 자보려 했지만 헛수고였다. 흥분 때문에 도무지 신경이 느슨해질 기미가 보이지 않았다. 나는 마리를 다시 만나러 가기로 했다. 베르니사주라는 배경은 만남의 장소로 더없이 이상적이었다. 그곳은 우리가 아주 놀라운 공감 속에서 완전히 솔직한 태도로 만날 수 있는 공간이었다.

2

그녀의 새로운 전시에 관한 정보들을 찾아보려 했지만, 인터넷에서는 아무것도 검색되지 않았다. 몇 해 동안 우리는 모든 것을 공유했다. 그녀는 내 소설들이 얼마나 진척되고 어떻게 흘러가고 있는지 전부 알고 있었고, 나는 그녀의 프로젝트들이 탄생하는 것을 열성적으로 지켜봤다. 나는 우리가 서로 다른 영역에서 나란히 창작하는 삶을 살아가는 것이 정말 좋았다. 그녀는 이미지의 영역에서. 나는 언어의 영역에서. 거기에는 예술적인 상보성 같은 게 있었다. 나는 나날이 새로워지고 끊임없이 새로운 아이디어들을 찾아내는 그녀의 능력을 찬탄했다. 그녀의 활기가 정말로 그리웠다.

그녀가 자신의 베르니사주에 나를 초대했다는 건 아주 긍정적인 신호였다. 그녀는 분명히 밝혔다. "당신이 와주면 기쁠 거야." 그건 그녀에게 매우 중요한 행사였다. 헤어졌음에도 불구하고 서로가 없이는 살 수 없는 때가 있다.

나는 우리의 재회가 그런 배경에서 이루어진다는 사실에 마음이 놓였다. 그토록 많은 시간이 흐른 후에 어느 카페에서 재회하는 건 두 사람 모두에게 어색하고 부담스러웠을 것이다. 앉아 있는 건 서 있는 것보다 훨씬 더 많은 기교가 필요하다. 만나는 시간은 언제가 좋을까? 점심 식사, 아니 그건 너무 맨숭맨숭할 것 같았다. 오후의 커피 한 잔, 그건 훨씬 더 고약하다. 저녁 무렵 술 한 잔, 그건 제법 괜찮은 것 같았지만 저녁 식사보다는 덜 매력적이었다. 다행히 그녀가 자신의 베르니사주에 나를 초대함으로써 시간 문제는 저절로 해결되었다. 우리는 재회의 기쁨으로 직행할 수 있을 것이다. 하지만 나는 앞으로 일어날 일들을 생각하며 왠지 모를 불안을 느끼고 있었다. 내가 이미 사랑하고 있는 여자와 첫 데이트 약속을 한 것 같은 이런 기분은 생전 처음이었다.

3

내가 도착했을 때는 이미 사람들로 북적거리고 있었다. 나는 안으로 들어가지 않고 길 건너편에 서서 통유리 너머 커다란 갤러리 안을 잠시 살폈다. 초대받은 사람들 무리 사이로 그녀의 모습이 나타나기를 기다리고 있었다. 그건 몇 분 뒤에 일어났다. 사람들의 어깨 사이에서 그녀의 얼굴이 나타났다. 모두가 그녀에게 말을 걸었다. 하지만 나는 그녀가 나를 기다리고 있기를 바랐다. 그녀를 다시 만날 거라는 생각, 그녀가 아주 가까이에 있다는 생각에 나는 감격에 겨워 심장이 세차게 두근거렸다. 그런 나의 감동은 통유리 너머의 이브와 마들렌의 모습과 겹쳐지고 있었다. 나는 다시 한번 관객의 위치에 있었다. 하지만 이번에는 내가 그 영화 속으로 들어가야 했다. 맡은 역할이 있었다.

4

갤러리 안으로 들어간 나는 전시된 사진들 사이를 거닐

었다. 작품 분위기가 여느 때보다 훨씬 밝았다. 그건 당연했다. 그녀의 전시회 제목은 〈행복〉이었나. 그녀는 여기저기서 기쁨의 순간들을 포착하려 애썼다. 사진들 가운데 하나는 거실 소파에서 활짝 미소를 짓고 있는 4인 가족의 모습을 담고 있었다. 나는 얼마 전 내가 찍은 마르탱 가족의 사진을 떠올리지 않을 수 없었다. 다시 한번, 예술과 인생 사이의 반향을 느꼈다.

잠시 후 나는 마침내 사람들을 뚫고 마리를 향해 나아갈 수 있었다. 우리는 뜨겁게 포옹했다. 그녀의 입술이 아니라 볼에 입을 맞춰야 한다는 생각에 금세 싸늘히 식어버리긴 했지만. 우리의 대화는 자연스럽게 풀려나갔다. 그녀는 내가 와줘서 너무 기쁘다고 다시 한번 강조했다. 나는 그녀를 축하해줄 수 있었다. 하지만 얼마 지나지 않아 그녀는 다른 무리에 휩싸였다. 그녀는 간신히 나에게 이렇게 물을 틈이 있었다. "좀 더 있을 거지?" 나는 그렇다고 고개를 끄덕였다. 나는 좀 더 머물러 있을 것이다. 아마도 훨씬 더 오래.

그렇다, 훨씬 더 오래. 그녀를 다시 만나는 건 정말 엄청난 사건이었다. 나는 태연한 척하면서 가벼운 떨림을 어떻게든 감추었다. 더 이상 나 자신을 속일 수 없었다. 몇 달 전부터 끊임없이 이 순간을 바라고 상상했다. 우리의 재회에 관한 소설은 상상력이 고갈된 내가 유일하게 상상력을 펼칠 수 있는 것이었다. 상상 속에서 마리와 내가 오랜 대화를 나누는 일까지 일어났다. 그리고 지금 여기, 그녀는 나에게서 불과 몇 미터 떨어진 거리에 있다. 그녀가 나를 자기 곁으로 돌아오게 해준다면 우린 무엇을 할까? 나는 우리가 다시 함께 여행을 떠나는 공상에 잠겼다. 목적지는 어디라도 상관없다. 이제 모든 건 달라질 것이다. 마르탱 가족을 상대하면서 시간은 화살처럼 빠르게 지나간다는 것, 그래서 우리에게 가장 중요한 일만 하기에도 시간이 정말 부족하다는 사실을 확실히 깨닫게 되었다. 나는 현실의 삶이 픽션의 가장 강력한 치유책이라는 것을 이해했다. 나는 마리의 손을 잡고 그저 현실 세계를 느껴보고 싶었다.

5

한 시간 뒤, 갤러리 안의 여러 공간에서 사람들 수가 눈에 띄게 줄어들었다. 내가 어떤 사진을 마주하고 있을 때, 등 뒤로 마리의 목소리가 들려왔다. 정확히 우리의 첫 만남 때처럼. 나는 그 옛날에도, 지금 이 순간에도, 내가 천천히 뒤돌아섰을 때 내 눈앞에 서 있는 그 사람을 정말로 사랑했다. 하지만 뒤돌아서는 순간, 그녀 옆에 서 있는 남자를 보았다.

"어때, 마음에 들어?"

"응…… 응……."

"당신한테 마르크를 소개하고 싶었어."

"안녕하세요……."

"안녕하세요……."

나는 그와 악수를 했다. 그러고 나서 마르크는 전화할 데가 있다는 핑계를 대면서 우리 둘만 남겨두고 가버렸다.

"누구야?" 내가 물었다.

"메시지로 이런 얘길 하고 싶지 않았어, 몇 달 전에 마르크를 만났어."

"행복해?" 나는 가까스로 발음해냈다.

"응. 우린 함께 살고 있어."

"벌써?"

"모든 게 아주 빠르게 일어났지, 그리고……."

"그리고 뭐? 임신이라도 한 거야?"

"응."

"……."

"당신한테 이 소식을 어떻게 알려야 할지 모르겠더라."

"그래서 〈행복〉 연작이 탄생한 거구나."

"아마도."

"축하해. 당신이 많이 행복했으면 좋겠다." 나는 내 진심을 어떻게든 숨기려 애쓰면서 말했다.

"어쨌든, 당신이 와줘서 정말 기뻐."

"아냐, 당연히 와야지. 하지만 이제 그만 가봐야 해……."

"조금만 더 있다가 같이 한잔하지 않을래?"

"아니, 시차 때문에 좀 피곤해."

"아 그렇지…… 그 할머니 이야기. 그 얘길 꼭 듣고 싶
어."

그리고 우리는 포옹을 했고, 나는 갤러리를 나왔다. 밖으
로 나온 뒤, 나는 마지막으로 그 전시회의 제목을 읽었다.

행복.

6

나는 이 책이 다르게 끝나기를 바랐지만, 어쨌든 이렇게
끝이 났다. 다른 결말을 바랐던 나 자신이 한심하게 느껴졌다.
한밤중에 걸어서 집으로 돌아왔다. 그리고 발레리에게 전화를
걸어 오늘 저녁 내가 얼마나 우스꽝스러운 꼴이 되었는지 들
려줄까 잠시 고민했다. 하지만 사실 들려주고 말고 할 것도 없
었다. 그 모든 건 내가 머릿속으로 쓴 소설에 지나지 않았으니
까. 마리와 나, 우리는 단순한 안부 수준의 메시지를 주고받았
고, 그녀는 내가 오늘 저녁 와주면 기쁠 거라고 말했다. 그게
다였다. 그 초대는 달콤했다. 그래서 나는 우리의 새로운 이야
기를 그려 나갔다. 깊이 생각해보면, 그건 어쩌면 내가 허구와
의 관계를 회복할 수 있다는 신호인지도 몰랐다.

끝.

'소설적인 것'을 찾아서

혹시라도 이 소설이 무엇을 말하고자 하는지 미리 엿보고 싶은 독자가 있다면, 작가가 소설 첫머리에 인용한 밀란 쿤데라의 문장을 곱씹어볼 필요가 있다. "우연의 가치는 그 우연이 얼마나 일어날 법하지 않은 것이냐에 따라 결정된다." '일어날 법하지 않은 것'은 '놀라운 것', '믿기 어려운 것', '비현실적인 것', '소설적인 것'이라는 어휘로 바꿔 말할 수 있을 것이다. 그런데 놀랍고 믿기 어려우며 비현실적인 이야기를 더 이상 찾을 수 없고, 소설이 더 이상 소설적이지 않을 때, 권태와 무관심만이 만연해 더 이상 행복을 느끼지 못하게 되었을 때, 우리는 다시 행복해지기 위해 소설 바깥으로 소설적인 것을 찾아 나서는 수밖에 없다.

실제로 지난 20년 동안 많은 베스트셀러를 낳고 주요 문학상을 휩쓸어온 프랑스의 중견작가 다비드 포앙키노스는 자신의 열여덟 번째 소설인 이 책에서 '나'로 직접 등장하면서 우리의 심장을 떨리게 하고 가슴을 설레게 할 놀라운 사건을 만나기 위해 '우연을 기획'한다. '계획적인 우연'이라는 이 모순된 발상부터가 터무니없어 보이는데, 그는 소설 속에서 능청스럽게 그 이유를 고백한다. 그 자신이 더 이상 '있음직하지 않은 것'을 지어낼 수 없는, 그러니까 영감을 잃어버린 작가이기 때문이다. 지겨워서 구역질이 날 정도로 진부한 표현들, 상투적인 줄거리들, 평범한 등장인물들……. 그러므로 의외성을 찾아 나서는 이 '우연 프로젝트'는 상상력이 고갈된 작가의 마지막 수단이다.

《참을 수 없는 존재의 가벼움》에서 밀란 쿤데라가 말했듯이, 오직 "우연만이 우리에게 어떤 계시를 보여준다. 필연에 의해 발생하는 것, 기다려왔던 것, 매일 반복되는 것은 아무런 말도 하지 않는다. 오로지 우연만이 웅변적이다." 그래서 다비드 포앙키노스의 '나'는 허구의 세계와 절연하고 우연을, 우연이 가져다줄 비현실적인 것을 찾아 현실 세계로 과감히 뛰어든다!

우리는 흔히 허구 세계에는 온갖 의외성이 존재하는 반면, 현실 세계야말로 권태로 가득 차 있는 곳이라고 생각한다. 그런데 상상력이 고갈되자 상황은 역전된다. '나'는 "상상으로 만들어낸 게 아니라면 어떤 거라도 내 소설 속 이야기나 등장인물보다는 훨씬 재미있을 거"라고 생각한다. 그렇게 해서 우연은 단 한 줄의 묘사만으로도 굉장한 소설적인 사연이 있을 것 같은 인물 '날마다 한구석에서 담배를 피우며 휴대전화만 열심히 들여다보는' 여행사 여직원을 예상했으나 지나치게 만들고, 결국 기억력을 잃어가는 팔순 할머니에게로 그를 데려다 놓는다. 상상력을 잃은 작가와 기억력을 잃어가는 노파를 만나게 한 우연이 다소 실망스러울 수 있지만(거기서 어떤 놀라운 이야기가 전개될 수 있으리라는 기대치가 떨어지기 때문에), 그 우연은 관계의 거미줄을 치며 마르탱네 일가족의 현실적 삶 속으로 그를 끌어들인다.

하지만 그가 처음에 의구심과 불안을 느꼈던 대로, 이름부터가 흔하고 흔한 '마르탱'인 그 평범한 가족에게서 소설적인 요소를 거의 발견할 수 없다. 알츠하이머병을 앓기 시작한 마들렌은 예기치 않은 일이 절대로 일어나지 않는 철저히 계획된 삶을 살아가고 있고, 그녀의 딸 발레리와 사위 파트릭은 20년간의 결혼생활 끝에 서로에게 무관심하고 매사에 무기력한 권태로운 삶을 살고 있으며, 그 부부의 자녀인 제레미와 롤라 또한 청춘다운 열정이라고는 전혀 찾아볼 수 없는 청소년기를 지나고 있다. 이 시대의 흔한 가족상, 전형적인 '아파트의 비극'. 자기가 지어낸 것보다 별로 나을 것이 없는 지루하고 뻔한 이야기와 맞닥뜨린 '나'는 그럼에도 불구하고 자기가 선택한 결정에 끝까지 충실하기로 마음먹고 그들을 계속 인터뷰해나간다.

모두가 나름의 고통을 안고 있다. 하지만 그 고통들마저 상투적일 따름이다. 그는 '……너무 놀라웠다', '……어처구니가 없었다', '……할까 두려웠다', '……정말 감동적이었다', '……생각도 하지 못했다' 같은 어휘들을 지나칠 정도로 빈번하게 사용하고 있지만, 실제로는 그 스토리들과 인물들이 얼마나 '전형적'이고 '통속적'이며 '진부'한지를 충분히 잘 알고 있다. 정해진 루틴 안에서 맴돌면서 일탈이라고는 아예 생각도 하지 못하는 인물들. 그래서 그는 그 상투성을 상쇄시키고 지루함을 감춰보려 노력한다. 곳곳에서 썰렁한 유머를 사용해보고, 문맥과 별 상관이 없는 샤넬의 수장이자 패션 디자이너 카를 라거펠트의 자극적인 일화들을 불쑥불쑥 붙여넣기도 한다. 이번 소설에서만큼은 허구와 완전히 연을 끊겠다던 결심을 무너뜨리고 '두 폴란드인'과 '헤어진 연인 마리와의 재회' 같은 상상으로 만들어진 장면들을 끌어들이기까지 한다. 하지만 결국 이 소설의 등장인물들이 그의 빈곤한 상상력이 지어낸 허구의 이야기보다 별반 다르지 않은 평범한 삶을 살아가고 있다는 사실을 부인할 수는 없다(물론 예기치 않은 방향과 맞닥뜨리곤 하지만!).

그는 이것이 자기가 지어낸 소설이 아니라 실제 있었던 이야기라는 것을 거듭 강조하는데(다비드 포앙키노스의 실제 소설 제목과 내용, 등장인물들, 그리고 그의 다양한 경험들을 간간이 언급하면서), 그것은 아마도 이 이야기가 기대와 달리 소설적이지 못한 것에 대한 책임을 우연에 떠넘기려는 의도일 수 있다. 그리고 그 의도 자체가 사실상 우연의 아이러니를 말하고자 하는 작가의 의도이기도 하다. 다시 말해 오늘날 우리 모두에게 사형선고처럼 내려진 권태는 피할 수 없는 현실이라는 것을 분명히 말하려는 것이다. "사는 게 그런 거다"라고 그는 씁쓸하게 인정한다. 놀라움과 두려움, 떨림, 설렘이 없는 삶, 그것은 늙음(더 이상 놀라울 게 전혀 없는 예정된 삶을 살아가는 노년의 마들렌과 어려서부터 이미 늙어 있던 '나' 자신)이고, 현대성(온갖 의외성에 노출되고 즉각적인 반응과 소유에 익숙해진 우리 시대의 증상)이며, 이 책의 모든 등장인물(먹고사는 것을 별로 근심하지 않아도 되는 파리의 중산층)과 완벽한 짝을 이루는 지독한 권태이자, 고장난 상상력이다.

/

그런데 이 소설에서 의외성, 즉 소설적인 것은 스토리에 있는 것이 아니라 관계에 있다. 작가인 나와 인물들과의 관계에서 의외성이 튀어나오고, 그 의외성은 점점 더 자라난다. 자신과 자신의 삶, 그리고 주변 사람들을 되돌아보는 것. 안전한 궤도를 벗어나 일탈할 용기를 얻는 것(그중에서도 일탈 행위의 정점을 찍는 것은 사장실의 커튼에 불을 지른 마르탱이다!). 그건 느닷없이 자신들의 일상으로 들어온 한 작가(그들의 표현에 의하면 전기작가)로 인해 비로소 가능해진다. 전기작가인 그의 역할은 마르탱 가족의 이야기를 들어주는 것이다. 한 번도 입 밖으로 꺼내 본 적 없는 속내 이야기들을 들려주기에는, 자신들의 삶에 자발적으로 끼어든 전기작가만큼 좋은 게 없다. 그들은 그 과정에서 자기 삶을 되돌아보고, 어디가 어떻게 잘못되었는지 스스로 찾아내어 곪은 상처를 터뜨리며 성장한다.

작가인 '나'가 한 일이라고는 그들의 말을 들어주는 역할, 그들 스스로 자신들의 응어리를 마침내 터뜨릴 수 있도록 기폭제 역할을 한 것뿐이다. 하지만 뒤집어 생각해보면, 그것은 그들이 작가의 개입 없이 그대로 일상을 살았더라면 결코 일어나지 않았을 변화다. 그리고 그 변화는 무관심과 권태와 무기력을 행동하고 의욕하는 태도로 바꾸어놓은 변화, 죽어 있던 것을 되살아나게 한 '믿을 수 없는' 변화다. 그러므로 그 것을 일차적으로는 관계의 힘, 소설적인 것의 힘, 또는 더 확대해서 문학의 힘이라고 말할 수 있을 것이다.

변하고 성장하는 건 마르탱네 사람들만이 아니었다. 오히려 가장 놀라운 혜택을 입은 이는 바로 '나'다. 그 역시 그들과 관계를 이어가면서 차츰 변해간다. 무기력하게 녹다운되어 있던 그가 그들로 인해 조금씩 행동하기 시작하다가 마침내는 허구와의 관계를 다시 시작할 의욕을 되찾았기 때문이다. 처음에 그는 자전적 이야기를 한사코 하지 않으려 하면서도 사람들이 자신의 의도를 오해할 때가 많다고 하소연한다. 헤어진 연인 마리와의 관계에서도 그는 혼자만의 동굴 속에 처박혀 소통 없이 상대방의 행동을 멋대로 재단하고 우울의 늪에 더욱더 빠져드는 악순환을 되풀이한다. 소통의 문을 닫아걸고 착각이 불러온 비극 속에 침잠하는 그의 습관적 태도는 마르탱 가족에게도 그대로 적용된다. 그는 속물적이고 틀에 박힌 편견에 사로잡힌 시각으로 마르탱네 사람들을 아주 쉽게 재단해버리는 실수를 저지르기도 한다.

그렇지만 마르탱네 사람들은 의외성을 보여준다. 작가의 접근을 당연히 경계할 거라 생각했던 마들렌은 처음부터 스스럼없이 그를 받아들이고, 파트릭 역시 예상과 달리 첫날부터 하기 힘든 속내 이야기를 풀어놓는다. 그리고 무엇보다 발레리는 마들렌이나 그에 대한 그녀의 태도를 보고 그가 지레짐작했던 것(그를 경계하면서 자기 어머니에게서 떼어내려 할 거라는 착각, 그리고 그를 유혹하려 한다는 오해)과는 완전히 다른 의도를 드러냄으로써 그의 치졸하고 찌질한 허위의식을 민망할 정도로 발가벗겨놓는다.

의외로 경계심이나 거부감을 쉽게 허물고 너그러운 호의를 보이며 기꺼이 게임에 참여해주는 성인들과는 달리, 세대를 달리하는 제레미와 롤라, 그리고 클레망은 그런 그의 허상을 이미 꿰뚫어 보기라도 한 것처럼 그를 무시하고, 경멸하고, 조롱하고, 비난하고, 이용하고, 급기야는 그를 향해 분노를 터뜨리기까지 한다. "허구적인 소설들에서는 등장인물들이 나와 별로 교류하려 하지 않기 때문에 이런 문제가 없었다.", "나는 타인들을 향해 달려들면서 불가피하게 나 자신을 만났다"라는 문장들이 모든 것의 열쇠가 된다. 등장인물들과의 이런저런 교류 속에서 그들이 그에게 자신들의 속내를 드러내듯이 그 또한 자의든 타의든 간에 자신의 속살을 남김없이 드러내면서 각자에게 내재해 있던 의외의 진실들이 드러나고, 몰이해와 착각은 이해와 화해를 향해 나아간다. 그뿐 아니라 그들이 자신들을 재발견하고 새로 태어나는 것처럼, '나' 역시 그들의 스토리에서 자신의 반영을 보면서 자신을 다시 발견한다. 의외성 즉 소설적인 것은 바로 거기에 있다. 관계를 통해 깨닫고 변화하고 성장하는 것, 그것은 엄청나게 가슴 떨리는 '일어날 법하지 않은 일'이다.

/

훌쩍 자라난 그들 모두가 서로에게 건네는 것은 화해의 몸짓이다. 상대방에게 고맙다는 말을 건네면서 화해하는 것, 그것은 성장의 증거다. 이 행복한 결말 이후에, 소설 밖에서 또다시 너절하고 지루하고 무기력한 삶이 이어질 수도 있겠지만, 다비앙 포앙키노스의 프로젝트는 일단 성공적으로 끝을 맺은 셈이다.

이 책은 한 번 읽을 때는 피식피식 웃음이 나는 가벼운 소설처럼 읽힐 수 있다. 하지만 두 번째 읽을 때는 인물들의 상투적인 고통이 당사자에게는 '상투적'이 아닌 '절박한' 고통이라는 사실, 그러므로 상투성은 곧 소설적인 것이며, 역으로 소설적인 것은 결국 보편적인 것이라는 사실을 새삼 깨달으면서 웃음과 눈물 사이에서 망설이게 될 것이다. 그리고 혹시라도 세 번째, 네 번째 이 책을 읽는 이가 있다면, 분명히 이 소설 속에 지뢰처럼 숨어 있는 많은 의외성 가운데 자기만의 새로운 의외성을 발견할 수 있을 것이다. 가족과 개인의 삶, 일상과 추억, 사랑, 거기에 글쓰기와 문학에 관한 고뇌에 이르기까지, 곰곰이 생각해볼 주제들을 담고 있는 이 소설은 아주 다양한 관점으로 읽힐 수 있기 때문이다.

근사한 표현이 떠오르지 않는다고 너스레를 떨면서 반짝이는 문장들을 깨알같이 박아넣는 다비드 포앙키노스는 비소설적이면서도 소설적인 이 책에서 자조 섞인 시선으로 자신의 속살과 우리의 속살을 자세히 들여다본다. 그리고 마침내 전혀 놀랄 일이 없이 반복되는 일상을 살아가는 '흔한' 우리를 그렇게 매혹시킨다.

안녕하세요, 마르랭네 사람들입니다

초판 1쇄 인쇄 2023년 2월 13일
초판 1쇄 발행 2023년 2월 20일

지은이 | 다비드 포앙키노스
펴낸이 | 권기대
펴낸곳 | ㈜베가북스

총괄 | 배혜진
편집 | 허양기, 박시현
디자인 | 이재호
일러스트 | 헤영드로잉
마케팅 | 이유섭, 조민재
경영지원 | 손자영

주소 | (07261) 서울특별시 영등포구 양산로17길 12, 후민타워 6~7층
대표전화 | 02)322-7241 팩스 | 02)322-7242
출판등록 | 2021년 6월 18일 제2021-000108호
홈페이지 | www.vegabooks.co.kr **이메일** | info@vegabooks.co.kr
ISBN 979-11-92488-26-4 (03860)

La Famille Martin